두 번째
마흔 살

두 번째 마흔 살

펴 낸 날　2023년 12월 15일

지 은 이　　진백
펴 낸 이　　이기성
기획편집　　윤가영, 이지희, 서해주
표지디자인　윤가영
책임마케팅　강보현 김성욱
펴 낸 곳　　도서출판 생각나눔
출판등록　　제 2018-000288호
주　　소　　경기도 고양시 덕양구 청초로 66, 덕은리버워크 B동 1708, 1709호
전　　화　　02-325-5100
팩　　스　　02-325-5101
홈페이지　　www.생각나눔.kr
이 메 일　　bookmain@think-book.com
저자이메일　jinbaek57@daum.net

• 책값은 표지 뒷면에 표기되어 있습니다.
　ISBN　　979-11-7048-638-1(03810)

두 번째
마흔 살

진백

사람마다 차이는 있겠지만,

나는 마흔 살을 '
이제서야 진정한 어른이 되어가는
시작 단계'라고 표현하고 싶다.

생각나눔

두 번째 마흔 살

서른 살 무렵, 아버지는 내게 김광석 씨의 「서른 즈음에」라는 노래를 추천해 주셨다. 아버지는 본인이 서른 살에 느꼈던 노랫말의 의미를 나누고 싶으셨던 것 같다. 하지만 당시 나는 그 노래를 이해하기에는 너무 어렸고, 마흔이 되고 나니 이제야 비로소 어떠한 마음으로 그 노래를 추천해 주셨는지 조금은 짐작이 된다. 흔히 최근에는 본인 나이에서 10년을 빼야만 우리 아버지 세대의 동일한 나이대를 이해할 수 있다고들 하던데, 정말로 그러한 것 같다.

내게 마흔 살이란, 절반의 인생을 살았다거나 중년의 시작이라는 느낌보다는 이제 막 자아를 찾아 스스로 하고 싶은 일을 좇을 수 있는 나이가 된 것 같다. 사람마다 차이는 있겠지만, 나는 마흔 살을 '이제서야 진정한 어른이 되어가는 시작 단계'라고 표현하고 싶다.

처음에는 몇 개의 단어였다. 단어가 모여 메모가 되었고, 메모는 곧 문장을 이루며 이런 것들도 글이 될 수도 있겠다는 생각을 하게 되었다. 글을 쓴다는 것은, 적어도 내게는, 다른 세상의 이야기였다. 도대체 어떤 생각을 갖고, 어떤 삶을 살아야 글이라는 것을 쓸 수 있을까? 남들보다 기발한 소재도 없고, 대단한 경험 혹은 읽는 사람들에게 가르침을 줄 수 있는 이력도 없는 내가, 글을 쓰려고 마음먹은 계기는 늦은 나이에 대학에 편입하여 교양 과목의 과제를 하면서였다.

과제는 내가 겪은 일들에 대한 글을 쓰는 것이었다. 하나둘 기억나는 단어와 메모들로 머릿속의 이야기를 정리하다 보니 과제를 떠나서 더 풀어놓고 싶은 일들이 많아졌고, 글로 풀고 나면 한쪽에 쌓여있던 먼지 가득한 짐들을 내려놓은 기분이 들어 곧 가벼운 마음으로 다른 생각을 채울 수 있었다.

2023년 6월 28일, 한국식 나이의 폐지로 갓 마흔 살을 지났던 내 나이는 다시 마흔 살이 되었다. 불혹이란 시점을 보내며 유독 과거를 회상했던 일이 많았는데, 한국식 나이의 폐지로, 공교롭게도 마흔 살을 2번 살게 되면서 그간의 삶을 돌아보고 새로운 인생을 갈망하게 되었다.

'그래, 하고 싶은 일을 하면서 살자!' 그러면서 스스로 세운 계획 중 하나가 마흔 살을 기념으로 나만의 글을 써보는 것이었고, 이 책을 시작으로 더 즐길 수 있는 인생을 살기 위해 노력하려 한다. 이 책을 읽는 분들이 나와 같이 지난 인생을 돌아보고 복기하며 앞으로의 인생을 더 재미있게 즐길 수 있기를 희망해 본다.

프라푸치노

20년 전 스무 살, 대학생이었던 나는 난생처음 느껴보는 해방감에 정말로 날마다 놀 거리를 찾아다녔다. 서울에 살고는 있었지만, 경기도와 맞닿은 외곽에서 자란 나는 공부를 잘하는 편도, 그렇다고 떠들썩하게 친구들과 어울리는 편도 아닌 그냥 있는 듯 없는 듯한 조용한 학생이었다. 그러다 대학에서 새로운 친구들을 사귀며 본래 내 성적이라고 생각했던 내 모습은 180도 변해 어느덧 여러 명의 그룹을 형성해 어울리는 외향적인 캐릭터로 변해갔다.

그때는 지금처럼 커피를 자주 마시던 문화는 아니었다. 커피와 담배를 즐기는 복학생 그룹은 있었는데, 대부분 자판기 커피였지, 지금처럼 프랜차이즈 카페 같은 곳이 있거나 길거리에서 아메리카노를 즐겨 마시던 것과는 거리가 멀었다. 이처럼 'Take away'를 위한 카페는 없었지만, 대신 연인들이나 친구들이 만나 편한 소파에 앉아서 수다를 즐기거나 급한 대로 끼니를 해결하기도 하고, 일부 주류까지도 허용되는 그런 커피숍들이 많았다. 이미 휴대폰이 꽤 보급화된 이후였지만, '삐삐'라는 것도 여전히 사용되다 보니 커피숍 테이블에는 늘 예쁜 모양의 전화기가 놓여있었다. 이외에도 당시는 실내 흡연이 가능했으니 그 시절 카페는 여러 사람에게 참 다양한 목적으로 이용되었다.

내 경우에는 그 장소가 마치 '어른 체험을 하는 곳'으로 느껴졌고,

보통 여자친구와 식사를 하기 위해 간간이 찾곤 했었다. 그때는 카페에서 식사를 하면 후식으로 커피나 녹차 등은 추가 금액 없이 마실 수 있었다. 그러던 중 한 친구로부터 비엔나 커피라는 것을 배울 기회가 있었다. 사실 그 전까지 나는, 공짜로 마실 수 있는 커피가 있는데 왜 추가금을 내면서까지 또 다른 쓴 커피를 마시려 하는지 이해하지 못했다. 이런 생각을 갖고 있던 내가 처음으로 맛본 비엔나 커피는 충격이었다. 비로소 내가 맛있게 마실 수 있는 커피를 찾았다는 것이 꽤 신선한 충격으로 다가왔다. 이제 누가 좋아하는 커피가 뭐냐고 물어보면 말할 수 있는 커피가 생긴 것이다. 잘 알려지지 않은 메뉴나 사실 에스프레소에 아이스크림만 넣은 그 단순한 커피는 친구들 앞에서 우쭐할 수 있는, 나만 아는 메뉴처럼 느껴졌다.

  내가 아는 유일한 커피인 비엔나 커피만 주구장창 마시던 어느 날, 어울리던 친구 무리 중 부잣집 딸이었던 친구가 다 함께 카페에 가자고 제안했다. 카페 메뉴에서 당당히 비엔나 커피를 선택할 수 있는 나는 거리낌 없이 응했다(그때만 해도 카페 경험이 없어 무엇을 주문해야 할지 모르는 친구들이 있었다). 근데 그 친구가 데려간 카페는 내가 늘 가던, 테이블에 전화기가 놓여있고, 가끔은 밥도 먹을 수 있는 그런 곳이 아니었다. 들어서자마자 이곳이 과연 카페가 맞는지 싶을 정도로 이제까지 보지 못했던 고급스러운 인테리어와 분위기에 위축되었고, 여기저기 쓰여있는 수많은 영어 메뉴에 압도되었다. 그곳은 다름 아닌 '스타벅스'였다. 지금은 누구나 쉽게 주문하고 원하는 메뉴를 마실 수 있는 곳이지만, 첫눈에 비친 스타벅스는 마치 외국에 온 것마냥 한글로 써있는 메뉴도 읽기 어려웠다. 무엇을 시켜야 할지는 당연히 알 수가 없었다.

다른 친구들과 달리 자신감 있게 들어선 나였지만, 막상 주문할 때가 되니 다른 친구들과 다르지 않았다. 아니 오히려 더 긴장되었다. (부잣집 친구는 경험이 없는 다른 친구들에게는 친절히 설명해 주었지만, 당연히 알 것이라 생각한 내게는 일말의 tip도 주지 않았다.) 결국 조금은 모양 빠지게, 하지만 당당하게 물었다. "혹시 여기에는 비엔나 커피는 없을까?" 내심 자존심이 무너진 상황이었지만, 내가 비엔나 커피라는 것을 자주 마셔봤다는 것을 티 내고 싶었던 까닭이었다(비엔나 커피를 모르는 사람들도 많았으니, 그 친구가 내심 모르길 바라며 물어봤다). 친구는 곧장 "비엔나 커피는 없고, 아마 프라푸치노랑 조금 비슷할걸?"이라며 tip을 주었다. 그렇다. 역시 그 친구는 나의 무기였던 비엔나 커피 정도는 이미 알고 있고, 심지어 이곳도 잘 알고 있었다. 이름만 들어서는 절대로 유추되지 않는 그 메뉴, 바로 프라푸치노. 그래서 물었다. "프라푸치노는 안 먹어봤는데, 그건 뭐야?" 굳이 안 먹어봤다는 단서를 달아 최대한 내 자존심을 지켜보자는 속셈이었다. "응, 얼음 넣고 간 건데, 달아." 비엔나 커피도 단맛 때문에 먹는 나였으니, 다행이다 생각하며 "그래? 그럼 나 그거 먹을게."라고 답했다.

이전부터 부잣집 친구는 나뿐만 아니라 우리 일행을 위해 이미 꽤 많은 돈을 쓰고 있었고, 그날 스타벅스도 그녀가 사는 상황이었다. 얻어먹는데 분위기라도 맞추고 싶었지만, 메뉴도 제대로 읽을 수 없는 곳에 도착하니 마치 어른 손에 끌려다니는 어린아이와 같았다. 그렇게 친구의 권유로 난생처음 경험했던 스타벅스라는 장소. 그리고 달콤했던 프라푸치노는 이후 비엔나 커피를 대체한 나의 새로운 무기가 되었으며, 한동안 즐겨 먹던, 내가 가장 좋아하는 여름철 커피 메뉴가 되었다.

지금은 생각보다 자주 찾진 않는다. 아니 정확하게는 그렇게 단 것을 즐기지 않게 되었다. 먹고 나면 느끼하고, 입안의 단맛이 오래 남아 꽤 긴 시간 편치 않다. 그 시절 어른들이 하시던 말씀이 내게도 적용되는 걸 보니 나도 이제 어른의 반열에 들어선 것이 아닌가 싶다.

보통의 일상을 살아내면서 가끔 프라푸치노처럼 추억 가득한 단어가 불러오는 기억이 있다. 어렸을 때는 매일 쓰는 일기로 일상을 정리하곤 했지만, 언제부터인지 그런 여유는 사라졌다. 이미 40여 년을 지나오며 정리되지 않거나 원치 않는 의미가 부여된 단어들이 쌓여 머릿속의 공간을 좀 먹는 것 같다. 삶의 대략적인 반을 지나온 이 시점에, 남은 반을 잘 살기 위한 밀린 숙제를 해보려 한다. 일종의 바둑에서 복기와 같은 것이다. 그렇게 정리하다 보면 내 머리에도 남은 반생을 잘 살아내기 위한 여유 공간이 생기지 않을까?

똥통

    초등학교, 아니 내 경우에는 국민학교 시절이다. 우리 집은 산에 있었다. 높아서 혹은 멀어서가 아니라, 진짜로 산꼭대기에 있던 집이었다. 여름에는 땀으로 흠뻑 젖어야 산밑에 도착할 수 있었고, 겨울에는 빙판을 피해 바닥에 깨져 있는 연탄을 밟으며 올라가야만 미끄러지지 않을 수 있었다. 그 길을 나는 늘 오르내리며 학교에 다녔다. 그때 우리 집은 단층의 다가구였는데, 주인 할머니가 살고 계시는 가장 큰 집, 우측에 작은 방 2개가 있는 우리 집, 아래쪽에 원룸 형태의 2가구까지 해서 총 4가구가 살고 있었다. 중앙에는 통로 겸 마당이 있었고, 마당 가운데에는 수도 그리고 그 마당의 끝에는 모두가 함께 사용하는 재래식 화장실이 있었다.

    나에게는 1살 터울 남동생이 있는데, 당시 유치원생이었던 동생은 어린 시절 그 화장실에 빠진 적이 있다. 재래식 화장실, 그것도 똥통에 빠진다는 것. 잘은 모르지만 옛날에는 똥통에 빠져 죽은 사람도 있었다고 들었다. 또 어떤 사람들은 웃으면서 얘기할 수도 있는 그런 소소한 추억에 불과할지 모르지만, 그 통에 빠진 동생을 지켜본 내게는 마냥 웃을 수만 있는 얘기는 아니었다.

    똥통에 빠진 동생은 허리까지 똥에 잠겼지만 용케 스스로 기어 올라와 밖으로 나왔다. 지금이라면 형이 된 입장에서 바로 동생이 씻는 것을 도와주어야 했으나 선뜻 나서질 못하고 갈팡질팡했다.

즉각 어머니를 부르고 싶었지만, 동생은 혼날까 봐 두려워 부르길 원치 않았다. 결국 급한 대로 마당 호수로 물을 뿌려 닦는 것을 도와주었지만, 8살, 7살 아이 둘이 얼마나 잘 닦을 수 있었겠나? 또 그 냄새는 아무리 잘 닦는다 해도 쉽게 없어질 것 같지 않았다. 본인에게 얼마나 위험한 일이 있었던 것인지도 모르고 오로지 혼나는 게 두려웠던 7살의 내 동생. 하지만 형으로서 이건 알려질 수밖에 없고, 알려야만 하는 일이라고 생각했다. 결국 고민 끝에 어머니를 불렀고, 내 이야기에 당황한 어머니는 급하게 뛰어나와 연신 동생에게 묻은 오물을 닦아냈다.

유독 내게는 그날 어머니의 모습이 생생하다. 어머니는 우리의 예상처럼 화를 내시는 것이 아니라 굉장히 걱정하는 모습으로 동생을 씻겨주셨다. "괜찮니?"라는 어머니의 말. 우리 둘 모두 의외의 어머니 반응에 참 놀랐었다. 동생은 혼나지 않아 마음이 편해졌는지, "어, 괜찮아!"라고 말하며 밝은 모습으로, 심지어 씩 웃기까지 했다. 그날 어머니의 모든 신경은 동생에게 쏠려 있었다. 피부에 문제가 생기진 않는지, 혹시 다른 아픈 데는 없는지… 어쩌면 가볍게 지나갈 수 있는 에피소드이기도 하고, 인생에 한 번쯤 있을 법한 그런 이야기이다.

그때는 몰랐다. 어머니가 어떤 생각으로 동생을 씻겨주셨는지 또 어머니의 표정이 왜 그리 슬프게 보였는지. 내가 아빠가 된 지금에 와서야 조금은 이해할 수 있게 되었다. 그런 집에 살 수밖에 없었던 상황. 남들과 달리 수세식 화장실이 없어 어린 아들이 그곳에 빠졌다가 기어 나오는 것을 상상했을 어머니의 마음. 좋은 환경에서 그런 일이 생겼다면 웃으며 얘기할 수 있는 에피소드로 추억하겠지만,

좋지 않은 환경으로 인해 발생한 일종의 사고였다는 것이 더욱더 어머니를 슬프게 만들지 않았을까?

사실 그때는 경제적인 것 말고도 문제가 많았던 시절이었다. 그 어린 나이에 무얼 얼마나 알았겠냐만은 부모님의 다투시는 소리가 빈번하게 들렸던 것이 기억나고, 그 다툼의 끝엔 아버지의 호통과 어머니의 울음소리가 자주 들렸다. 우리 집의 작은 방은 짐을 쌓아 두던 창고로, 사람이 있을 수 있는 수준의 방이 아니었다. 늘 한방 에서 네 식구가 지내다 보니 그런 다툼이 생기면 나와 동생은 피할 곳이 없었다. 그저 구석으로 도망가 다투시는 부모님을 쳐다보지 않는 것이 우리가 할 수 있는 전부였다. 자다 가도 그런 다툼이 생 겨 아버지의 호통 소리가 들리면 나와 동생은 잠에서 깨도 더 이불 을 뒤집어쓰고 계속 자는 척을 할 수밖에 없었다. 그때는 호통 소리 로 사람을 놀라게 하는 아버지가 많이 미웠고 무서웠다. 그래서 누 가 봐도 아버지가 잘못한 상황이지만, 감히 어머니의 편을 들어드 리거나 아버지께 대항하는 말을 해볼 수조차도 없었다.

그뿐이 아니었다. 어쩌다 방문하시는 할머니는 참으로 얄밉게 며 느리를 대하셨으며, 무엇이든 요구하시는 것이 당연한 권리라고 생 각하시는 듯했다. 지금 생각해 보면 경제적으로 어려운 시기에 그 외적인 요소들이라고 좋았을 게 뭐가 있겠나 싶다. 어떻게 보면 도 망가지 않은 어머니께 감사했다고 해야 할까? 이러한 가정 내의 불 화, 사실 그 시절에는 비단 우리 집만의 문제는 아니었다. 많은 가 정이 비슷하게 살았고, 대부분의 부모님은 자식을 두고 쉽게 이혼 결정을 하시지 못하셨다. 본인들이 더 무거운 짐을 자처하여 짊어진 채 그렇게 자식들만을 위해 살아오셨고, 우리 부모님도 그러했다.

그나마 다행스럽게 그러한 불화가 생겨도 생각보다 오래가진 않았다. 아버지는 성격이 급하셨기에, 어머니의 화를 풀기 위해 급작스러운 노력을 많이 하셨던 편이다. (지나고 보니 그조차 강압적인 화해로, 또 다른 폭력이었음을 안다.) 다투시고 오래 지나지 않아, 어머니는 늘 아버지의 화해 요청을 받아들일 수밖에 없었다. 동생이 똥통에 빠졌던 날도 어김없이 다툼이 있었다. 아버지와 어머니는 속상함을 서로에게 화를 내는 것으로 풀었고, 물론 그 다툼도 오래가진 않았다.

굳이 하고 많은 일 중에 왜 나는 똥통에 대한 것을 이렇게 정확하게 기억하고 있을까 생각해 봤다. 참 여러 가지 생각이 교차하는데, 가장 크게는 동생에게 바로 나서서 내 손으로 닦아주지 못한 미안함과 어머니의 슬픈 표정이 내게 커다란 슬픔을 안겨줬던 날이라 특별히 더 생각나는 것 같다. 가끔 가족들을 만나면 웃으면서 이런 얘기를 해볼 법도 한데, 이후 단 한 번도 이런 대화는 나누지 못한 걸 보면, 다들 나와 같은 마음이지 않을까?

이사

내 기억 속의 첫 이사는 국민학교 2학년 때였다. 산동네에 살다가 조금 아랫동네의 한 빌라로 가게 되었는데, 그 빌라는 부모님이 구입하신 첫 주택이었던 것으로 기억하고 있다. 지하 1층에 있었지만, 방이 3개나 되어 동생과 내가 쓸 책상이 생겼다. 나와 동생은 우리의 방이 생겼다는 기쁨에 너무나도 신이 났다. 그중에서도 가장 좋은 점은 야외 화장실을 가지 않아도 된다는 것이었다. 추운 겨울에 화장실에 가기 위해 잔뜩 옷을 껴입을 필요도 없었고, 부모님을 대동하여 손전등을 들고 같이 나가지 않아도 되었다. 또한 산동네가 아니다 보니 더 이상 등 하교를 위해 힘든 오르막길을 지나지 않는 것도 기뻤다.

그런데 지나고 보면 그 집에서의 좋았던 기억은 이사 직후, 딱 그때뿐이었다. 어린 내가 알 수는 없었지만, 정확히 기억나는 건 이사 후에 부모님이 더 자주 다투셨다는 것이다. 아마도 모든 문제의 근원은 돈이었던 것 같다. 집을 무리해서 옮긴 탓에 벌어야 할 돈이 더 많아졌지만 실제로는 그렇지 못했을 것이고, 그러다 보니 생긴 가정불화. 나아가 어머니와 할머니의 고부갈등까지. 연쇄적으로 점점 더 악화되었던 것 같다.

처음으로 아버지 입에서 이혼이라는 얘기가 나왔던 것도 그즈음이었던 것 같다. 왜 그러셨는지 모르겠지만, 어느 날인가 다투시고 어머니가 잠시 외출하신 오후, 아버지는 갑자기 우리에게 질문하셨다. "이혼하면 너희는 누구랑 살래?"라고 말이다. 국민학생 꼬마 2

명, 목욕도 엄마가 씻겨주던 그 나이에 당연히 나는 어머니라고 대답했다. 아버지는 내가 그렇게 대답할지 모르셨나 보다. 당황하시며 이내 동생에게도 물어보니, 동생 역시 두려움에 울먹이면서도 "엄마랑 살게요."라고 정확하게 말했다. 그 말에 아버지는 꽤 충격을 받으셨는지 잠시 말을 잇지 못하시다가 "그래도 엄마랑 이혼하면 너희들은 아빠랑 살아야 돼."라고 말씀하셨다. 이후 어머니가 돌아오시니 이젠 아버지가 나가셨다. 어머니께 아버지가 어떤 말씀을 하셨는지 그대로 말씀드렸더니 다행히도 "이혼 안 하니까 걱정하지 마."라고 하셨다. 잠시나마 부모님의 이혼을 상상했던 두 아들은 그제야 비로소 안도할 수 있었다.

그 빌라에서는 정말 짧은 시간을 보냈다. 동생과 공용으로 사용할 수 있었던 책상을 가진 지 얼마 지나지 않아 우리는 또다시 이사를 가야 했다. 어떠한 이유에서 인지 알지 못한 채, 그렇게 몇 개월되지 않아 새로운 집으로 옮기게 되었는데, 그 집을 마주했을 때를 앞으로도 잊을 수 없을 것 같다. 지금 생각해 봐도 가히 충격적인 곳이었다. 산동네에서는 한방에서 살았지만 그래도 꽤 넓은 방이었고 모두가 다 같이 누워도 넉넉했다. 그런데 빌라 지하층에서 살다가 옮긴 그 집은 말 그대로 단칸방에, 방 사이즈도 네 가족이 누우면 조금의 여유 공간도 없는 그런 곳이었다. 빌라로 이사할 때, 처음으로 자가 주택에 간다고 부모님은 우리 책상이며 장롱이며 여러가지를 새로 구입하셨는데, 새로 산 가구 중 그 어느 하나 갖고 갈 수 있는 것이 없는 그런 곳이었다.

차라리 산동네에 살다가 바로 이런 집으로 옮긴 것이라면 이렇게까지 체감되는 차이가 크진 않았을 텐데, 중간에 그래도 꽤 괜찮은 집을 잠시 경험하고 난 후라 더욱더 적응하기 쉽지 않았다. 부엌은 지붕만 있을 뿐 밖이나 다름없었고, 화장실은 다시 밖에 있었다. 그래도 완전 재래식은 아니어서 다행이라 생각하면서도, 화장실을 가기 위해서 주인집 대문을 열고 들어가야만 하는 번거로움과 때로는 간간이 문을 열 때 마주치는 부담스러운 주인집 가족들의 시선을 견뎌야만 했다. 일반 마당이 있는 작은 주택이었는데, 집 구조가 참 특이했다. 주인집 옆에 방 한 칸의 작은 집을 만들어 세를 주고, 대신 화장실은 주인집의 것을 함께 사용하는 그런 집이었다.

그때 어머니는 프랜차이즈 치킨집을 하셨고, 아버지는 정확히 기억나진 않지만 인쇄소 관련 사업을 하고 계셨던 것 같다. 국민학교 3학년, 2학년이었던 우리 형제는 하교하면 늘 그 어두운 단칸방에 앉아 둘이 킥킥대며 놀았던 기억이 있다. 방학 때는 점심을 스스로 챙겨야 하다 보니 어머니가 천 원짜리 3장, 3천 원을 방에 두고 가시면 나는 김과 참치를 사서 동생과 밥을 차려 먹고, 남은 잔돈 몇백 원으로 오락실에 가 게임을 하며 시간을 보냈다. 저녁 역시 어쩌다 일찍 오신 아버지와 함께 먹거나 아니면 어머니가 일하고 계신 치킨집에 가서 먹는 것이 일상이었다.

나중에 알게 된 얘기지만 기존에 새로 산 대부분의 짐은 사설 컨테이너 창고를 빌려 보관해 놓고, 잠시만 이곳에서 살다 금방 다른 집을 구해 짐을 다시 갖고 오는 계획을 세우셨다고 한다. 하지만 계획은 계획일 뿐, 현실에서는 종종 실현되지 않을 때도 있지 않은가? 아버지, 어머니가 세우신 그 '잠시만'은 꽤 오랜 기간으로 늘어났고, 늘어나는 기간만큼 그 생활도 금세 적응이 되었다. 그래서인지 아직도 가끔은 빌라에서보다 그 작은 단칸방에서 보냈던 소소

했던 일상생활이 기억날 때가 있다. 물론 좋지 않은 기억들도 많았
지만.

불청객

산동네에서부터 웬만한 전화나 누군가의 방문은 경계하며 살았다. 아니 그렇게 배웠다. 가끔은 빚쟁이라 불리는 사람들의 전화가 오던 시절이었고, 여차하면 집에 찾아오기도 했다. 전화는 그냥 안 받으면 되는데, 가끔 누군가가 방문하면 집에 있는 것을 들키지 않으려 동생과 한쪽 구석에서 외부 사람의 기척이 느껴지지 않을 때까지 가만히 앉아만 있었다. 우리 형제 둘만 있을 때는 불도 켜지 않은 채 생활하는 것이 익숙했고, 그래서인지 나는 지금도 낮에는 불을 끄고 생활하는 것이 심적으로 더 편하다.

당시 단칸방으로 이사 가고 나니 전화도 부쩍 더 자주 오는 것 같았고, 당연히 형제의 경계심도 한층 더 높아질 수밖에 없었다. 그러던 어느 날, 나도 아는 이름의 빚쟁이 아저씨가 집으로 찾아왔다. 전화가 연결되지 않으니 그 작은 단칸방까지 찾아온 불청객 아저씨는 작은 철문을 두드리며 "나 장 과장 아저씨야, 너희들 안에 있지? 문 좀 열어줄래?" 하며 친한 척 접근했다. 하지만 우리는 늘 그랬듯 몸을 낮추고 말을 멈췄으며, 방 귀퉁이에 앉아 아저씨가 가기만을 기다렸다.

조금 지나면 가겠지 하며 얼마나 지났을까? 갑자기 우리 집의 유일한 창문이 드르륵 열리는 것이 아닌가? 이사 간 지도 얼마 지나지 않은 상황에 어렸던 우리 형제는 창문까지 닫을 생각은 못 했던 것이다. 아니 사실 우리 키가 닿는 높이도 아니었고, 그 부분은 어머니나 아버지가 가르쳐 준 부분도 아니었다. 결국 장 과장 아저씨와 내 눈이 정확하게 마주쳤고, 아저씨는 무서워하는 우리를 보며 이내 "괜찮아. 아저씨 잠깐 문 좀 열어줄래? 아저씨 알지? 엄마 친구야."라고 말했다. 어머니 친구가 아닌 것도 알았고, 문을 열어주면 안 될 것만 같았지만, 그 상황에 차마 열어주지 않기는 쉽지 않았다. 그렇게 아저씨는 부엌까지 들어와 매우 잠시 동안 집을 훑어보곤 발걸음을 돌렸다. 낯선 이의 방문을 허용했으니 어머니께 혼날 생각에 두려웠지만, 어쨌든 이 사실을 빨리 알려야 했다. 전화한 지 얼마나 지났을까? 얼마 지나지 않아 어머니가 부리나케 오셨다. "왜 열어줬어? 왜!" 호되게 나무라시는 어머니. 죄송하다고 말하는 우리. 지금도 생생한 그 모습들.

다시 곱씹어보면 사실 어머니는 그때 울고 계셨는데, 우리가 문을 열어주어서 화를 냈던 것은 아닌 것 같다. 지금도 명확하게 논리적으로 이해되는 것은 아니나 그러한 상황에 처하게 된 우리 가족의 현실과 어머니의 슬픔을 받아낼 매개체가 우리 형제밖에 없어서이지 않았을까? 그렇게 한참을 혼나고 우리 형제는 다짐했다. 이제는 누가 오더라도 문을 열어주지 않으리라. 창문 또한 열지 않겠다 마음을 먹고 의자를 밟고 올라가 창문이 열리지 않게 숟가락을 꽂아 놨다(당시 걸쇠가 없는 오래된 창문이라 숟가락 같은 것으로 꽂아놓아야 열리지 않았다). 이후부터는 누군가의 인기척이 느껴지면 자연스레 창문 아래 벽으로 기대어 밖에서는 우리의 실루엣조차 인지하지 못하도록 노력했다.

그 집에 나타난 불청객이 우리 형제에게는 빚쟁이들이었다면 아버지에게는 또 다른 불청객이 있었다. 우리 집 앞에는 유료 주차장이 있었는데, 야간에 차를 옮겨주는 대신 아버지의 차를 무료로 댈 수 있게 해주었던 것으로 기억한다(그때 주차장의 주인은 나이가 많은 노인이었는데, 운전을 하지 못했다). 가끔은 새벽에 그 주인이 다급하게 우리 집 문이나 창문을 두드리며 "차 좀 빼줘!"라고 외친다. 맡겨놓은 돈을 찾으러 온 사람 마냥, 아버지를 본인 직원 대하듯이 했다. 더욱이 늘 불청객에 시달리다 보니 작은 소리에도 예민하게 반응했던 나와 동생은 물론, 새벽에 장사를 나가야 하는 어머니까지도 그 소리에 소스라치게 놀라며 잠에서 깨곤 했다. 아버지는 짜증을 내면서도 그렇게 새벽에 소일거리라도 하여 주차 비용을 아끼셨던 것이 아닐까?

그 집에서 이렇게 유쾌하지 않았던 불청객만 기억나는 건 아니다. 당시에는 학교 앞에서 갓 태어난 병아리를 애완동물로 팔곤 했다. 한 마리에 몇백 원씩 해서 학생들이 1~2마리를 사면 그걸 판매하시는 분이 봉지에 살아있는 병아리를 넣어주고, 학생들은 집까지 들고 가 모이를 주며 한동안 키우곤 했다. 정확히는 어머니가 운영하는 치킨 가게 앞에 학교가 있었고, 그 학교 앞에서 간혹 병아리를 팔곤 했다. (아이러니하게도 우리는 병아리를 사서 치킨집에서 키우기도 했다. 지금 생각해 보면 일종의 동족상잔의 비극 아닌가?)

병아리는 많이 키워봤는데 그 집에 살면서 처음으로 어머니께서 오리를 사 주신 적이 있다. 어머니를 졸라 이천오백 원이라는 거금을 들여 훨씬 비싼 반려동물을 분양받았다. 지금으로 따지만 꽤나 레어 아이템인 셈이다. 앙증맞은 짧은 다리로 어찌나 빠르던지 병아리보다 훨씬 키우는 재미가 있었다. 또 병아리는 키우다 자주 죽었는데, 오리의 단단한 부리는 마치 오랜 시간 함께할 수 있을 것만 같은 강인함이 느껴졌다.

　당시 단칸방이던 좁은 우리 집에선 키울 수가 없다 보니, 주인집 대문을 지나 화장실 앞마당에 커다란 박스로 오리 집을 만들어 키우기 시작했다. 엄밀히 우리의 공간도 아닌 주인집 마당에 오리 집을 만들었으니 여간 눈치 보이는 것이 아니었지만, 아이들이라서 그랬을까? 딱히 불편한 상황이 연출되진 않았다. 애들이 얼마나 잘 키웠겠나? 결과적으론 무척 짧은 만남이었지만, 나는 아직도 그 오리의 생김새가 생생하게 기억난다. 당시 그 오리는 우리 형제에게는 유일한 기쁨이었고, 수많은 불청객 중 유일하게 우리가 환영할 수 있는, 또 교감했던 존재였으니까.

새 동네

국민학교 4학년 1학기를 마치고 나서야 단칸방 생활에서 벗어날 수 있었다. 하지만 마냥 기쁜 마음은 아니었다. 절대 적응할 수 없을 것만 같았던 그 지긋지긋했던 방을 탈출하는 것보다, 거리가 많이 떨어진 곳으로 이사 가는 탓에 전학을 가야 한다는 소식이 더 청천벽력처럼 느껴졌다. 친구가 많은 것은 아니었지만, 전학을 가야 한다는 아버지의 말씀에 눈물을 흘렸던 기억도 있다.

생전 처음으로 발을 디딘 낯선 동네. 어두운 저녁이 되어서야 그 집에 도착했고, 조금의 위로라도 해주는 듯 예전에 사용했던 나의 책상과 장롱을 다시 마주할 수 있었다. 새로 이사 간 집은 빌라 조상쯤 되지 않을까 싶다. 요새는 비슷한 주거 형태가 많이 없어졌는데, 주차장은 없고 여러 세대가 함께 사는 집이었다. 요즘은 그런 집을 구옥이라 부르던데, 다세대 구옥 주택이라는 표현이 정확할 것 같다. 그래도 나름 집별로 호수가 붙어있어 그렇게 나쁘다는 생각은 들지 않았다.

우리 집은 101호로 1층이지만, 실제로는 집의 3분의 1 정도가 지하로 들어가 있는, 반지하 같은 곳이었다. 그래도 4학년의 시각에서는 단칸방에서 벗어났고, 화장실도 집 안에 있으니 이보다 좋을 수 있겠는가? 물론 그곳에서 앞으로 10년을 살아야 한다고 누군가 말해 줬다면 얘기는 다를 수 있었지만, 그때는 몰랐으니까.

4학년 2학기, 새 학교에 가니 모든 것이 낯설게만 느껴졌다. 그때의 나는 시키면 시키는 대로 하던 부모님 말을 잘 듣는 아이였지만, 워낙 주눅 들어있는 탓에 남들과 쉽게 어울리진 못했다. 그러다 보니 말 붙일 수 있는 상대가 없는 새로운 학교에서 적응하는 것은 더더욱 어려웠다. 그래도 친구를 조금 더 쉽게 사귈 수 있는 방법을 알고 있었으니, 단칸방에 살며 동생과 유일하게 즐기던 오락이었다. 거의 매일을 단칸방에서 출 퇴근하듯이 오락실에 다녔으니 대전 격투 오락은 꽤 잘하는 편이었고, 하필 이사 온 동네에는 유독 오락실이 많았다. 킹 오락실, 장원 오락실, 2층 오락실 등. 약 다섯 군데가 하굣길에 포진되어 있었다.

어린 내게 이 새로운 동네에는 마치 알려지지 않은 재야의 오락고수들이 넘쳐날 것만 같았다. 또한 내 실력으로 평정하겠다는 의지를 갖기에 충분했다. 무엇이든 그렇지 않은가? '실력은 투자한 시간에 비례한다'는 불변의 진리. 돈이 있건 없건 오락실에 가서 죽치고 앉아있던 시간이 많다 보니 서서 보는 것만으로도 실력이 향상되었고, 그렇게 오락을 좋아하던 몇몇 친구들과 공통 관심사가 생겨 쉽게 친해질 수 있었다. 아버지, 어머니는 먹고사는 문제로 늘 바쁘셨고, 그렇게 점점 오락실에서 많은 시간을 보냈다. 지금 생각해 보면 오락실에서의 내 모습은 학교나 집에서의 모습과는 달랐다. 높은 승률과 화려한 기술로 남들보다 우위에 설 수 있었던 유일한 장소였고, 나는 남들의 그런 시선을 즐기고 있었다.

지금이라면 다를 수도 있겠지만, 당시에 오락실을 간다는 것은 공부와는 담을 쌓은 불량학생처럼 보이곤 했다. 당연히 부모님께서 좋아하는 모습도 아니었다. 동생과 오락실에서 구경하고 있으면 가끔 어머니께서 우리 두 형제를 직접 잡으러 오시곤 했다. 만화에서 표현하는 것처럼 귀를 붙들려 끌려가는 모습은 아니었지만, 그래도 온갖 구박을 받으며 고개를 숙이고 죄인이 된 모양으로 집에 들어 오곤 했다. 그렇게 집에 들어오면 시키지 않아도 공부하는 시늉을 하며 어머니의 화가 풀리길 기다렸던 것이 기억난다.

순댓국

아버지가 한창 사업에 어려움을 겪고 계실 때, 그러니까 내가 국민학교에서 중학교로 옮겨가던 시절 이야기다. 가정의 경제적 부담을 대부분 어머니가 책임지고 있었던 그때, 아버지는 술의 힘을 많이 빌리셨다. 아버지는 애주가이시며, 술에 취하면 굉장히 기분 좋아지셨다. 반대로 어머니는 술은 입에도 대실 수 없는 분으로, 아버지의 음주를 굉장히 싫어하셨다. 그러다 보니 아버지는 집에서 술을 드시려면 어머니의 온갖 구박과 잔소리를 감당해야 했고, 감당하다 욱하시면 다툼이 일어나기 일쑤였다. 그런 일들이 반복되자 결국 아버지는 가정의 평화를 위해 집 근처 조그마한 순댓국집으로 피신하곤 했다.

우리 집에서 유일하게 순대를 좋아하는 나는 간간이 아버지의 술친구가 될 수 있었다. 저녁을 먹을 때쯤 즈음 전화를 하셔서 "밥 먹었니? 순대 안 먹을래?" 하며 나를 꼬셨던 아버지. 내가 좋다고 하면 나는 순댓국집으로 바로 호출되었고, 그때부터 나는 순댓국집이라는 공간에 익숙해졌다. 내가 도착하면 이것저것 서비스를 챙겨주시던 친절한 순댓국집 사장님이 아직도 기억난다.

지금은 순댓국을 좋아하지만, 사실 그때의 나는 순댓국을 좋아하지 않았다. 쾌쾌한 냄새와 이상하게 보이는 온갖 내장이 들어있는 국. 전혀 친숙해질 수 없을 것이라 생각했고, 어쩔 때는 그 모양

새가 혐오스럽게 느껴지기까지 했다. 그런데 시간이 많이 흘러 직장 생활을 하게 되면서 순댓국과 돼지국밥을 좋아하게 되었다.

한동안 지방 출장이 잦았던 때가 있었다. 지방 출장을 가면 보통 업무는 6시면 끝나는데, 혼자 저녁 시간을 보내기에는 너무 지루하다 보니 자연스레 소주 한 병을 친구로 사귀게 되었다. 다른 사람은 어떤지 모르겠지만, 이상하게 가장이 되고부터는 혼자 먹을 때 나만을 위해 쓰는 돈이 아깝다고 느껴진다. 가족과 함께 한우를 먹으러 가도, 장어를 먹으러 가도 아깝지 않은 돈이, 이상하게 나 혼자 먹는 그 술 안주에는 단 몇천 원조차 아깝게 느껴졌다.

그럴 때마다 찾게 되는 순댓국, 가격적으로 그나마 부담이 덜하다 보니 자주 찾을 수밖에 없다. 그렇게 홀로 순댓국이나 국밥을 먹을 때면 문득 아버지와 순댓국집에서 함께했던 그 어린 시절이 떠오른다. 아버지가 불러 순댓국집에 온 나는 조잘조잘 말을 늘어놓는 아이도 아니었고, 아버지의 말씀에 맞장구를 쳐줄 정도로 성숙하지도 못했다. 정말 조용히 순대만 먹었을 뿐이었는데, 그런 나를 사랑스럽게 바라보셨던 아버지의 얼굴이 가끔 생각난다. (지금은 나도 왜 그렇게 보셨는지 안다. 내 딸들이 무언가를 열심히 먹고 있으면 그 모습이 참 사랑스럽더라.)

물론 내 입에 무언가 들어가는 모습을 보고 싶으셨기도 했을 것이고, 혼자서는 조금 외로울 수 있으니 맞은편에 앉힐 마땅한 사람이 필요했을 수도 있다. 하지만 최근 바뀐 생각은 내가 혼자 먹는 것에 돈을 쓰지 않듯이, 그때 아버지도 혼자 먹는 것보단 아들과 먹는 음식에 돈을 쓰고 싶으셨던 것은 아닐까 싶다. 이러한 것들을 느끼기 시작하면서는 언젠가부터 지방의 유명한 국밥집에서 끼니를 해결할 때면 가끔 아버지께 전화를 한다. "아버지, 여기 되게 맛있어요. 나중에 꼭 한번 같이 와요." 물론 국밥을 사랑하는 나의 딸들도 생각이 나지만, 순댓국은 유독 아버지를 먼저 떠올리게 하는 메뉴이다.

지금 돌이켜 보면 그때 아버지 나이가 40이 되지 않았던 때이다. 30대 중 후반의 가장이 얼마나 괴로운 일이 많았으면 순댓국집을 그렇게 자주 찾았을까? 아들을 불러 하던 술 한잔이 잠시라도 괴로움을 떨칠 수 있는 소소한 행복은 아니었을까? 지금의 나라면 정말로 많은 위로와 격려를 해드릴 수 있을 텐데…. 잘하고 계시다고, 잘 될 거라고 말이다. 그런 아쉬움 때문일까? 나는 여전히 순댓국을 먹을 때마다 그렇게 아버지가 생각난다.

사춘기

   한창 몸집이 커지고, 동생과 함께 지내는 작은 방 안에서 이유도 없이 짜증만 많아지던 시기였다. 사람마다 겪는 시기와 마주하는 방식은 다르지만, 누구나 겪게 되는 사춘기가 내게도 있었다. 부모님은 잘 기억 못 하지만, 내 사춘기는 비관적인 생각이 끝도 없이 이어지던 중학생 때였다.

   내가 중학생이 된 그 무렵에도 우리 집은 크게 변하지 않았다. 아니, 부모님께서는 부단히 나은 집으로 이사하기 위해 노력하셨지만, 결과적으로 이뤄낼 수 없었으니 변하지 못했다는 표현이 맞겠다. 어머니는 미싱 일을 정말로 쉬지 않고 하셨다. 나름 인정받으며 일하고 있다는 어머니의 자부심과 얽힌 여러 가지 에피소드들이 있다. 반대로 아버지 역시 바쁘셨지만, 일이 잘 풀리지 않았다. 꾸준히 월급쟁이 생활을 하던 어머니와 잘 풀리지 않는 사업을 이끌어 가야 하는 아버지. 당연히 시간이 지날수록 경제력은 어머니 쪽으로 많이 기울 수밖에 없었다. 여성의 연봉이 더 높은 부부의 경우 다툼이 더 많아진다는 연구 결과도 있다고 하니, 아마도 우리 부모님 역시 그 연구 대상들과 큰 차이가 없었던 것 같다. 아버지는 당시 인쇄업을 하고 계셨다. 한때는 꽤 성황이었지만, 가정용 컴퓨터가 보급화되고 잉크젯 프린터를 집집마다 구비하다 보니 그때의 인쇄업은 사양산업이 되어가고 있었다.

어쨌든 그렇게 열심히 살고 있었지만, 우리 집은 나아진 것이 없었던 것 같다. 중학생쯤 되어서야 누구는 어느 아파트에 살고, 누구 아버지는 어떤 차를 타는 것과 같은 '부'에 관한 인식이 형성되었다. 괜한 느낌이었는지 모르지만, 그때도 아파트에 사는 친구는 무언가 더 깔끔하고, 좋은 옷을 입고 다니는 느낌이었다. 반면 우리 집은 반지하 같은 1층으로 바깥 외벽이 있었지만, 키가 좀 큰 사람은 그 외벽 너머로 문을 열어놓은 집 안방을 훤히 볼 수 있는 그런 곳이었다.

아직도 창피했던 기억이 있는데, 당시 친하진 않았지만, 학원에서 함께 공부하던 친구 중에 이미 키가 175cm가 넘는 친구가 있었다. 같은 동네 사람도 아니었는데 그날따라 왜 우리 동네에 왔는지는 모르지만, 우연히 우리 동네 골목을 지나가다 우리 집을 지나치게 된 것이다. 더운 여름이라 속옷만 입고 있었는데, 그 친구가 지나가며 속옷만 입고 안방에 누워 텔레비전을 보고 있는 나를 보며 인사를 하는 것이 아니겠는가? 정말로 무방비 상태로 인사를 하며 화들짝 놀라 부랴부랴 옷을 챙겨 입었지만, 이미 그 친구가 지나간 후였다.

다음 날 학원에서 만난 친구가 "야, 너는 집에서 무슨 팬티만 입고 누워 있냐?"라며 악의 없는 말을 했는데, 너무 부끄러운 마음이 들었다. 대꾸할 말도 없었다. 더욱이 그 녀석은 인근 아파트에 살던 터라, '저 친구는 우리 집을 보고 어떤 생각을 했을까? 내가 생각하는 것처럼 우리 집이 불쌍해 보이진 않았을까?' 여러 가지 생각들이 이어졌다. 내가 덥다고 현관문만 안 열어놓았어도, 아니 속옷 차림만 아니었더라도 이렇게까지 창피하진 않았을 텐데 자책하는 수밖에 없었다.

하지만 그 자책도 잠시, 자책은 원망이 되어 곧 가족 중 누군가에게 화살이 날아가곤 했다. 화살이 날아간 곳은 어머니였고, "이사 가면 안 돼?" 짜증 내며 말씀드리곤 했다. 현실적으로 가능하지 않다는 것을 알면서도, 어머니도 다른 대안이 없으신 것을 알고 있으면서도 깊은 생각 없이 쏘아붙였다. 지금 생각해 보면 다른 대답을 해줄 수 없었던 어머니의 입장이 얼마나 난처하셨을까 감히 짐작도 되지 않는다. 참 못됐었다. 그 못됐던 시기가 나의 사춘기였다. 물론 지금도 그렇게 착하다고 생각하진 않는 걸 보면 나의 사춘기는 아직 안 끝났는지도 모르겠다.

Mr. 바

나에게는 한 살 차이의 남동생이 있다. 1년의 차이가 뭐라고, 나는 그렇게 동생을 챙겨야 한다는 의무를 어릴 때부터 가지게 되었다. 바쁘신 부모님을 대신해 동생을 위해 가스 불을 만지고, 계란을 부치고, 라면도 끓이고. 집에 어른이 없으니 당연히 그래야 했고, 비교적 잘할 수 있었다. 이른 시기에 어머니의 고충을 이해할 수 있기도 했다. 밥을 준비해 놓았는데 약속한 시간까지 오지 않거나 예고 없이 갑자기 안 먹는다고 하는 것이 얼마나 사람 속을 뒤집어 놓는 것인지 알게 되었다.

그 무렵 우리 집은 주방과 거실, 공용의 공간이 협소했다. 그 좁은 가운데 사무실에서나 놓을 법한 둥그란 테이블까지 있어, 방으로 들어가려면 테이블에 붙어있는 의자를 끝까지 밀어 넣어야만 들어갈 수 있었다. (그때는 왜 그런 테이블을 갖고 왔는지 이해할 수 없었지만, 지금 생각해 보면 아버지가 사무실을 옮기면서 사용하던 테이블을 차마 버리기 아쉬워 식탁처럼 쓰려고 들여놓았던 것 같다.) 짜증이 많은 나이, 아니 사춘기 때문이 아닌 내 고유의 인성 문제일지도 모르겠다. 아무튼 그 협소한 공간에서 몸에 무언가 부딪히는 것만으로도 심기가 불편하기 일쑤였는데, 요리를 하려면 환기도 되지 않는 그 좁은 틈에 서서 해야 하니 짜증이 배가 되었다. 가끔 내가 먹기 위해서도 아니고 동생을 위해 계란을 부치다 기름이라도 튀면 솔직히 절로 욕이 나왔다.

하지만 그런 정도는 사실 애교에 가까웠다. 더 큰 문제가 있었으니, 바로 벌레와의 전쟁이었다. 앞에서도 설명했지만, 우리 어머니는 참 바쁘셨다. 바쁘시다 보니 음식은 잘하시지만 정리하실 시간적, 정신적 여유도 없으셨고, 사실 공간적으로도 크게 부족했다. 사람이 덜 신경 쓸수록 그 공간들은 벌레들이 지배하게 되었고, 그렇게 내가 살던 집에는 벌레들이 들끓었다. 계란을 부치는 데도 옆으로 지나다니는 바선생들. 여름이 되면 비행을 시작하는 날파리들.

그중 유독 나는 바선생을 싫어했다. 수많은 에피소드로 인한 일종의 트라우마 같은 건데, 잠결에 팔이 가려워 긁다가 바선생을 팔에서 죽인 이후로 더더욱 싫어질 수밖에 없었다. 가끔 계란을 부치려고 팬을 꺼냈는데 그 안에 있던 바선생이 인사를 하면…. 그렇게 끔찍할 수가 없었다. (생각해 보면 그래도 대충 닦고, 그 조리 기구를 바로 사용했다. 나도 참….) 또 우리 집에 먹을 것이 많아서 그랬는지 몸집 큰 놈들이 유독 많았다. 그렇게 오랜 시간 함께 동고동락(?) 했으면 익숙해질 때도 됐는데, 유독 그 검고 작은 생명체와는 친해질 수 없었다.

아주 이후의 일이지만, 성인이 되어 태국 출장을 가서 마주친 바선생님들은 사이즈가 감히 한국 바선생들과는 비교할 수 없을 만큼 컸다. 정말 영화 「미이라」에서 본 물방개 같은 큰 분들이 많다. 한국에서도 가끔 날아다니는 것을 보긴 했지만, 태국에서 본 선생들은 무슨 날벌레마냥 대부분 날 줄 아는 것이 더 끔찍했다.

나름 많은 추억을 안겨준 바선생들. 모든 벌레를 잘 잡아도 바 선생 앞에서는 아직도 잠시 주춤하게 되는 내 모습. 나는 아직도 바선생과 데면데면한 사이를 유지하고 있다. 그래도 아이들 앞에선 전혀 그렇지 않은 척 잘 연기하고 있다.

생에 첫 빠따

언젠가부터 선생님이 학생을 체벌하면 학생은 경찰에 신고하는 것이 사회적으로 용인된다. 물론 어릴 적, 몇몇 선생님들의 심각한 체벌에 경악한 적도 있었지만(체벌보다 구타에 가까웠다), 그래도 한편으론 자라나는 청소년기의 학생들이나 어린이들의 입장에서도 무서운 사람이 하나쯤 있어야 올바른 인성 교육에 도움이 된다고 생각한다.

학창 시절, 유난히도 무서운 선생님들이 많았기 때문인지 왕따나 학교 폭력과 같은 문제들을 겪진 않았다. 간간이 괴롭히는 학생들이 있긴 했지만 그보다 더 무서운 선생님들이 포진하고 계시니 최소한 선생님들 앞에선 서로 뭉칠 수밖에 없었다. 중학교 때는 한 반에 40~50명 정도가 함께 공부했다. 그 많은 인원을 통제하려면 선생님들도 어느 정도 강해야만 버텨낼 수 있었을 것이다. 대부분 제일 강한 선생님은 학생주임 선생님으로, 일명 선도부나 학생부로 불리는 곳의 총책임자라고 볼 수 있다. 우리는 줄여서 학주 혹은 미친개 등 학주 외에 다른 별명을 만들어 부르곤 했다.

학주 말고도 꽤 두려운 선생님들이 몇 있었는데, 그 중 유일하게 덩치로 압도하는 분이 계셨으니 바로 체육 선생님이었다. 평소 학생들을 자주 혼낸다거나 체벌을 하는 스타일은 아니었는데, 작은 운동장이었지만, 골대에서 공을 차면 반대편 골대까지 날아오는 무서운 킥력의 소유자이면서 불의에는 절대로 참지 않으시는 그런 분이었다 보니 모두들 그분의 심기를 건드리지 않으려 애썼다.

체육 시간에는 체육복을 갈아입고 운동장에 나오는 것이 일반적이었는데, 비가 오면 체육복을 갈아입지 않고 교실에서 자습하거나 천장에 매달린 작은 텔레비전 하나로 영상을 보며 수업을 대체하는 경우가 많았다. 하루는 비가 오락가락 하던 참이었고, 운동장에 물이 고여있었다. 내심 실내 수업을 기대하며 등교했다. 반에서 힘이 센 친구들은 이미 체육복을 갖고 오지 않아 실내 수업을 해야 한다고 분위기를 잡던 중이었고, 많은 친구 역시 동조하였다. (비가 와눅눅하다 못해 간간이 젖어있는 교실에서 체육복을 갈아입고 나가는 것 자체가 귀찮았으며, 운동장 바닥 역시 듬성듬성 물웅덩이가 있어 체육 활동을 하기 쉽지 않았다.)

앞선 과목이 끝나 쉬는 시간이 시작되었고, 힘이 센 친구들은 반장을 시켜 선생님께 실내 수업을 확인받아 오라고 시켰다. 당연히 우리는 그렇게 실내 수업을 할 수 있을 것이라 기대하였고, 체육복도 갈아입지 않은 채 교실에서 반장을 기다렸다. 하지만 수업 시작종이 친 상황에서도 반장이 오지 않는 것이 아닌가? 우리는 멀뚱멀뚱 교실에 있었는데, 갑자기 체육 선생님이 반에 들어오시더니 물으시는 것이다. "오늘 내가 실내 수업한다고 얘기 들은 사람, 거수?" 아무도 대답하지 못하고 있던 그 난감한 상황에, 타이밍 좋게 반장이 들어오는 것이 아닌가? "반장, 오늘 왜 애들이 다 교실에 있지?" 반장은 침착하게 "비가 오고 있어, 선생님께 실내 수업하실지 여쭤보러 교무실에 갔다가 선생님을 못 뵈어서 기다리다 왔습니다."라고 말하는 순간, 우리 모두는 무언가 잘못됨을 감지했다. 속으로 모두가 '죽었다…'를 외치던 순간, 아니나 다를까 선생님은 "전부 다 운동장 나가 엎드려 뻗쳐!"라며 호통을 치셨다. 누가 먼저라고 할 것도 없이 밖으로 나간 우리는 어디에 엎드려야 할지 몰라 또다시 갈팡질팡하고 있는데, 이내 알루미늄 야구방망이를 들고 나타난 선생님은 보기 좋게(때리기 좋게) 일렬로 근 50명을 엎드리게 했다.

그때만 해도 우리는 엎드려 있으면서 '설마 50명이나 되는 우리를 혼자 다 때리시겠어?'라며 뒤로 갈수록 맞지 않을 것이라는 강한 믿음을 갖고 있었다. 나 역시 '아, 조금 더 뒤로 갔어야 했는데.'라고 생각하며 운이 좋지 않은 몇몇만 맞고 말겠지 싶었다. 또한 평소에도 체벌하는 모습을 보기 힘들었으니 잠깐 동안 기합을 받다가 들어가리라는 행복한 상상도 잠시 했었다. 하지만 상상은 상상일 뿐, 선생님은 우리의 예상보다 더 화가 나셨고, 생각보다 훨씬 체력이 좋으셨다. 40명이 넘는 인원들에게 알루미늄 배트를 풀 스윙하시며 2대씩을 허벅지에 선사하셨다. 일반적으로 선생님들이 들고 다니시는 체벌 도구들(자, 당구 큐대, 대걸레 등)은 이미 경험해 봤으니 예상 가능한 통증을 느낄 수 있겠지만, 난생처음 경험한 알루미늄 야구방망이는 고통 역시 다른 차원의 것이었다. 고작 2대였고, 경쾌하고 빠르게 "팍팍!" 하는 소리와 함께 경험한 파괴력은 정말이지, '사람이 맞을 것이 아니구나.'라는 생각이 들게 했다.

성인이 되어서 복기(?)해 보는 것이지만, 알루미늄 야구방망이의 특성상 안에 내용물이 없는 가벼운 쇳덩어리이다 보니 스윙하는 스피드를 가볍고 빠르게 가져가면서 우리들의 엉덩이에 정확하게 조준하셔서 모든 인원에게 동일한 파워를 느끼게 해준 것 같다. 그렇게 전 인원이 2대씩의 방망이 체벌을 경험하고, 제대로 걷지도 못해 어기적거리며, 체육복을 갈아입고 다시 운동장에 모였다. 선생님은 단호하셨고, 우리는 아픈 허벅지를 움켜쥐고 제일 싫어하는 구보까지 해야만 했다.

지옥 같은 체육수업이 끝나고, 들어와서 모두 함께 옷을 갈아입는데, 단 한 명의 열외도 없이 허벅지 뒤쪽의 푸른 멍 줄기 2개가 보였다. 어떻게 그렇게 균일하게 새겼는지 모든 아이가 똑같이 문신한 것과 같았다. 그러나 누구도 짜증을 내지도, 책임을 전가하지도 않으면서 우리는 그렇게 공통의 적을 선생님으로 돌리며 하나가 되었다. 아파하면서도 웃으면서 선생님의 뒷담화를 하며 더욱 친밀해질 수 있었던 계기가 되었다.

이런 에피소드로 선생님의 체벌이 정당하다는 것은 아니다. 하지만 무서운 선생님들로 하여금 대부분의 학생들은 폭력과 같은 문제를 감히 일으키려고도 하지 않았던 그때가 오히려 더 순순했던 것 같다. 가끔은 그런 생각을 해본다. 요즘도 예전처럼 무서운 선생님들이 계셨다면 학교생활에서 아이들이 서로가 서로에게 위협이 되고, 두려움이 되는 그런 상황을 피할 수는 있진 않았을까? 아니 적어도 조금은 줄일 수 있지 않았을까?

딸만 둘을 키우고 있는 40대의 아빠로서 딸들의 교우 관계나 앞으로의 학교생활이 순탄할 수 있을지 사실 걱정이 안 될 수가 없다. 늘 들려오는 끔찍한 뉴스들, 과연 이것이 아이들의 수준에서 발생할 수 있는 범죄인지 가늠조차 되지 않는 잔인함. 그러한 아이들을 성인과 같은 수준으로 처벌하자는 의견들과 함께 논의되고 있는 촉법소년의 연령 하향 등. 적어도 내가 빠따를 맞던 그 시절에는 이러한 이유로 부모님께서 걱정하시진 않았던 것 같은데, 안타까울 뿐이다.

그리고 이것도 추억이라면 추억이지 않을까? 이제는 빠따를 맞아야 정신을 차릴 것 같은 순간에도 그 누가 나를 혼내지 않는다. 사실 지금 이 나이에도 가끔 혼나야 할 것 같은 때가 있다. 생각보다 꽤 자주.

사구체신염

　반지하 같으면서도 아닌 것 같은 우리 집. 그곳에서의 생활이 길어질수록 모든 가족 구성원이 더 큰 집으로 이사 가야 한다는 것을 체감하고 있었다. 다만 현실적인 여건이 따라주지 못했을 뿐.

　당시 살던 집은 10평 정도 되는 공간에 방 2개, 거실 겸 부엌 그리고 대략 30cm 위에 있는 화장실이 거실 한쪽에 있었다. 말하자면 화장실을 가기 위해 한 계단을 올라가야 하는 느낌이었다. 반지하 같으면서도 아닌 것 같다고 말하는 이유가 이 화장실에 있다. 사람들이 지나다니는 통로의 높이, 그러니까 1층의 지대는 화장실과 비슷했고, 우리 집은 화장실보다 약 30cm 정도 밑에 있는 것과 다름없었으니 최근에는 보기 힘든 구조의 집이라고 생각한다.

　참 많은 문제가 있었던 집이었다. 한겨울에도 따뜻한 물이 나오지 않아 아침마다 머리를 감기 위해 이를 악물어야 했고, 여름 장마철에는 여지없이 천장에서 물이 떨어져 바가지를 받치고 살았다. 그럼에도 우리는 집주인에게 수리를 요구할 처지가 못되었다. 월세 집이었는데, 그 월세조차 밀리고 있던 상황이었기에 정당한 권리를 주장할 수 없었던 것으로 기억한다. 아직도 월세를 받으러 내려오던 주인아주머니의 짜증 섞인 표정이 기억난다.

　월세도 제대로 못 내는데 다른 것이라고 제대로 내고 있었을까? 하나밖에 없는 아버지의 낡은 승용차는 구청에서 번호판을 떼어갈까 (자동차세가 일정 기간 미납되면 번호판을 떼어 가기도 한다),

운행 이후 손수 번호판을 분리해 자동차 트렁크에 보관해야 했다.

　이런 집에서의 여름은 유난히 더웠고, 습했다 보니 당연히 벌레들이 더 들끓었고, 겨울은 유독 길게 느껴졌다. 지금 생각해 보면 보일러만 바꿨어도 안 그랬을 텐데, 막연하게 그냥 우리 집은 따뜻한 물이 안 나오는 집으로 인지하게 되었다. 다른 집들도 크게 다를 것이라는 생각조차 못 했다.

　그렇게 한창 청소년으로 자라가던 어느 날, 갑자기 나의 몸에 이상신호가 생겼다. 머리에는 100원짜리 동전 크기의 원형탈모가 여러 개 생기기 시작했고, 소변을 보면 통증과 함께 피가 섞여 나왔다. 어지간하면 혼자 참아냈겠지만, 난생처음 경험한 증상은 곧 심상치 않음을 느껴 어머니께 말씀드릴 수밖에 없었다. 우리 동네에는 마땅한 병원이 없었으니 근심 어린 표정의 어머니를 따라 버스를 타고, 꽤 유명하다는 내과에 찾아갔다.

　나이가 지긋하신 병원 선생님은 진료 후, 생전 처음 들어보는 병명을 말씀하신다. '사구체신염'. 나는 항상 감기를 달고 살았는데, 의사 선생님 말씀이 감기를 오랫동안 앓다 보면 감기 바이러스가 신장으로 이동해 염증을 일으켜 생기는 질병으로, 1년 이상의 치료를 받아야 한다고 했다. 그 말에 어머니는 큰 충격을 받으셨는지 연신 눈물을 훔치셨고, 나는 왠지 모르게 죄지은 느낌이 들었다. 사실 죄를 지은 느낌보다 소변을 볼 때의 통증이 점점 심해져 물도 마시고 싶지 않을 정도였는데, 이 증상이 잘못하면 1년도 갈 수 있다는 생각에 꽤 깊은 절망감에 빠져있었다.

　집에 오자 나의 병명은 부모님의 또 다른 싸움거리가 되었다. 따뜻한 물이 안 나오는 집, 습한 내부 상황. 그로 인한 나의 기나긴 감기까지. 어머니는 가장인 아버지께 묵혀놓았던 불만을 쏟아냈고, 아버지 역시 본인의 의지대로 그리하신 것이 아니다 보니 더 큰 소리로 맞서셨다. 하지만 가족 중 누군가 아프면 나머지 가족들이 뭉치게 되지 않나? 다음 날이 되자 아버지는 곧 이성을 찾으셨고, 더 큰 종합병원에 가보아야 하겠다고 하셨다. 그래서 아버지, 어머니를 따라 좀 큰 종합병원에 가게 되었다.

전에 사구체신염이라는 병명은 내과에서 확인했는데, 병원 접수처에서는 나의 증상을 보고 비뇨기과로 진료를 잡아주었다. 막상 진료를 시작하니 의사 선생님이 몇 가지를 질문하다 갑자기 옆에 간호사 누나들이 있는데도 속옷을 벗어보라고 하셨다. 심지어 거기에는 아버지, 어머니도 계셨으니 중학생인 나는 정말로 당황하지 않을 수 없었다. 내가 꽤나 심각한 표정을 하니 간호사 누나분들이 그런 나의 당황스러움을 감지하셨는지 본인들은 나가 있겠다면서 친히 퇴장해 주셨다. 그렇게 나는 속옷을 내려 진료를 받았고, 진료 후 약을 몇 봉지 받아 챙겨 나왔다.

병원을 나서면서 그제까지의 가라앉았던 분위기, 도무지 나아질 것 같지 않던 우리 가족의 상황이 한꺼번에 밝아졌다. 실은 1년 이상 치료해야 할 것이라 여겼던 사구체신염이 아니라, 약 1주일간 약만 먹으면 되는 방광염이라고 다시 진단명이 바뀌었기 때문이다. 또한 의사 선생님이 절대로 사구체신염일 수 없다며 호언장담을 하니, 그 말처럼 반가운 말이 없었으며 이내 모든 가족이 안심하게 되었다.

방광염이라고 얕볼 것은 아니었으나 조금 단순하게 소변을 오래 참으면 걸릴 수 있는 병으로 오랜 감기로 인한 질병은 아니었기에 무언가 사뭇 다르게 다가왔다. 아마 겨울에도 찬물로 샤워해야 했던 우리 집의 어려운 상황으로 인해 만들어진 병은 아니었기에, 부모님의 자책감이 조금은 덜어졌을 것으로 생각한다. "역시 병원은 큰 곳을 가야 돼."라는 아버지의 말씀과 함께 우리는 그렇게 가벼운 발걸음으로 집에 돌아올 수 있었고, 거짓말처럼 약을 먹고 수일도 지나지 않아, 나의 증상은 완벽하게 없어졌다.

원형탈모까지 없어진 것은 아니다. 아마도 스트레스로 인한 또 다른 문제였던 것 같은데, 공부를 그렇게 열심히 한 것도 아닌 어린놈이 무엇이 그렇게 힘들었을까?

거짓말

– 자존심과 열등감 사이

내게는 절대로 지키고자 했던 것이 있었는데, 어른이 된 지금에 와서야 그것이 '자존심'이었다는 것을 알게 되었다. 사람마다 이 단어에 대한 정의가 다를 것인데, 내 기준에서는 누군가에게 무너지거나 낮아진 모습을 보이지 않는 것이라 할 수 있겠다. 하지만 지극히 평범하고, 주위 친구들과 비교해도 어느 하나 나을 것이 없었던, 어떻게 보면 누구보다 열등감 많던 아이가 자존심을 지키는 것은 쉬운 일이 아니었다.

자존심을 지켜야겠다고 생각한 건 어릴 적 골목대장 시절일 때부터인 것 같다. 동네에 어울리던 꼬마들 대여섯이 있었는데, 나는 그 중 나이도 제일 많았고(비록 한두 살이지만), 다른 꼬마들은 몰라도 내 동생은 당연히 내 말을 잘 따르다 보니 나머지도 나를 곧잘 따르는 분위기가 되었다. 그때 유행했던 것이 후레쉬맨, 바이오맨 등 일본 만화영화 캐릭터였다. 텔레비전에서 방영하는 것이 아니었으니 유일하게 접할 기회는 바로 비디오 테이프였다. 우리 무리 중 한 녀석 집에 비디오 플레이어가 있었는데 (당시에 꽤 귀한 가전제품 중 하나였다), 친절한 그 친구의 어머니는 우리를 위해 늘 비디오 테이프를 빌려다 함께 보여주셨다.

그런 만화들의 특징은 늘 5명의 캐릭터가 색깔을 정해 각자 고유 색의 수트를 입고, 현란한 개별 기술과 합동 필살기를 통해 악당들을 물리친다. 그런 것들을 접하며 놀다 보니, 우리 무리도 각자의 색을 정해 마치 만화영화 속 캐릭터가 된 것마냥 막대기를 들고 다니며 놀았었다. 5명의 캐릭터 중 노란색과 분홍색은 대부분 여자 캐릭터여서 원하지 않는 색이었고, 빨간색으로 늘 리더 역할을 수행해서 가장 인기 많은 캐릭터였다. 우리의 경우 인기 많았던 빨간색은 감히 그 누구도 탐내지 않았다. 당시 모두가 암묵적으로 동의하여 당연히 골목대장이었던 나의 색이었기 때문이다. 나는 언제나 그렇게 빨간 리더 캐릭터를 맡아, 동네 꼬마들을 이끌며 뒷동산을 지배하고 있었다. 그때부터였던 것 같다. 높은 자존감으로 자존심을 부리던 것이.

하지만 국민학교에 입학하면서 많은 것이 달라졌다. 우리 동네의 뒷동산이 아닌 학교에서는 리더 역할보다는 구석에 있는 학생이었고, 운동이나 공부, 뭐하나 뛰어난 것이 없어 오히려 스스로 열등감에 사로잡힐 수밖에 없었다. 국민학교, 중학교를 지나면서는 더욱 급격하게 찌그러졌다. 오죽하면 성적표에조차 선량하나 내성적이라서 발표력이 약하다는 표현이 많았을까? 지금의 내 모습을 아는 사람들은 절대로 상상할 수 없던 나의 모습일 것이라 생각한다.

청소년기 내 생활 어느 곳에서도 어릴 적 빨간 리더 캐릭터였던 나의 우쭐함 같은 건 느낄 수 없었다. 그렇게 열등감과 자존심 어느 사이에서 그나마 남들에게 조금이라도 나아 보이고 싶어 되지도 않는 거짓말을 하며 순간을 넘기는 데 급급했으며, 당연히 어느 시점이 되면 현실을 직면해야 하는 잔인한 순간에 맞닥뜨리곤 했다. 아직도 이해가 가진 않는다. 나는 왜 굳이 있지도 않은 컴퓨터가 있다고 거짓말을 하거나 꼭 부잣집에 사는 것처럼 보이려고 애를 썼을까?

다소 어려웠던 가정형편만을 이유로 들기엔 합리화만으로도 부족한 감이 있다. 어쩌면 사소하지만 가끔 감당하기 힘든 큰 거짓말로 확대되기도 한다는 것을 그때 알았더라면, 솔직한 내 모습을 남들에게 보일 수 있는 자신감이 있었더라면 지금보다는 더 멋진 모습으로 살고 있지 않았을까 하는 아쉬움이 남는다.

아버지

아버지의 성장 배경은, 내 주관적인 관점이지만, 극상의 난이도를 자랑한다고 할 수 있다. 아버지에 앞서 우선 우리 할아버지는 황해도 출신으로, 명망 있는 양반 가문의 4대 독자였다고 한다. 할아버지는 집안 어른들 손에 애지중지 자라 오시다 6.25가 터졌고, "4대 독자는 살아야지."라는 증조할아버지의 말씀에 혼자 남쪽으로 넘어오셨다고 한다. 사실 황해도에서 이미 결혼을 하셨었고, 자녀가 있으셨다고 들었지만 3년의 전쟁 후에 다시는 돌아갈 수 없는 땅이 되었으니, 자연스레 남한에서 자리를 잡으실 수밖에 없었던 것 같다. 그러다 할머니를 만났고, 우리 아버지를 낳으셨다.

할아버지에 대한 기억은 하얀 바지(일명 빽바지)로 시작한다. 외출 전 할아버지는 늘 그날 입을 옷을 직접 정갈하게 다리셨는데, 유독 하얀 바지가 많았고, 어린 내 눈에도 그런 할아버지가 멋있게 보였다. 할머니와 13살 차이가 난다고 했는데, 아마 그런 멋진 모습에 할머니가 반하신 건 아닐까? 1924년생이신 할아버지는 심지어 키도 크셨다. 그 시절 170cm가 넘는 키에 배도 나오지 않으신, 심지어 외모적으로도 잘생기신 말 그대로 훈남이었다. 그런 멋쟁이 할아버지에게 치명적인 단점이 있었으니, 바로 경제력이었다.

4대 독자였던 할아버지는 6.25 전쟁 이전 황해도에 계셨을 때도 돈을 벌어보신 적이 없으신 것으로 전해 들었다(당시 집에 머슴이 있으셨을 정도로, 꽤 유복한 집이었다고 한다). 내 기억에도 돈을 벌러 다니는 모습보다는 친구들을 만나러 다니셨던 것이 눈에 선하다. 그와 반대로 할머니는 안 해보신 일이 없이 억척스럽게 가족을 부양하셨다.

할머니의 모습을 떠올리면 아파트 계단 청소를 하시던 때가 가장 기억에 남는다. 힘에 부처 많이 힘들어하셨는데, 그럼에도 일을 마무리할 때면 손주들을 위해 찬거리를 사다 음식을 해주셨었던 모습이 아직도 눈에 선하다. 어린 시절 나는 할머니를 세상에서 가장 강한 사람 중 한 분이라고 여겼다.

할머니 혼자 힘겹게 이끌어 가는 가정에서 과연 장남인 아버지와 아버지의 형제들은 어떤 것들을 느끼며 살아왔을까? 하루는 작은아버지가 웃으며 할머니께 잘못 배웠다는 투의 얘기를 들은 적이 있었다. 작은아버지가 고등학생 시절, 출처를 알 수 없는 꽤 큰돈을 가져와서 할머니께 드렸단다. 할머니가 출처를 물으시니, 작은아버지는 선뜻 대답할 수 없었던 모양이다. 잘은 모르지만 아마도 정당한 수단으로 얻은 돈은 아닌 것 같았다. 할머니는 그걸 아셨음에도 그 돈을 받으셨다. 여기서 나는 할머니의 잘못된 가정교육을 말하고자 하는 것이 아니다. 할머니의 올바른 판단마저 흐리게 만드는 당시의 지독한 가난과 힘겨움에 대해 말하고 싶다. 정당하지 못하게 얻은 돈이라도 당장 자식들의 배를 채울 수 있고, 생활에 필요한 것을 살 수 있다면…. 그 상황에서 할머니와 다르게 행동할 수 있는 사람이 과연 얼마나 있을까?

그러한 환경에서도 아버지는 꽤 곧고 무서운 형님이었다고 들었다. 할머니는 받으셨을지 몰라도 당시 밖에 나가 아버지께 호되게 혼났었다는 얘기를 들으니, 할아버지를 대신해 동생들의 훈육에 꽤 노력하셨던 것 같다. 그런 아버지는 생계를 책임져야 해 고등학교도 다 마칠 수 없었고, 그때부터 아버지는 형제들에게 아버지의 역할을, 할머니에게는 남편의 역할까지 맡아 오셨다. 이후 결혼한 후에는 우리 집의 가장까지 맡게 되었으니, 참 여러 가지 역할의 의무를 지고 계셨다. 아버지는 자식인 내 앞에서 단 한 번도 힘들어하신 적이 없다. 오히려 웃으며 긍정적으로 생각하라고 조언하셨었다. 계속 무거운 짐을 짊어지고 살아오셨으면서 어떻게 그리 낙천적이셨을 수 있는지…. 실은 아직도 미스터리다.

그런 아버지에게도 단점이 있었으니, 바로 '욱'이었다. 자존심에 조금이라도 금이 가면 그때는 여지없이 누구에게나 불호령이 떨어졌고, 이로 인해 주변 사람들은 경계해야만 했다. 아버지는 일하실 때라고 다르지 않았던 것 같다. 누군가의 밑에서 직장생활 하시는 것을 어려워하셨고, 결국 이른 나이부터 사업을 하셨다. 내가 기억하는 아버지의 사업 종류만 대략 20가지는 되는 것 같다. 인쇄업, 간판, 광고업, 건설업 등등. 현재 나도 사업을 하고 있다 보니 앞서 하던 아이템을 조금 변형하여 다른 사업을 한다는 것이 얼마나 힘든 것인지 아는데, 아버지는 변형도 아니고 새로운 아이템으로 새 사업을 몇 번이나 시작하셨으니, 얼마나 어려움이 많았을지 상상조차 되지 않는다.

고등학교 1학년 즈음이었다. 아버지는 일산에서 하시던 간판 사업을 접으시고 하얀색 트럭을 가져오셨다. 누가 봐도 쓰러져 기는 트럭. 과연 저게 굴러는 갈까 심히 의심이 되었다. 아버지는 그 트럭이 너무 좋으셨는지 이런저런 얘기를 해주시며, 내심 자랑하고 싶어 하셨다. 사실 나는 크게 관심갖지 않았다. 아니 관심갖고 싶지 않았다. 나름의 사춘기였고, 경제력이 부족한 아버지와 할아버지를 결부하여 그 반대인 할머니와 어머니만 고생하신다는 생각을 늘 갖고 있었던 때였다. 그러니 그 쓰러져 가는 트럭이라고 좋게 보이지도 않았고, 오히려 퉁명스럽게 반응했던 것이 기억난다.

어느 날 학교를 마치고 집에 오니, 아버지는 싱글벙글 웃으며 현금다발을 허리춤에 찬 전대와 바지 주머니에서 빼고 계셨다. 어머니도 함께 덩달아 신이 나서 돈을 세고 있는 게 아닌가. "무슨 돈이에요?"라고 물었다. 아버지는 "응, 오늘부터 아빠가 생선 장사를 시작했는데, 어찌나 잘 팔리던지!" 하며 웃고 계셨다. 그렇다, 아버지는 모든 사업을 접고 새벽 수산시장에서 생선을 떼다 아파트 등지를 돌며 팔고 계셨던 것이다. 집에서 단 한 번도 요리하시는 것을 본 적이 없는데, 칼질조차 하신 것을 본 적이 없었는데 그런 아버지가 다른 것도 아닌 생선을, 그것도 손질해서 팔고 계신다는 말이 적잖이 충격이었다.

아직도 그때 그 냄새가 기억나는 것만 같다. 꼬깃꼬깃 접혀 있는 돈 뭉치 중 일부는 젖어있었는데, 아마도 생선 손질을 하시며 받은 돈이니 젖기도 하고, 고약한 비린내가 밸 수밖에 없었을 것이다. 온 집 안에 퍼진 그 비린내. 그 모습을 보고 경제력을 갖게 된 아버지를 생각하면 반가워야 했다. 반가워야 했는데 그렇질 못했다. '아니, 우리 아버지가 이제는 생선까지?' 머릿속이 복잡했다. 어머니가 웃는 모습을 보면 기분이 좋다가도 아버지께서 풍기는 비린내에 마냥 웃을 수만은 없었다.

사실 아버지의 생선장사와 관련된 가장 큰 문제는 따로 있었는데, 바로 등교 시간이었다. 당시 우리 집은 여전히 4학년 때 이사 갔던 다가구 주택의 반지하에 가까운 1층에 살고 있었다. 그런 집에 주차 공간이 넉넉할 수 없지 않나? 이미 번호판이 떼어진 아버지의 승용차가 집 우측 골목에 주차되어 있다 보니, 아버지의 새로운 트럭을 주차할 마땅한 곳이 없어 버스 정류장 인근 공터에 주차하고 있었다. 중요한 건 나는 매일 아침 등교를 위해 버스를 타야 했고, 그 시절 나의 단짝 친구를 늘 버스 정류장에서 만났는데, 버스정류장 바로 맞은편이 그 공터였다. 더욱이 아버지의 출근 시간과 내 등교 시간이 겹치는 경우가 많다 보니, 여차하면 내 단짝 친구는 생선을 파는 아버지에게 인사를 해야 할 수도 있는 상황을 예상할 수밖에 없었다. 지금이라면 그러지 않았을 텐데, 나는 생선을 파는 아버지의 모습을 내 단짝 친구에게 보이고 싶지 않았다. 그러다 보니 등교를 위해 집을 나서면서부터 아버지가 뒤에 있진 않은지 계속 돌아보며 친구를 만나러 갔었다.

한참 뒤에 알게 된 사실인데 아버지는 그때 내가 뒤돌아보는 모습을 보고 일부러 숨었다가 내가 버스를 타면 출발하곤 하셨단다. 아버지와 함께한 술자리에서 했던 대화이다.

"너 임마, 그때 뒤돌아보면서 갔던 거, 내가 임마 너한테 안 보이려고 숨어있다가 갔어."

한참을 지난 뒤에 알게 된 사실에 죄송한 마음을 감출 수가 없었다. "아, 그러셨구나."

딱히 어떠한 말도 할 수가 없었다. 당시 그 이야기를 듣고 술에 취했음에도 숨어 계셨던 아버지의 모습이 영상으로 변환되어 내 머리에 남아버렸다. 아버지는 그렇게 힘든 삶을 살고 계셨음에도 자식인 나는 조금 더 나은 삶을 살길 바라셨던 것 같다. 매 순간 감사하면서도 죄송하고, 마음 한구석이 아리다.

봄 ——

아버지와 어머니의 꽤 오랜 다툼이 있었던 날이다. 늘상 있는 일이지만 조금은 다른 양상인 날이 있었다. 싸움이기보다는 어머니의 반란이라고 할 수 있겠다. 다툼의 이유인즉, 어머니는 아버지 몰래 동네에서 꽤 괜찮은 신축 빌라를 계약해 버리셨고, 아버지는 당장 잔금 치를 여유가 없으니 계약금을 날릴 상황으로 인지하셔서 두 분의 다툼이 시작되었다. 어머니는 어떻게 하던 본인께서 책임을 지고 이사를 하겠다 마음먹으셨고, 아버지는 그 계획이 가능하다고 생각하시지 않는 듯했다. 하지만 이미 계약한 것을 어찌하겠는가? 나는 집 안 내 분위기가 가라앉은 상황에서도 꽤 근사한 집에 이사 갈 수 있다는 희망과 함께 한편으론 우리가 그 금액을 감당할 수 없을 것 같은 불안함이 공존했다.

그때 나는 고3을 마치고 대학에 막 입학한 직후였다. 그렇다. 4학년에 전학 와서 20살이 될 때까지, 그 좁은 곳에서 정말로 거의 10년을 살아온 것이다. 겨울에 찬물로 머리를 감고, 여름엔 물이 새는 곳에서 바퀴벌레와 싸우고, 에어컨은 꿈도 꿀 수 없는 그런 집에서 내 사춘기를 비롯한 청소년기가 끝나 버렸다. 원망은 아니다. 이제는 그냥 그러한 시절이 있었다는 것을 기억하고 싶고, 지금도 가끔은 그 동네를 지나가면 아직도 누군가가 살고 있을 그 집에 한 번쯤은 들어가 보고 싶은 마음까지 든다. (로또라도 된다면 그 집을 사서 근사하게 꾸며보고 싶은 마음도 있다. 따뜻한 물이 나오고 벌레도 없으며, 물도 새지 않는 그런 집으로 말이다.)

　우리 가족 중 이미 합리화로 무장한 어머니를 제외하고는 그 누구도 마냥 신난 모습일 수 없었다. 어머니 역시 겉으로 더 좋은 척하시는 것 같으면서도, 한편으론 불안해하고 계신 것 같았다. 걸어서 5분 거리의 새집. 계약만 했는데도 분양팀 직원은 어머니께 도어락 번호를 알려주었고, 우리는 이사도 가기 전부터 그 집에 자주 들어가 보고 구경하며 꽤 행복했다. 심지어 어머니는 그 새집에 차곡차곡 짐을 옮기며 미리 이사 준비를 하셨다(잔금도 치르기 전에 말이다). 필요 없는 겨울 짐을 갖다 놓으시고, 새롭게 구매하신 것으로 하나씩 채우시기 시작하신 것이다. 그렇게 우리 집은 10년 만에 새집으로 이사할 준비를 하고 있었다.

　아버지가 어머니의 의견을 존중하기 시작하면서, 그러니까 아버지도 이사를 결심하시고 두 분이 힘을 합치시면서부터 모든 것은 일사천리로 진행되었다. 난생처음 써보는 침대. 처음 가져보는 방. 어렸을 때는 내 방이 있었으면 좋겠다 정도였는데, 실제로 방이 생기니 어떻게 좋아해야 할지도 잘 모르겠더라. 부모님이 감당 못 할 것 같은 불안함 때문이었을지도. 아무튼 그렇게 이사를 하고, 처음으로 우리 집, 부모님이 소유하신 자가 주택에서 살게 되었다(국민학생일 때 잠시 지하 빌라를 갖고 계셨으나 어쩐지 그 집이 우리 집이었다고 생각해 본 적은 없었다).

　지금 봐도 그 집은 참 아름답다. 아담한 놀이터가 옆에 붙어있이, 자연스레 놀이터 내 나무와 꽃들이 우리 집의 정원이 되었고, 당시 생소했던 천장형 에어컨이 설치되어 있어 여름철에도 시원했다. 그뿐인가? 겨울에는 따뜻한 물이 나와 목욕하는 데도 전혀 걱정이 없었으며, 새집이라 벌레는 구경할 수도 없었다. 옛말에 집터가 가정의 운을 좌우한다는 말도 있지 않은가? 그때는 믿지 않지만 지금 생각해 보면 그럴 수도 있겠다 싶다. 그 집으로 이사 가고 난 후부터 아버지의 일도 잘 풀리기 시작했다. 수십 가지의 사업을 시작하고 접기를 반복하다가 생선을 팔던 아버지는, 그 무렵부터 하나의 사업에 집중하시게 되었고, 가끔 들른 아버지 회사는 점차 직원들도 늘어갔다.

불과 이사 가기 6개월 전, 대학 입학 당시만 해도 전혀 예상할 수 없던 일들이었다. 입학금과 등록금을 수납해야 했던 그 납기일의 마지막 날. 그날까지도 나는 돈을 내지 못해 등록을 못 할 것 같았다. 전날 아버지와 어머니께서는 등록을 할 수 없을 것 같으니 재수를 하자는 말씀을 하셨을 때 이미 어느 정도 포기한 상황이었다. 사실 점수에 맞춘 대학이지, 내가 가고 싶은 곳도 아니었다. 서울에 있지도 않은 전문대로 원하는 과만 맞춘 곳이었다. 물론 집에서 가깝다는 장점이 있었지만, 지금과 마찬가지로 그때도 인서울 4년제가 참 중요한 기준선이었는데, 그 기준선을 하회하는 결정이었으니 스스로 떳떳한 선택도 아니었다.

이런저런 이유를 묶어 합리화로 정신을 무장하고, 그렇게 포기하려는 순간. 납부할 수 있는 시간이 채 2시간도 남지 않은 상황에 아버지께서 급하게 집으로 들어오시며 나를 찾으셨다. 입학금과 등록금을 낼 수 있는 약 200만 원의 돈뭉치를 들고. "학교에 가자. 지금 가서 납부하면 돼!" 현금을 들고 오셔서 대학에 등록하러 가자고 하신 그날. 만감이 교차했다. 본래 은행에 납부하면 되는 것이었지만, 송금할 경우에는 학교에서 확인할 때까지 하루이틀의 확인 시간이 걸리다 보니 당일 등록을 위해서는, 더더욱 납부 시간이 2시간도 채 남지 않은 상황에선 학교에 직접 납부하는 것 말고 방법이 없다는 것을 이미 전화로 확인하신 후 나를 데리러 집에 오신 것이었다.

그제서야 정말로 대학생이 되는구나 하면서도, '이 돈을 갑자기 어디서 구하셨을까? 무리하신 것은 아닐까?' 하는 여러 가지 생각이 교차했다. 이러한 상황에서 누군가는 아마도 학자금 대출을 얘기할 수도 있다. 차라리 학자금 대출을 받고 나중에 갚으면 되지 않겠냐고. 하지만 나와 동생은 안타깝게도 이미 고등학교 때 은행도 아닌 대출 대행 사무실에 가서 서명을 꽤 여러 번 했었다. 고로 추가로 받을 수 있는 신용이 없었다.

정말로 6개월 전만 해도 이런 고민들로 대학을 가네 마네 했는데, 갑자기 한 회사 오너의 아들이 되고, 꽤 그럴싸한 집에서 살게 되고, 내 방까지 생긴 대학생이 된 것이다. 꼭 긴 겨울을 지나 반갑게 맞은 따뜻한 봄날과도 같았다. 하지만 너무나도 더워질 여름을 미리 걱정하듯이 좋지만 좋음을 맘껏 즐길 수 없었다. 너무도 사랑하는 내 아버지, 어머니이지만, 그때까지도 나는 부모님의 경제력에 대해서는 늘 의심을 가질 수밖에 없었다. 그로 인해 예견되지 못한 어려움이 언제든지 닥칠 수도 있다고 생각했고, 그 좋음을 유지하기 위해 나 역시 빨리 돈을 벌어 보탬이 되고 싶었다.

돈벌이

  대학생이 되고 가장 좋았던 것은 아르바이트가 가능하다는 것이었다. 스스로 돈을 벌 수 있다는 자신감은 이제 갓 성인이 된 내게 막연하고 흐릿하지만 푸른 빛깔의 미래를 가져다줄 것 같은 희망을 갖게 했다.

  동시에 처음으로 사회에 내 던져졌던 순간이라고도 할 수 있겠다. 집안의 형편은 나아졌지만, 그렇다고 마냥 넋 놓고 있을 수만은 없었다. 왠지 모를 불안감 때문이라도 무엇이든 해서 아버지, 어머니께 조금이나마 보탬이 되고 싶었다.

  첫 알바는 지금은 없어진 꽤 유명한 특2급 호텔의 연회장 서빙이었다. 말이 서빙이지, 결혼식 및 기타 행사들을 진행하며 손님들이 먹을 밥을 갖다 주고, 손님들이 떠나면 치우는 일종의 직원 보조 업무 같은 것이었다. 보조 업무라 해도 호텔이라는 공간이 주는 느낌 때문이었는지 무언가 그럴듯했으며, 호텔에서 제공한 유니폼을 입고 정해진 구두를 신으니 속으로는 꽤 멋지다고 생각하며 다녔다. 게다가 급여 역시 나쁘지 않아, 아르바이트였지만 근 2년을 다녔다.

  당시 편의점 아르바이트 시급이 주간 1,900원, 야간이 2,000원 초반이었으니, 일급으로 3만 원을 받는 호텔의 급여는 비교적 좋은 편에 속했다. 시급으로 따져도 10시간까지 근무하진 않았으니 꽤 만족스러운 일자리였다. 더욱이 일이 끝나면 급여를 바로 당일 퇴근 전 현금으로 지급해 주었으니, 일을 마치고 호텔을 나설 때는 그 뿌듯함에 절로 미소가 지어졌다.

유일한 단점이라면 그 일거리가 자주 없다는 것. 주중은 행사가 많지 않으므로 정직원들이나 계약직들로 충분했고, 주말에만 행사가 몰리니 나와 같은 아르바이트생들은 그때만 보조하는 것이었다. 그래도 주 2일, 3일 일해서 6만 원이나 9만 원을 받아 1주일간 사용할 용돈을 벌기에는 충분했다. 점차 시간이 지날수록 아르바이트 직원 중에서도 고참이 되었고, 나름대로 인정을 받아 나중에는 그 날 일할 아르바이트생을 구해오는 업무까지 주어졌다. 그렇게 사람을 구해오면 추가로 일정 금액을 더 받기도 했다.

호텔 서빙 외에도 다양한 일을 했는데, 서빙에 자신이 생겨 무턱대고 호프집 알바를 구해서 평일에 추가로 일했던 적이 있다. 딱 3일간 일하고 그만뒀는데, 일단 정신없는 분위기에 이해할 수 없는 호프집 사장의 폭언과 욕설 등을 보며, 더 이상 일할 수 없다고 생각했다. 물론 3일간 일한 돈도 받지 못했다.

호텔 다음으로 오래 일한 곳이 편의점이었는데, 편의점은 생각보다 돈은 적지만 재미는 있었다. 야간 타임이어서 저녁 9시부터 새벽 5시, 아니면 저녁 12시부터 아침 8시까지 근무했었다. 손님이 없는 새벽 시간엔 가끔 졸기도 했지만, 버스 종점이 맞은편에 있다 보니 다양한 사람들을 만날 수 있었다. 막차 타고 종점까지 잘못 오신 분들, 취객들 등등.

그중 가장 기피했던 손님은 노숙하시는 분들과 만취하신 분들이었다. 노숙자분들은 동전으로 소주 한 병 살 돈만 딱 모아오셔서 소주 한 병을 들고 동전만 올려놓고 나가신다. 내가 뵈었던 분들은 쿨하게 아주 잠깐의 시간만 머물다 가셨을 뿐이다. 하지만 문제는 그분들이 나가고 난 후이다. 한 번 들어왔다 나가면 실내 환기를 적어도 2~3시간은 해야 했을 정도로, 난생처음 맡아보는 악취가 배었으며, 어쩔 때는 웃으며 나가시는 그분들께 인사를 건네기도 힘들 정도였다(한동안 숨을 쉬고 싶지 않았다).

노숙하시는 분들과 달리 행동에 문제가 있는 취객들은 여러 부류가 있었는데, 가장 기억에 남는 한 분이 있다. 내가 일했던 편의점에는 ATM 기계가 있었는데, 취객 한 분이 새벽 2~3시경 ATM이 본인 카드를 내주지 않는다며 기계를 부시려고 하는 것이 아닌가? 너무 당황한 데다 ATM을 다루는 법도 알지 못했고, 만취하신 손님의 착각이진 않을까, 설마 카드가 정말 안 나왔을까 하는 의심이 들기 시작했다. 다른 곳은 모르지만 내가 일하던 곳에는 경찰 호출 버튼이 있었고, 취객분이 곧 ATM 기계를 부술 수도 있겠다는 생각이 들어 급하게 버튼을 눌렀다.

평소에도 자주 왕래하던 순경 두 분이 급하게 오셨다. 그분들은 이런 분들 많다며 ATM 담당자를 그 새벽에 호출했고, 담당자가 기계를 열어 카드가 없다면 이 취객분을 데리고 가 조사를 하겠다고 했다. 한 30분쯤 기다렸을까, ATM 관리자가 도착한 지 얼마 지나지 않아 기계를 열 수 있었다. 이윽고 우리 모두는 다시 당황할 수밖에 없었는데, 기계를 열어보니 정말로 그분의 카드가 고대로 있는 것이다. 경찰과 나는 카드를 돌려받고 유유히 나가는 손님을 보며, 잠시나마 오해했던 것을 미안해했던 기억이 있다.

아르바이트를 하며 새로운 아르바이트가 연결된 적도 있었다. 편의점이 버스 종점 앞이다 보니 버스 기사님들과 친분이 쌓이기도 했는데, 한 기사님은 낮에는 버스 운전을, 야간에는 신학대학에 다니던 분이었다. 그분이 곧 졸업을 위해 논문을 써야 하는데 컴퓨터

키보드 타이핑이 느려 대신 자료를 입력해 줄 수 있냐는 부탁을 하셨다. A4용지 장당 천 원을 쳐 주겠다면서, 본인이 갖다 주는 자료를 한글 파일로 옮겨 작성만 해달라고 하셨다(책과 직접 수기로 정리하신 내용을 컴퓨터로 입력하는 단순한 일이었다).

거의 50장 분량이 되어, 당시 아르바이트를 같이하던 누나와 절반씩 하여 나중에 하나로 합치기로 했었다. 한 일주일 정도 걸렸을까? 함께 정리한 것을 이메일로 보내 드렸는데, 곧 급하게 다시 연락이 왔다. 본인이 열어보니, 파일이 열리지 않는다는 것이다. 더욱이 기한이 코앞이라 급하다고 하시면서 눈물이 날 것 같다고까지 말씀하시니 돈을 받은 나는 꼭 신뢰를 저버린 것 같아 당황할 수밖에 없었다. 알고 보니 그분 컴퓨터에 한글 프로그램이 없어서 열리지 않았던 것이었다. 다행히 word는 갖고 계셔서 파일을 바꾸어 드렸고, 비로소 다시 그분의 밝은 미소를 볼 수 있었다.

이 외에도 페인트 칠, 흔히 말하는 건설 자재를 운반하는 노가다, 도로 공사현장 측량, 문서 번역 업무, 영어 과외 등 참으로 많은 아르바이트를 해봤다. 대부분의 아르바이트가 그렇듯 대단한 기술과 전문성이 요구되는 일은 없었다. 그냥 할 수 있는 일을 찾아 했고, 그러다 보니 가짓수가 하나둘씩 늘어갔다.

지나보니 당시 남들보다는 조금 더 다양한 아르바이트를 하며 나는 사회를 미리 간접 체험할 수 있었고, 돈을 주고도 얻을 수 없는 다양한 경험을 얻는 귀한 시간이었던 것 같다. 그때부터 어떤 경험이든 도움이 된다는 믿음이 생겼다. 하지만 이는 어디까지나 나에게 해당되는 것이지, 과연 내 자식들이 나중에 아르바이트를 하겠다고 하면 좋은 경험을 쌓으라고 보낼 수 있을지는 잘 모르겠다.

국방의 의무

내 특성 중 하나는 추진력이다. 목표를 정하고 계획을 수립하면 그 계획을 향해 지체 없이 움직인다. 그러나 그 계획의 결과가 바로 나오지 않으면 금방 지쳐버린다. 그래서인지 안타깝게도 공부를 비롯한 학구적인 부분에서는 전혀 발휘되지 않았고, 지금도 그러하다.

전문대학 2년을 마치자마자 미친 듯이 군대에 가고 싶었다. 어차피 해야 할 것이라면 무조건 빠르게 마무리하고 싶었던 마음이 컸다. 또한 학기를 마치고 입대까지 중간에 비는 시간이 무의미하게 허비된다는 것 자체가 부담되었고, 원하는 대학도 다니지 못한 상황에 군대라도 빨리 마무리 지어 남는 시간에 다른 방법으로라도 남들보다 우위에 서고 싶었다.

당시 정상적인 입대라면 최소 5~6개월을 기다려야 하는 상황이었는데, 이미 군대에 빨리 가겠다는 계획은 세운 내 입장에서 도저히 그 정도를 기다릴 시간적 여유가 없었다. 결국 어떻게든 가장 빠르게 입대할 방법을 찾아야 했는데, 아마도 그때가 나의 추진력이 발휘된 순간이 아니었을까? 여러 가지를 알아보던 중 동반입대라는 제도를 찾았는데, 자세히 알지는 못하지만 힘든 병영생활을 친구와 함께 견뎌낼 수 있도록 함께 군대에 가는 것으로 알고 있었다. 소문으로는 탈영을 많이 하거나 훈련이 힘든 부대에 보내 함께 견디는 것이라 전해 들었는데, 힘든 부대가 어떤 것인지에 대한 개념 자체가 없다 보니 무작정 지원을 하기로 마음먹었다.

나와 중학교부터 고등학교까지 단 한 번도 같은 학교에 배정되진 않았지만, 학원에서 만나 단짝이 된 친구가 있었다. 때마침 그 친구도 군대를 어떻게 해야 할지 몰라 고민하던 차여서 우리는 주저 없이 동반입대를 선택할 수 있었다. 운이 좋았는지 친구와 나는 신청하자마자 2달 만에 입대하게 되었다.

친구는 4년제를 다니고 있어 휴학계를 냈고, 당시 여자친구가 입영장까지 왔다. 나는 여자친구가 없었으므로 바쁘신 아버지 대신 어머니와 동행했다. 그리하여 의정부 306보충대에 친구 녀석과 나, 친구의 부모님과 여자친구, 내 어머니, 이렇게 조금은 특별한(?) 조합으로 작별인사를 하게 되었다. 아직 배우지 않았기에 말도 안 되는 자세로 경례를 하며 입소식을 마치고, 비교적 진부한 마무리인 부모님께 절을 하며 안녕을 고한다. 그리고 나서 장병들은 다른 장소로 이동하며 손을 흔들고, 일부 가족은 눈물을 훔치는 마지막 작별을 하게 된다.

요즘 군대는 조금 다른 거 같다. 좋아졌다고 해야 할까? 듣자 하니 훈련소에 있는 아들 소식을 받아 볼 수도 하고, 자대 배치를 받기 전 잠시 만나는 시간도 있다고 하더라. 하지만 우리 때는 2년의 군 생활이 시작되면 일명 '100일 휴가'라고 하는 그 순간까지는 그 누구도 만날 수 없었다. 운이 좋지 않으면 전화조차 할 기회도 없다.

아직도 기억난다. 입소식을 마치고 연신 뒤를 돌아 어머니의 눈물을 보며 나 또한 훌쩍거리고 있었다. 그때 하얀색으로 크게 '조교'라고 써있는 검은 바가지 헬멧을 쓴 사람이 선 줄 중앙에 서서 통제하기 시작한 순간, 잠시 흘러내리려 했던 눈물이 쏙 들어갔다. "앞으로 갓!" 이제 막 군인이 된 수백 명의 사람들을 몇 명의 조교가 통솔하니 잘 될 턱이 없었다.

그렇게 긴장한 채로 웅성거리며 건물 뒤로 들어가 더 이상 가족들이 보이지 않는 곳에 다다르니, 갑자기 시작된 조교들의 욕설과 고함. "안 뛰어? 이 새끼들아!" 순식간에 몇 명의 조교들은 수백 명을 통솔하기 시작했다. 다들 허둥지둥 뛰며, 넘어졌다 일어나길 반복하니 교관이 나와 근엄한 표정으로 말하였다. "너희들은 이곳을 지나 들어가면 더 이상 민간인이 아닌 군인이다. 지금이라도 퇴소하고 싶은 인원은 뒤로 열외." 사실 군대에 가기 전 얼마나 많은 정보를 주고받겠는가? 먼저 간 친구들, 선배들, 심지어 아버지까지. 하지만 입소하자마자 이렇게 무서운 분위기를 마주할지는 몰랐다. 몇명이 진짜로 열외를 해 퇴소했다. 물론 저들은 당시 잠깐의 두려움에 또다시 나중에 이 귀찮은 과정을 반복해야 하겠지만.

본래 하루 정도 보충대에 있다가 신병교육대나 훈련소로 가는 것인데 우리는 어떠한 연유로 이틀을 있었다. 그나마 내 옆자리에 친구가 있어서 다행이라 생각했다. 그곳에서의 이틀은 정말 고역이었다. 특히 입소한 날 가지고 온 모든 것들을, 심지어 속옷까지도 벗어 장병 소포라는 커다란 상자에 넣어 부모님께 보내는 시간이 있었다. 옷과 함께 같이 보낼 편지를 쓰는데, 정말 나를 포함해 울지 않는 사람이 단 한 명도 없었다. 속 썩인 거, 돈 때문에 고생하셨던 것들 등 만감이 교차하며, 앞으로는 정말 좋은 아들이 되겠노라며 글을 써내려 갔다. 이틀간 한 일이라고 소포를 보내고 난생처음 입어보는 군복과 군 생활에 필요한 물품을 받았던 것, 처음으로 자다가 깨어 1시간씩 불침번이라는 근무를 서봤던 것이 다였다.

이틀 간의 동지들이라고 할까? 난생처음 보는 사람들과 한방에서 부대끼고 자다 보니, 이래저래 조금씩 면을 익혀갔다. 개 중 일부는 군대에 대해 꽤 해박한 지식을 갖고 있는 것처럼 다른 사람들에게 알려주었다. 여기서 신병교육대를 가는데 어디로 가느냐에 따라 군 생활의 난이도가 결정되며, 자칫 잘못하면 소위 말하는 빡센 곳에서 생활할 수도 있다는 것이다. 그리고 키가 큰 친구 중 헌병대나 특수부대 같은 곳으로 차출되는 인원도 있을 수 있다며, 나름의 팁을 전수해주는 사람도 있었다.

정말 몇몇이 주었던 팁처럼, 이틀째 저녁이 지나고 있던 무렵, 다 같이 같은 훈련소로 갈 것으로 기대했던 내 바람과 달리 조교들이 각자 어느 부대로 가는지 확인해 주는 시간이 있었다. 동반입대를 한 나와 친구는 1사단 신병교육대로 가게 되었는데, 그 부대에 대해서는 딱히 아는 사람이 없었으니 사전 정보 없이 신교대로 옮겨갔다.

신병교육대

나중에 안 사실이지만, 주특기병이라고 하여 운전병이나 다른 특수 임무를 수행하기 위해 자원입대한 친구들의 경우, 관련 교육을 받기 위해 예정된 훈련소로 간다. 허나 나와 친구는 흔히 말하는 일빵빵, 주특기 없는 1111의 일반 군인으로, 대다수와 다르지 않았다(군인도 주특기 별로 고유 코드가 있는데, 당시 1111은 소총수였다).

보충대에 함께 입소한 수백 명 중 전진부대의 신병교육대에 배치된 인원은 마을버스만한 차량 2대에 타 있는 20~30명이 전부였다. 보충대에서 물품을 나누어 줄 때 2가지 가방을 받았는데 하나는 더블백(미군 더플백에서 콩글리시로 변환)이라고 하여 기다란 샌드백처럼 생긴 큰 가방이었고, 또 다른 하나는 세면백이라고 하여 파우치와 흡사한 것이었다. 세면백 안에는 면도기, 비누 등 세면에 필요한 것들이 들어있는데, 교육대로 이동하면서 잃어버리지 않게 하기 위해 세면백 손잡이를 전투복 바지 허리띠 중간에 걸게 했다. 꽤 무게가 나가다 보니, 그것 때문에 바지가 흘러내리는 사람도 많았다.

버스를 타고 몇 시간이 지나 신병교육대에 도착하니, 무언가 굉장히 무거운 분위기에 압도되었다. 부대 앞에 멈춰서 최종 인원 점검을 하고, 이후 부대 안 연병장까지 들어가니 마침내 버스가 멈췄다. 버스에서 내리자마자 정말로 그 어떤 괴물들보다 두려운, 무섭게 생긴 조교들이(사실 그들도 20대 초반으로 어린 학생에 불과했다.)

소리를 지르며 우리를 다짜고짜 뛰게 하였다.

더블백을 메고, 세면백까지 허리춤에 매단 채로 연병장 흙바닥에 놓여있는 색색의 나뭇조각들을 좌우로 옮기게 했다. 당연히 당황하여 넘어지는 사람들, 세면백으로 인해 바지가 내려가 벗겨진 사람들, 더블백에 넣어놓은 물건들이 쏟아져 담는 사람들까지. 모두가 정신이 나간 것마냥 무작정 달리고 넘어지길 반복했지만, 뜀은 멈추지 않았다. 수차례 좌우로 왔다 갔다 뛰고 나서야 우리를 정렬시키기 시작했다.

나중에 알고 보니 이것은 실제로 훈련을 받을 수 있는 사람인지를 판별하기 위한 것으로, 일종의 테스트였다고 한다. 그렇게 혼이 쏙 빠진 채로 약 1개월간 생활할 내무실에 들어가 또 다른 훈련소 동기를 만나게 되었다. 그곳에서부턴 더 이상 내가 누구였고, 몇 살인지 등은 전혀 중요하지 않게 되었다. 우리는 오로지 번호로 불렸고, 동기들은 모두 말을 트는 친구가 되었다. 훈련 기간은 4주였는데, 그 4주가 지나야지만 아무 계급장도 없는 전투복에 비로소 작대기 하나의 이등병의 약장을 붙일 수 있게 된다는 것을 그때 알았다. 사회에서 흔히 보며 무시하던 이등병조차 이런 고된 기간을 거쳐야만 받을 수 있는 귀한 계급이라는 것을 깨달았다.

꽤 긴 군 생활을 돌아봤을 때 어쩌면 그 4주간이 군 생활에서 가장 즐거운 순간이었던 것 같다. 물론 당시에는 너무나도 힘들고, 제한적인 생활을 했으니 자대 배치를 빨리 되면 좋겠다고 생각했지만, 군 생활이 거듭될수록 그때만큼 심적으로 편했던 때는 없었다. 훈련소에서 받는 제한은 사실 일반적으로는 이해가 잘 가지 않을 텐데, 우선 PX에 갈 수 없으며(먹고 싶은 것을 사 먹을 수 있는 자유),

전화를 이용할 수도 없었고, 흡연자들의 경우 강제적인 금연을 해야 했다. 담배를 얻을 기회도, 있어도 필 시간을 주지 않았으므로.

유일한 자유의 시간은 일요일에만 찾아오는 종교 활동이었는데 천주교, 기독교, 불교 중 무조건 하나는 선택해야 했다. 물론 선택은 자유로 매주 바꿀 수 있었는데, 당시 그 주의 선택은 앞선 주에 어떤 종교에서 초코파이를 더 많이 주었는지에 따라 변경되었다. 군대를 다녀온 사람들은 모두가 공감할 초코파이 이야기. 군대에 가기 전에는 이해하지 못했는데 내가 그 상황에 놓이니 나도 하나를 더 받기 위해 기꺼이 종교를 바꾸길 반복했다. PX도 갈 수 없는 상황에 단 것이라고는 가끔 나오는 과일뿐이었으니, 일주일에 한 번 맛보는 초코파이가 얼마나 맛있었겠는가?

4주라는 훈련 기간은 민간인이 군인이 되기에는 충분한 시간이다. 영화 「실미도」를 보면 체력이 약한 대원들이 어느 순간 조교를 뛰어넘고 각 개인이 무기화가 되는 순간이 있다. 물론 4주만에 우리가 대단한 군인이 되진 않지만, 적어도 '요'로 끝나는 말을 쓰는 대신 '다, 나, 까'로 끝나는 말투를 쓰고, '뭐라고요?' 대신 지금 들어도 이상한 '잘못 들었습니다.'가 입에 붙기에는 적당한 시간이었다.

체력적으로도 꽤 보완되었는데, 지구력이 약했던 나는 아버지와 등산을 해도 중간에 꼭 쉬었다 올라가야 했다. 가장 싫어하는 운동이 오래달리기였을 정도로 의지력이 약했다고 할 수 있다. 하지만 거듭되는 훈련에 더 열심히 이를 악물고 훈련에 임하며 어느 순간 나 스스로 강하다는 생각을 가질 수 있었다. 특히 화생방 훈련이나 신병교육대의 마지막 훈련인 행군을 할 때는 20kg이 넘는 군장을 메고 30km 가까이를 걸었다는 것 자체로 충분히 고취되었으며, 앞으로 못할 것이 없을 것 같았다.

아직도 그 순간이 기억난다. 행군을 마치고 "와, 고생했다!" 하고 전우들끼리 서로 격려하며, 교관들이 따라주는 막걸리를 마시며 함께 웃었던 그 순간. 그렇게 나도 군인이 되고 있었으며, 고작 4주를 보내놓고 이미 오랜 시간 군 생활을 한 것 같은 기분이 들었다. 물론 남은 군 생활은 700일 정도로, 앞으로 긴 시간을 보낼 자대에서 얼마나 혹독한 일들이 기다리고 있는지 알 턱이 없었다. 말 그대로 그냥 일개 신병이었으니까.

혹독한 자대 생활

선명하게 기억난다. 토요일 오전이었고, 기갑부대의 기계화 보병대대로 배치를 받은 후 그날 점심시간이 지나 소속 부대에 도착했다. 나와 동반 입대한 친구를 비롯해 총 4명이 함께 1중대 소속이 되었다. 도착하자마자 우리 네 명은 수많은 고참들의 원숭이가 되었고, 각 잡고 정자세로 앉아있는 우리에게 지나가던 모든 사람이 장난을 친다. 이상하리만큼 그곳에 있던 모든 사람이 우리와는 무언가 다른 사람, 아니 괴물 같은 미지의 두려운 존재같이 느껴졌다. 피부들은 또 왜 그리 새까만지 두려움에 눈도 마주칠 수 없었다. 이곳에서 남은 700여 일을 보낼 생각을 하니, 정말로 앞이 깜깜했다.

정신없게 이곳저곳으로 끌려다녔다. 대대장 신고를 비롯해 점심 식사도 하고 소대까지 배치받고 나니 그제서야 나는 3소대, 친구는 1소대로 배정받았다(부대별로 달랐던 것 같은데, 어떤 부대는 동반 입대를 하면 대대까지 같은 곳에 배정해 주기도 한다).

내가 속한 부대의 경우 몇 개의 대대가 있었고, 대대별로 속한 중대가 있었다. 나는 기계화 보병대대로, 그 안에 1, 2, 3, 본부 중대까지 총 4개의 중대가 있었다. 또 그 중대 안에는 1, 2, 3, 본부, 화기 소대로 다시 나뉘는데, 나는 그중 1중대 3소대에 소속되었다.

1개 소대는 그 안에서 다시 3개의 분대로 나뉘어 있는데, 1개의 분대는 대략 10개의 보직으로 구성된다. 즉, 1개 소대는 3개의 분대로 대략 30여 명, 중대는 4개의 소대로 120여 명. 그렇다, 그 시점에 적어도 내 직속 고참들은, 같이 먹고 자는 사람들만 헤아려도, 소대 내 29명. 지나다니며 인사를 해야 하는 사람은 내 동기를 제외한 116명 정도이다. 물론 여기에는 간부(장교나 부사관)는 제외되어 있으니, 실제로 정확하게 내가 눈치를 봐야 할 사람은 훨씬 많았다. 그냥 쉽게 생각하면 숨 쉬는 것까지도 눈치를 보며 생활해야 한다고 생각하면 된다.

재미있는 것은 같은 중대 내에서 나보다 높은 계급, 즉 고참에게는 존댓말을 해야 하지만, 다른 중대 사람일 경우 내가 이등병이고 상대가 병장이라도 고참 취급을 하지 않았다. 우리끼리는 그냥 아저씨라고 불렀다. "저기요, 아저씨?" 의외로 PX 같은 곳에서는 서로 다른 중대의 사람들이 모이다 보니 이런 말을 자주 들을 수 있었다.

소대에 배치되자마자 평상 한쪽에 나를 앉혀두고, 내 아버지라는 사람이 찾아와 친절하게 부대 생활을 설명해 주었다. 병사들이 잘 적응할 수 있도록, 당시에는 '아버지 군번', 즉 고참 중 하나가 나를 아들처럼 맡아 케어해 주는 역할을 했다. 다행히 내 아버지 군번의 고참은 선한 사람으로 굉장히 조용하고 성품이 훌륭한 사람이었다. 아버지 군번은 정말로 나를 옆에 앉혀두고, 내 양말 한 짝까지 손수 이름을 매직으로 써주고는 끝없는 가르침을 주었다. 하지만 그것도 잠시, 아버지 군번이 일병 말 호봉(6개월 차 일병)이니 그보다 높은 고참이 또 얼마나 많겠나? 전혀 나를 커버해 줄 수 있는 입장이 아니었다.

첫날부터 노래해 봐라, 춤춰 봐라 등등 고참들을 즐겁게 해주기 위해 무수한 것들을 해야 했다. 그래도 다행이었던 것은 내가 가져간 소지품 중 잃어버린 것이 없었다는 것. 대부분 신병이 오면 그 신병이 얼마나 잘할 수 있는지를 소지품 관리로 판단한다. 훈련소에서 잔뜩 잃어버리고 오면 이미 시작도 전에 B급, 폐급이라는 소리를 듣게 되며 찍히는 것이다. 그런 부분에 있어서 꽤 좋은 평가를 받는 신병이었다.

군 생활 초반에는 부대 자체가 전투부대여서 그랬는지 정말 외워야 할 것들이 많았다. 강제로 외우게 하면 가혹행위에 포함된다며, 적어서 외우지도 못하게 앞에서 계속 고참이 읊어주는 것을 습득해야 했다. 대대가, 중대가, 각종 군가 등의 노래들을 비롯하여 왜 그렇게 또 익혀야 할 이름들은 많은지. 어느 고참 병사가 그런 것들을 익혀야 하는 후임 병사들에게 미소를 지으며 교육할 수 있겠는가? 그것도 본인의 여가 시간에 진행해야 하니 말이다. 세상의 온갖 욕을 그때 모두 경험하게 된다. 훈련소에서 이등병 약장을 달며 '이제 정말 군인이 되었구나.' 싶었지만, 자대에 오니 그야말로 또 다른 세계였다.

자대에 배치받고 약 이틀째 되던 날. 그러니까 근 2달 만에 부모님께 처음으로 전화할 수 있었다. 전화기 너머로 들리는 어머니의 목소리를 듣자마자, 내무실 복도의 전화를 붙잡고 하염없이 눈물을 흘렸다. 정말로 인생에서 몇 안 되는 눈물이었는데 민망할 정도로 많이 흘러 목이 메어 말조차 할 수 없는 상황이 벌어졌다. 왜 그리 죄송했던 일만 기억나는지. 그리고 그만큼이나 아들을 키워놓고도 어머니는 또 왜 그렇게 눈물을 흘리셨는지. 그때만 해도 전역만 하면, 아니 휴가만 나가도 정말 효도를 하겠다고 끊임없이 다짐했었다. 물론 인간은 적응의 동물로 일병이 지나가면서, 자연스레 본 모습으로 돌아오게 되었다.

우리 부대는 특이하게 병사 복지가 좋은 편이었다. 부대 내 노래 방도 있었고, 헬스장, 하다못해 플레이 스테이션이라고 내무실 별로 게임기도 있었다. 물론 상병이 되기 전까지는 이 모든 것을 내 의지 대로 이용할 수 없었다. PX조차 이등병은 혼자 가면 안 되는 불문 율이 있었을 정도로 생활에 제약이 많았다.

부대 자체적으로 이렇게 많은 복지를 병사들에게 제공한다는 것 은 또 다른 말로는 힘든 부대라는 것의 방증이기도 하다. 적어도 2 달에 한 번씩 1주일간은 5분 대기라고 하여, 5분 내 출동할 수 있는 소대로 활동해야 했고, 소대 전술훈련, 중대 전술훈련, 대대 전술훈 련 등을 비롯해 공중 지상 합동훈련, 군단 훈련 등 외부로 나가 숙 영(군용 텐트 생활)을 해야 하는 훈련들도 거의 격월로 이루어졌다.

게다가 모든 부대의 연례행사인 7월의 유격훈련과 1월의 혹한기 훈련. 또 매달 진행되는 사격훈련, 전투준비태세와 국지도발 훈련까 지. 이 부대는 훈련을 빼면 시체인 정말로 빡센 곳이었다. 그래서인 지 우리 부대에는 동반입대병이 무지하게 많았다. 서로 손 꼭 잡고 탈영하지 말고 열심히 훈련하라는 취지가 아니었을까?

앞서 말했지만, 내가 속한 대대는 기계화 보병이다. 그냥 보병이 아닌 기계화. 우리는 단차라고 하여 장갑차 K200을 타고 훈련했다. 사실 자대 배치를 받기 전 나름 기대를 했던 순간이 있다. 신병교육 대 말미에 누군가가 기계화 부대는 베레모를 쓰고, 산을 타는 대신 장갑차를 타고 다닌다고 얘기했던 그 순간 매우 잠시 잠깐 말이다. 하지만 기대가 무너지는 데까진 그리 오랜 시간이 걸리지 않았다.

자대 배치를 받자마자 바로 다음 주 국지도발 훈련이 시작되었는데, 기계화 보병인 우리는 장갑차는 부대에 두고 사람들만 나와 산을 탔다. 말이 국지 도발훈련이지 일개 이등병의 눈에는 소총과 군장을 메고 산행하는 것이나 다름없었다. 후에도 마찬가지다. 장갑차를 타고 다니기는 하나 장갑차가 기가 막히게 산 입구에서 내려준다. 심지어 장갑차에 달린 40kg에 육박하는 총(K6라고 부름)도 가끔 사람이 짊어지고 내린다. 굳이 그 무거운 것을 들고 또 산에 올라간다. 그래서 우리는 기계화 보병이란 말보단, 기계와 보병이란 말이 더 익숙했다.

군대 체질?

적극적인 추진력을 가진 빠릿빠릿한 병사. 이등병 시절의 내 모습이었다. 나는 우리 소대의 에이스라고 불리며, 선임들의 예쁨을 받고 있었다. 물론 모두가 나를 좋아했던 것은 아니다. 고참 중에는 여러 지역 출신들이 있었는데, 그중 이상하리만큼 대구 고참 하나가 나를 싫어했다. 내 서울 말투가 너무 듣기 싫단다. 내 말투가 조금 사무적인 편인데, 그게 너무 싫었던 사람이었다. 오죽하면 장난스레 내게 "너 앞으로 대구 사투리로 말해라."라고 할 정도였다.

나의 장점은 추진력이라 생각하지만, 나의 단점도 이 추진력에서 비롯될 때가 있다. 가끔 내가 세운 계획이 틀어지는 것을 견디기 힘든 순간이 있다. 그날 무엇을 해야 하는 것으로 정하면 밤을 새워서라도 그 계획을 완료하기 위해 노력한다. 하지만 혼자 할 수 있는 것이 별로 없는 군대에서, 선임이면 어쩔 도리가 없지만, 후임이 내뜻대로 움직이지 않는다는 것은 정말로 큰 스트레스였다.

그러다 일병쯤 되었을까? 군대를 다녀왔던 사람이라면 정말로 기함할 만한, 누구라도 겪게 된다면 너무나도 끔찍할 수 있는 일을 겪은 적이 있다. 군대에서는 대부분 막사 내 스피커로 전파되는 방송으로 통제한다. 점호할 때도, 누군가를 찾을 때도. 중대에서 운영하는 방송이 있고, 대대에서 운영하는 방송이 있는데, 대대 방송은 마이크만 켜져도 울림이 달라 늘 긴장하는 방송이다. 특히, 5분대기조는 대대 방송에 따라 상황이 전파되기 때문에, 마이크가 켜지는 소리가 들리자마자 총을 메고 뛰쳐나가는 것이 일반적이었다.

저녁을 먹고 저녁 청소를 할 때쯤 갑자기 켜지는 대대 마이크. 모든 사람이 당직사령의 5분대기 상황 전파라고 생각했지만, 절대로 있을 수 없는 대대장의 등장. 그리곤 딱 한마디. "1중대 전체 연병장에 완전 군장 멘 채로 집합!" 그 누구도 예상하지 못했던, 대대장의 등장. 그런데 대대에 울려 퍼지는 방송에 우리 중대만 집합을, 그것도 완전 군장을 멘 채로. 다들 의아했다.

중대장부터 간부들까지 잽싸게 부대로 복귀하여 누구 하나 열외 없이 완전 군장을 멘 상태로 대대 사열대에 집합했다. 120여 명이 완전 군장을 멘 채 그것도 곧 저녁 점호를 해야 할 시간에 집합했지만, 그 누구도 이유를 알진 못했다. 막연하게 또 다른 갑작스러운 훈련이겠거니 생각하던 그때, 대대장님의 등장과 호통. "1중대 전체 엎드려뻗쳐!" 군 생활을 하면서 병사의 입장에서 소대장이나 중대장이 엎드려뻗쳐 하는 것을 보는 일은 극히 드물다. 굳이 비유하자면 담임선생님이 교감선생님께 얼차려를 받는 정도이지 않을까? 더욱이 그것도 병사들과 함께 얼차려를 받는 상황이었으니 감히 상상해 본 적도 없었다. 심지어 완전 군장까지 멘 상태이니 얼마나 다들 당황스러웠겠나? 그때라도 중대장과 소대장들, 그 외 모든 100여 명의 중대원이 함께 얼차려를 받는 이유의 원인이 나라는 걸 알았다면 조금은 불안함이 덜했을까?

그렇다, 그 모든 일이 나로 인해 벌어졌다는 것이다. 나 때문이라는 것을 아는 데는 오랜 시간이 걸리지 않았다. 부대 밖에서 편한 시간을 보내다 갑자기 끌려 들어와 완전 군장을 멘 상태로 병사들과 엎드려뻗쳐를 했던 중대장은 중대 건물로 들어와 완전 군장을 놓자마자 중대 방송으로 고함을 질렀다. "빨리 튀어와!" 물론 깜짝 놀랄 만큼의 욕설이 방송으로 나오는 데다가, 내 이름이 호명되기까지 하니 나도 어리둥절하여 행정반으로 뛰어갔다.

보통 행정반이라는 곳에 가면 간부에게 경례하고 용무가 있어 왔다고 보고를 하고 들어간다. 경례를 하는 순간까지도 기다릴 수 없었던지, "너 이 새끼야! A 후임한테 뭐라고 했어?" 영문을 알 수 없었다. 오후까지도 나와 함께 훈련하던 그 후임. 그런데 그 후임이 저녁을 먹은 이후로 보이지 않긴 했다. 그런데 갑자기 여기에서 왜 그 친구 얘기를 물어볼까? "너 때렸어?"라며 묻는 중대장. 때린 적은 없으나 갈구긴 했었으니 그랬었다고 설명했다.

상황을 알고 보니, 그 후임이란 녀석이 자유시간 때 겁도 없이 대대장실에 노크하고 들어갔고, 내가 너무 본인을 괴롭혀 군 생활을 할 수 없다며 눈물을 흘렸다는 것이 아닌가? 그 말을 들은 대대장은 얼마나 힘들게 했으면 이등병이 대대장실에 직접 왔겠냐며 우리 중대 전원에게 얼차려를 준 것이었다.

정말 억울했다. 때린 적도 없거니와 그 친구는 본인 스스로 자기 지역 내에서 싸움을 좀 했노라며 늘 삐딱하였었다. 당연히 내가 좋게 볼 수 없었고 그러다 보니 가끔 갈굼이 있었던 상황인데, 당시 그 정도라면 충분히 넘어갈 수 있는 수준이라고 생각했었다. 물론 가해자가 된 내 입장이긴 하다. 그리고 내가 유독 그 친구에게만 뭐라고 했던 것도 아니다. 대부분의 후임과 비슷하게 대했다고 생각했는데 나만의 착각이었을까?

그 친구가 대대장에게 다이렉트로 보고하는 바람에 우리 중대는 쑥대밭이 되었고, 그 친구는 의무실에서 수일간 중대원들을 피해 있었다. 소대장을 비롯해 고참들까지 나를 변호하였음에도, 중대장은 무언가 조치를 취해 대대장에게 보고를 해야만 했다. 결국 중대 내에서 갈굼을 경험했던 적이나 행했던 적, 하다못해 욕설을 했거나 들었던 적 있는 경우를 모두 적어내야 하는 대대적인 소원 수리가 시작되었다. 고작 일병을 갓 달은 내가 욕을 하면 얼마나 했겠으며, 갈구면 얼마나 갈궜겠는가? 나조차 늘 당하는 일이 더 빈번했을 시절에. 하지만 당시 그 사단의 원인을 제공한 나는 이미 중대 내의 모든 고참들에게 역적이었다.

대대적인 소원 수리 후 나를 포함한 약 스무 명에게는 집행 명령이 떨어졌고, 2박 3일의 군기교육대 입소를 하게 되었다. 군기교육대는 영창을 갈 정도는 아니나 문제를 일으킨 자들을 모아 주기적으로 얼차려로서 통제된 생활을 하게 만드는 것이다. 훈련 대신 힘든 얼차려를 받는다고 생각하면 된다. 악명높은 훈련과 얼차려를 받는 것도 힘든데, 이 모든 사태가 막내인 나로 인해 일어났기 때문에 정말로 나의 멘탈은 부서짐을 넘어 흩어진 유리가루와도 같았다.

지옥과도 같았던 2박 3일의 군기교육대를 마치고, 모든 화살은 내게 돌아왔다. 나를 잘 알지 못하는 고참들까지도 나를 원망하며 꽤 오랜 시간 힘든 생활을 할 수밖에 없었다. 그래도 어쩌겠는가? 궂은일에 더 나서고, 힘든 일을 자처하며 열심히 할 수밖에.

나의 누명이 벗겨지는 데는 생각보다 오랜 시간이 걸리지 않았다. 나를 무서워했다는 그 친구는 끊임없이 병원에 입원하기 위해 노력하였으나 실제로 아픈 데가 없어 실패하였고, 최종적으로 전출을 요구하기에 이르렀다. 그러다 본인을 PX병으로 보내달라고 하는 바람에 군 생활을 편하게 하기 위해 거짓말했다는 것이 발각되어 그 친구도 나중에는 고생을 좀 했다.

　지나고 나면 이렇게 하나의 에피소드에 불과하지만, 당시를 떠올리면 아직도 심리적으로 굉장히 불안했던 그때의 내가 보인다. 그 일을 계기로 체질인 것 같았던 군 생활을 많이 내려놓게 되었다.

무서운 사람

현재 자녀를 양육하고 있는 아빠라는 위치에서 생각하면, 특히 학창시절의 아이들에겐 공포까진 아니지만 적어도 무서운 사람이 한 명 정도는 있어야 한다고 생각한다. 그래야 흔히 말하는 가정교육이 제대로 이뤄질 수 있고, 엇나가지 않을 수 있다고 믿는다. 그 주체가 아빠가 될 수도, 엄마가 될 수도, 선생님이 될 수도 있다.

물론 내가 어릴 때 가장 무서운 사람은 아버지였으나 학교에 가도 사실 무서운 선생님들 천지였다. 아버지의 경우, 중학생 이후부터는 무섭기보다는 힘든 가장의 모습을 더 많이 보게 되어, 사실 안타까운 마음이 많이 들었고, 선생님들이야 대학에 가면서 교수님들로 전환이 되며 자연스레 무서움이 사라졌었다(교수님들이 체벌을 하진 않았으니까).

이후 한동안 내게는 무서운 사람이 없었다. 그래서였을까? 어쩌면 조금은 거만한 태도로 대학 생활을 이어갔었다. 그러다 정말로 인생에서 가장 무섭고 두려운 사람을 만나게 되었는데, 그 장소가 바로 군대였다.

앞서 군기교육대 사건 이후, 아마도 병사 스무 명 정도를 얼차려 준 것으로는 부족하다 생각하셨는지, 대대장의 비현실적인 결정이 또 내려졌다. 바로 중대 인원 재배치. 문제가 있었던 20여 명의 병사를 현재의 소대가 아닌 다른 소대로 옮겨 배치하는 것이었다. 당시 나의 소대장은 곧 전역을 앞둔 관대하고 인자한 느낌의 중위였는데, 악명높은 부소대장이 있는 다른 소대로 강제 전출된 것이다. 그 부소대장이라는 분이 내가 그토록 두려워했던 사람인데, 아마 현재도 길을 걷다가 마주친다면 20년이 지난 지금이라도 경례 구호가 튀어나오지 않을까 할 정도로 무서웠던 사람이었다.

부소대장의 계급이 중사였으니 나이 차이가 어쩌면 그렇게 많이 나지는 않았을 텐데, 그럼에도 불구하고 감히 덤벼볼, 아니 말대꾸를 할 상상조차 할 수 없는 포스를 가지고 있었다. 나만 그렇게 느낀 것이 아니라 중대, 나아가 대대 사람들 모두에게 공포를 줄 수 있는 중사. 아니 중사님. 그런데 그분이 부소대장으로 있는 소대라니. 더욱이 이 모든 사건의 발단은 나 아니겠는가? 당연히 처음부터 찍히고 들어갔다. 나로 인해 그분이 잘 키워 놓은 본인 소대 분대원들의 직책이 변경되어야 했으니 내가 좋게 보일 리가 없었으며, 전출 오기 전부터 잔뜩 벼르고 있었던 것 같다. 첫 만남에서 "너냐?"라며 씩 웃었던 그 살벌한 미소가 아직도 잊히지 않는다.

에피소드에 앞서 잠시 그분을 설명하자면 키는 170cm 정도로 크지 않았으나 근육량이 많아 차려 자세를 해도 팔의 상박(이두)이 옆구리에 닿지 않았다. 80kg이 훌쩍 넘는 과체중으로 보이지만, 중대 내 유격 교관으로, 수많은 병사가 뛰다가 퍼져버리는 헬기장을 병사들과 함께 뛰어서 올라갈 수 있는 대단한 체력의 소유자였다. 또 얼마나 유연하던지 족구를 할 때는 발이 키보다 높게 올라가는, 군인으로서 정말 강인함의 대명사라고 할 수 있었다. 또한 그분을 설명하는 나름의 서사들이 있었는데 특전사에 있다가 그곳 중대장을 때려 전출을 왔다. 본래 조폭이었다 등 배경 설명조차 그분의 어두운 기운을 뒷받침하고 있었다.

그런 것들을 다 차치하더라도 가장 두려운 이유가 따로 있었으니, 바로 그분의 눈빛과 호통이었다. 모든 것을 꿰뚫어 보는 것만 같은 눈빛, 거기에 무언가 뜻에 따라 진행되지 않으면 가차 없는 호통. 크게 폭언을 하지도 않았다. 그런데 그 저음의 두껍지만 너무나도 크고 간결하며 허스키한 목소리. 모든 병사를 주눅 들게 만드는 힘이 있었다.

그분이 일병을 갓 단, 정확히 앞으로 군 생활이 17개월이나 남은 나의 부소대장이라니. 망연자실할 여유조차 없었다. 앞서 보였던 미소는 어쩌면 앞으로 남은 나의 군 생활이 더욱더 꼬일 것이라는 암시였을까? 살기 위해 더욱더 군기가 바짝 들어야만 했다. 당시 전출 간 소대의 소대장은 관대한 상사였는데, 관대하다 못해 편함을 추구하시는 분이라 대부분의 소대장 업무도 부소대장이 대신했었다. 그렇다 보니 정말로 모든 일에 부소대장이 연결되어 있었고, 항상 긴장 속에 살아야 했다.

하지만 사람은 적응의 동물이라고 하지 않나? 함께 생활하다 보니, 나름의 좋은 점도 있었다. 부소대장은 대대 내 거의 최고참의 중사였고, 병사들이 아니라 나머지 부사관들도 그분 앞에서는 작아졌기 때문에 감히 다른 소대에서 우리 소대에 어려운 작업이나 귀찮은 일들을 맡길 수가 없었다. 대대 내 어떤 부사관이라도 그분의 한마디면 5분도 되지 않아 뛰어올 수밖에 없었고, 사실 존댓말을 했을 뿐이지 장교들이라고 우리 부소대장을 대하는 것에는 크게 다름이 없었다.

그렇게 적응해 가며 그분과 어느 정도 친해졌기도 했다. 어느덧 내가 상병을 달고 서서히 군기가 빠져가던 어느 날.

우리 부대는 타 대대로 이동하려면 당직 사관에게 보고해야만 했다. 타 대대라고 거창한 것이 아니라, 걸어서 5분이면 닿을 수 있는 부대 내 다른 건물이다.

우리 부대에는 군장부라고 하여, 병사들이 진급하면 계급 약장을 새로 달기 위해 방문하는 곳으로, 군무원분들이 직접 미싱으로 달아 주시는 곳이 있었는데, 그 장소가 다른 대대에 있었다. 또 그 군장부 옆에는 중대 PX에는 없는 꽤 맛있는 냉동식품들이 즐비한 더 큰 여단 PX가 있었는데, 일부 병사들은 군장부를 간다고 하고는 PX에 다녀오는 일도 허다했다.

토요일이었던 그날, 갑자기 관심도 없던 그 큰 PX에 너무 가고 싶은 것이 아닌가? 정말로 평소에 냉동식품 같은 것을 잘 먹지도 않았다. 그냥 형식적인 보고를 하고 군장부를 가는 척 PX에 갔으면 되었는데, 또 그날따라 왜 이리 보고조차 하기 싫은 것인지. 중요한 건 소대장도 없는 날이었다(부소대장이었던 그분은 몇 개월이 지나 소대장으로 발령받았고, 앞선 상사 소대장님은 다른 곳으로 전출을 가셨다). 그래서 별생각 없이 그냥 혼자 다른 부대로 걸어 나갔다.

대대를 넘어 타 대대를 지나가는 순간, 갑자기 누군가 나를 부르는 목소리. 우리 소대장이다. "어디 가니?" 갑작스러운 만남과 물음에 "군장부에 가는 길입니다."라고 답변을 하니, 소대장님은 "어 그래, 갔다 와."라고 하며 지나갔다. '부대 밖에 있어야 할 사람이 왜 부대에 들어왔을까? 설마 내가 당직사관에게 보고했는지 중대에 가서 확인하진 않겠지?' 등 여러 가지 걱정이 교차하여 PX에 기서 편안히 음식을 먹을 수가 없었다. 결국 모처럼의 일탈을 정리하고 바로 중대로 복귀하니, 무언가 살벌한 기운이 느껴지는 것이 아닌가? 내무실에 들어가니 이등병 후임 병사 하나가 소대장이 나를 찾는다며 가보라고 한다. '아, 틀어졌구나.' 무엇인가 잘못됨을 감지했다.

아니나 다를까? 소대장은 복귀하여 내가 보고하고 가지 않은 것, 실제로 군장부에 가지 않은 것, 게다가 만났는데 거짓말까지 한 것을 이미 알고 있는 상태로 바로 얼차려를 주기 시작했다. "엎드려! 하나 둘 하나 둘!" 그렇게 한 10여 분간 1대1의 얼차려가 진행되었다. '차라리 마음은 편하다, 거짓말을 한 나의 잘못이니 누군가를 탓할 필요도 없다'고 생각하며 홀가분하게 얼차려에 임했다. 하지만 안타깝게도 그것으로 끝날 사람이 아니었다. 바로 그다음 달, 내 군 생활에서 2번째 군기교육대에 입소하게 되었다(군기교육대는 부대별로 다르나, 우리의 경우 거의 매달 2박 3일 코스가 계획되어 있었다).

모든 것이 그렇지 않나? 모르고 시작하면 조금은 쉽게 시작할 수 있다. 하지만 이미 그 나름의 고통을 알고 있는 상태에선 시작조차 쉽지 않다. 2번째 군기교육대가 그러했다. 가면 무엇을 할지 알고 있다 보니 정말로 가고 싶지 않았고, 당시에는 거짓말 한 번 했다고 군기교육대 3일을 보낸다는 것이 꽤 억울하기도 또 가혹하다고 생각하기도 했다. 하지만 그 억울함도 오래가지 않았다. 끝도 없는 얼차려를 받으며, 억울함이 아닌 내 자신에 대한 원망과 그간 살며 소소하게 거짓말을 임기응변이라 생각하며 지나쳤던 순간들이 떠올랐다.

자존심이라는 것을 지키기 위해, 그간 얼마나 많은 거짓말을 하며 살아왔던가? 남에게 더 나은 모습으로 보이려고, 갖지도 않은 것을 가진 것처럼 언행 했던 그 수많은 순간들. 2번째 군기교육대가 끝나고 나니, 몸은 힘들었지만 한편으론 내 인생에서 다시는 거짓말이란 없다는 신념을 만들게 되었다. 2박 3일간의 얼차려는 소대장에게 거짓말을 한 것뿐만 아니라, 내 22년 인생을 살아오며 조금 편하기 위해 행했던 수많은 임기응변을 가장한 거짓된 말과 행동들에 대한 처벌이 끝난 것같이 느껴졌다.

　그 소대장은 당시 내 군 생활에서 가장 두려운 존재였지만, 어쩌면 나를 유일하게 꿰뚫어 볼 수 있던, 내 들키고 싶지 않던 밑바닥을 적나라하게 드러내 내 눈앞에 현실로 보여준 사람이기도 하지 않을까? 살면서 가끔 그 소대장이 생각난다. 특히 요즘같이 내가 정신을 차리지 못하고 방황하는 시간이 많은 순간에 내게 그런 소대장 같은 무서운 사람이 있었으면 좋겠다는 생각을 한다.

고통의 군 생활

　2년의 군 생활 동안 꽤 어려운 고비가 많았다. 앞서 얘기한 군기 교육대나 무서운 소대장도 있었지만, 워낙 훈련이 많은 부대이다 보니 훈련 중 겪는 어려움은 사실 신체적인 한계를 넘어야 하는 경우가 종종 있었다(누구든 본인이 나온 부대가 가장 힘든 부대이며, 나 역시 별반 다르지 않다).

　대대전술 훈련을 나갔을 때의 일이다. 1개의 중대가 약 120명. 대대는 4개의 중대로 구성되어 있었으니, 간부들을 포함해 약 500명이 함께 같은 목표를 갖고 훈련하는 것이다. 당시 이등병으로 무엇이든 알고 움직일 수 있는 상황이 아니었다. 가라면 가고, 오라면 오고, 정말로 딱 시키는 일만 하고 있던 초짜 이등병. 그 무렵 무려 2주짜리의 야외 여름 훈련을 겪게 된 것이다.

　훈련에 나가기 전에 분대별로 돈을 걷어 필요한 간식거리를 준비하여 장갑차에 실어 놓고, 상황에 따라 꺼내 먹는 것이 일반적이었다. 당시 PX에 혼자 갈 수도 없던 이등병이 훈련을 핑계로 유일하게 먹고 싶은 것을 잔뜩 살 기회이기도 했다. 하지만 함께 간 선임은 말도 되지 않을 정도로 음료수만 잔뜩 사는 것이 아닌가? 2주의 훈련이라 하여 음료수를 1.5L 페트병으로 30개를 사는 선임이 전혀 이해 가지 않았다. '아니, 누가 저걸 다 마신다고 저렇게 액체만 사고 있을까?' 한창 늘 배고팠던 이등병이었으니 공간이 없어 구매한 과자들은 일부 내무실에 놓고 가야 할 정도로 음료수로만 가득 채우니, 내심 섭섭하기도 했다.

훈련이 시작되고 무더운 여름에 씻을 물조차 없어 물티슈로 위장을 지우고, 다음 날 다시 그 위에 재위장 하기를 반복. 얼마나 덥고 습했는지 밥맛도 없었다. 매번 밥이 남아 버려야 하는 상황에서 병사들의 컨디션을 고려하여 물을 좀 많이 주면 좋을 텐데, 물은 너무 적게 그것도 뜨거운 보리차만 주었다. 사실 선임들은 이 모든 것들을 알고 있었기에 그렇게 음료수만 챙겨간 것이다. 30병의 음료수가 우리 11명에게 2주간 할당된 것이었는데, 훈련 1주일 만에 거의 동이 났다. 결국 마실 물도, 음료수도 바닥나니 훈련 후반에는 늘 갈증에 허덕였다.

매일 저녁에 잠시 잠깐 물탱크를 싣고 와 한 바가지씩 씻을 물을 나누어 주었는데, 무슨 처리가 되어 있는지 모르지만 기름 냄새가 나는 물이었다. (아마 기름을 보관하던 곳에 물을 담아 온 것은 아니었을까?) 어린 병사들은 마실 물이 없어 갈증에 허덕이다 결국 세수를 하는 척 그 물을 마셨다. 우리가 마시는 것을 보면 담당 간부는 "야! 이거 마시면 안 돼!"라고 소리쳤으나 그 물이 아니고서 달리 갈증을 달랠 길이 없었기에 설마 탈이 나겠냐 하는 안일한 마음으로 나 역시 마셨다(다행으로 그 물을 마시고 탈이 난 사람은 없었으니 잘된 일일지도). 그때의 그 갈증은 지금도 잊지 못할 정도로 극심한 고통 중 하나였다.

이러한 야외 전술훈련 말고 다른 부대들이 하는 연례행사와 같은 훈련도 쉽지 않았는데, 군대에 다녀온 사람이라면 인지하고 있는 여름의 유격훈련과 겨울의 혹한기 훈련은 훈련 몇 달 전부터 병사들을 두려움에 떨게 했다. 여름의 유격훈련은 체력적으로 한계에 다다르는 것이니 무척 힘들지만, 다행히 우리 부대의 경우 유격장이 바로 부대 뒤에 위치하여 멀리 나가지 않아도 되는 장점이 있었다(그래도 그것도 훈련이라고, 굳이 부대 후문 밖에서 숙영을 하며 일주일을 보낸다).

일반적으로 오래 달리다 퍼지는 것은 대부분 이등병 때 많이 발생한다. 흔히 선임들이 하는 말이 있다. "짬을 먹으면 절대로 퍼지지 않는다." 실제로 그러하다. 아무리 연약해 보이는 고참이라도 막상 유격 훈련을 함께 겪어보면, 아니 부대 뒤 헬기장만 뛰어 올라가 보면 알게 된다. 저 사람이 그냥 고참이 된 것이 아니라는 것을. 유격은 그렇게 나 외의 다른 사람들을 존경하게 하며 스스로를 내려놓을 수 있는 훈련이었다고 생각한다. 사실 나름 좀 즐겼었던 부분도 있다. 외줄 타기와 같은 몸의 중심을 잡으며 동시에 굉장한 체력을 요구하는 코스를 완주하고 나면 그 성취감은 말로 표현할 수 없었고, 앞으로는 무엇이든 해낼 수 있다는 자신감에 도취되기도 했다.

정반대의 계절에 진행하는 혹한기 훈련은 정말 어느 하나 즐길 것이 없었는데, 우리 부대는 혹한기 훈련을 나가도 여름 훈련처럼 밖에서 숙영하며 1주일을 생활했다. 오히려 낮에 훈련하고 산을 타는 것은 괜찮은데, 저녁에는 너무 추워 잠에 드는 것조차 힘겨웠다.

일병 시절 첫 혹한기 훈련을 나갔는데, 하필 비가 오는 것이 아닌가? 영하의 날씨에 비를 맞은 텐트가 얼어붙기 시작했고, 그곳에서 젖은 상태로 잠이 들었다 깨었다를 반복하니, 다음 날 발이 움직이지 않았다. 발이 정말로 얼어붙은 것이다. 다행히 동상까진 가지 않고 그보다 한 단계 아래인 동창에 걸렸다. 나를 비롯해 많은 병사가 동창에 걸렸는데, 하필 나는 혹한기 훈련을 마친 바로 그다음 날 군 생활 처음으로 10일간의 긴 일병 휴가를 나가기로 계획되어 있어 아픈 것을 티 낼 수도 없었다(아프면 휴가를 보내주지 않을 게 분명했다). 결국 아버지께 도움을 요청해 부대 앞으로 차를 가지고 데리러 오셨고, 휴가 중 근 이틀을 목욕탕에서 보냈다. 그렇게 뜨거운 물에 오랫동안 담그고 나니 점차 걸음이 자연스러워졌고, 무사히 휴가를 보내고 복귀할 수 있었다.

군 생활 중 가장 최악의 순간은 전역 한 달 전이었다. 일명 공중지상합동훈련, 줄여서 공지훈련이라고 불리는 훈련 중에 발생한 일종의 사고였다. 그래도 전역을 앞둔 말년이라고 공지훈련 간 가장 쉬운 직무를 맡았다. 장갑차를 타고(선탑이라고 한다.) 일정 부근에서 K6(장갑차에 거치한 큰 총) 사격 통제를 한 후 복귀하는, 비교적 단순한 역할이었다. 그 무서운 소대장이 나름 배려를 해준 것이고, 다행히 문제 될 것이 없어 보였다.

당시 사격은 같은 분대의 장 일병이 맡았는데, 워낙 똑똑하고 빠릿빠릿해 전혀 걱정하지 않았으나 유일하게 신경 쓰였던 부분은 탄피가 걸리는 것이었다. 어떤 총이건 탄피가 걸리면 그것을 총 내부로부터 빼내야만 다시 사격이 가능하다. 아무리 총기를 잘 손질해 두어도 언제 갑자기 걸릴지 알 수 없어, K6 같은 큰 총의 실탄사격을 할 때는 실로 긴장의 연속이었다. 더욱이 대통령이나 국무총리가 참관하는 훈련이어서 소대장이 탄피가 걸리는 분대는 각오하라는 말을 수도 없이 했으니 얼마나 더 긴장되던지. 그런데 하필, 연습 때도 전혀 문제 되지 않았던 탄피가 실제 사격 때 걸리고 말았다.

당시 9~10발 정도를 끊어 연사로 사격하였었는데, 그 중간에 탄이 걸려 더 이상 나가지 않던 것이다. 총 100발을 쏴야 하는데, 우리 총만 10발을 채 못 쏘고 걸려버렸다. 깃발을 들고 사격을 통제하던 나는 바로 장 일병에게 상황을 확인했다. 총 내부에 탄피가 걸려있는 것을 보고, 바로 빼내려고 하였으나 당황한 장 일병도, 나도 바로 빼내질 못했다. 그러면 안 되지만 결국 나는 내 검지손가락을 넣어 탄피를 빼내려고 시도했고, 그때 갑자기 총기의 노리쇠(탄을 때려 내보내는 쇳덩어리 총기 내 부속 장치로, K6의 경우 굉장히 크고 무거운 부속품)가 앞으로 밀려오며 내 손가락을 치는 것이 아닌가? 순식간에 손을 뺀다고 뺐지만, 이미 내 검지손가락 끝부분에서는 피가 떨어지고 있었다.

놀란 장 일병, 더 놀란 나. 살짝 손가락을 보니 검지손가락 손톱의 3분의 1이 없어져 있었다. 봉합도 불가능했다. 이미 총의 노리쇠가 떨어진 살을 짓눌러 형태도 알아볼 수 없었다. 아픈 손을 부여잡고 사격을 다시 마무리한 후에서야 군의관을 찾아갔다. 군의관은 침착했다. 정말 원망스러울 정도로 침착했다. "너 손가락 좀 짧아지겠다."라는 말을 시작으로 소독을 하는데, 빨간 요오드 액이 묻어있는 솜으로 손가락을 닦아내는 것이었다. 그때 처음 알았다. 사람이 손가락, 그 작은 부분만으로 이렇게 극심한 고통을 느낄 수 있다는 것을. 그게 불과 전역을 한 달 남겨놓고 발생한 사건이었다.

다행히도 이후에 손가락이 잘 자라 군의관의 말처럼 짧아지진 않았지만, 그 부분의 지문은 다시 생기지 않았고, 손톱에 살이 붙어 자라게 되어 지금도 손톱을 자를 때, 살도 일부 같이 잘라야 하는 후유증이 생겼다. 지금 같았으면 치료 목적이나 다른 사유로라도 보상금 같은 것을 청구했을 텐데, 당시 너무나도 아는 것이 없어 그렇게 나는 제대로 된 조치도 받지 못하고 전역을 해야 했다.

이런 여러 가지의 고통을 겪었던 군 생활이었지만, 누군가 내게 다시 군대에 갈 거냐고 묻는다면 나는 주저 없이 간다고 말할 것이다. 그만큼 군대에서의 2년은 보람되었다. 많은 사람을 만나며 군대에서만 배울 수 있는 것들을 배웠으며, 생각 또한 한층 성장할 수 있었던 시간이었다. 결정적으로 군 입대 전에는 어려우면 쉽게 포기하고 조금 더 쉬운 길을 찾으려 했던 안일한 마음을 갖고 있었다면, 이후에는 쉽게 포기하지 않는 근성이란 것이 생겼다.

지금 다시 생각해 봐도 그때 배운 근성은 무엇과도 바꿀 수 없는 인생에서 가장 중요한 무기가 되었다. 체력적으로 힘에 겨워 헬기장을 목전에 둔 상태로 쓰러질 것만 같을 때, 내 안에서의 변화가 느껴지는 순간이 있었다. '이것도 못 올라가면, 앞으로의 남은 인생을 잘 살아갈 수 있을까?' 그런 방식으로 접근하면 마땅히 하지 못할 일도 없었다.

지금도 삶을 살아내며 가끔 되내이는 질문이기도 하다. '이것도 못하면 앞으로는?'이라는 스스로의 물음. 살면서 여러 가지 일을 겪다 보니 생각보다 그 물음을 묻는 횟수가 많긴 하다. 물론 대답은 늘 같지만, 과연 군대를 통해 나 스스로를 믿게 되는 계기가 없었다면 과연 수많았던 어려움을 내가 잘 헤쳐올 수 있었을까? 물론 그랬을 수도 있겠지만, 적어도 군 생활이 내게 앞으로의 삶에 더 적극적인 자세와 근성을 갖게 해준 것만큼은 확실한 것 같다. 그래서 나의 군 생활 2년은 힘들었지만 참 소중하다.

갑자기 영국

군 생활 중 집안에도 많은 변화가 있었다. 군대에 갈 때만 해도 어머니는 "돈 열심히 모아놓을 테니, 걱정하지 말고 다녀오렴."이라고 말씀하셨다. 군대에 들어가면서도 집안 사정을 걱정해야 하는 아들이 신경 쓰이셨던 것이 분명하다.

한 상병쯤 되었을 때, 부모님이 면회를 오셨다. 우리 부대는 면회 장소에서 고기를 구워 먹을 수 있도록 되어있었는데, 어느 날 부모님이 소고기를 갖고 오신 것이 아닌가? 삼겹살도 아닌 소고기. 어렸을 때부터 고기를 좋아하는 육류파였지만 소고기는 먹을 기회가 많지 않았다. 스무 살이 넘어서야 구워 먹는 소고기가 맛있는 것이라는 것을 알게 되었을 정도로 소고기는 내게는 너무 먼 메뉴였다. 그런 소고기를 잔뜩 사 오신 부모님을 보고도 반가운 마음보다는 너무 거금을 쓰신 것이 아닐까 걱정이 앞섰다.

그렇게 걱정을 하면서도 너무 맛있어 단숨에 고기들을 해치우고, 부모님을 배웅하던 중 아버지의 바뀐 차를 보게 되었다. 군 입대 전 아버지의 차는 중고로 저렴하게 구매하신 소형차와 화물차였는데, 면회 날 본 아버지의 차는 근사한 SUV였다. 심지어 3,000cc의 큰 차량이었다. "어! 차 바꾸셨네요?" 대수롭지 않게 물었지만, 사실 내심 굉장히 기분 좋았다. 아들 면회에 소고기를 사 오고, 차도 바꿀 정도로 집안 사정이 괜찮아진 것 같다는 생각이 들었다.

그렇게 군 생활을 이어가던 중, 아버지께서 뜻밖의 말씀을 하셨다. 평소와 같이 안부 전화를 하고 있었는데, 전역하면 영국으로 유학을 가라고 하신 것이다. "갑자기 영국이요?" 하고 놀라자 아버지께서는 "미국은 총기 사고가 너무 많고, 호주나 캐나다보다는 영국 본토의 발음을 배울 수 있도록 영국을 한번 알아봐라."라고 말씀하셨다.

내심 유학이라는 것을 가고 싶긴 했다. 부대 내 토요일 아침마다 원하는 병사들끼리 동아리 활동 같은 것에 참여할 수 있었는데, 내가 속한 곳은 영어 회화반이었다. 그 회화반을 운영하는 분은 우리 대대 정보과 소속으로 나보다 무려 7살이나 많지만, 계급은 낮은 타 중대 형님이었다. 당연히 타 중대이므로 아저씨라고 부르면 되었으나 후에 친해져 형, 동생으로 지내게 되었다. 그 형님은 뉴질랜드에서 중학교 때부터 살아 한글보단 영어가 더 편하신 분이었으며, 뒤늦게 한국 국적을 지키기 위해 입대를 하셨던 것으로 기억한다. 그렇게 군대 영어회화반에서 만나, 팝송이나 영어 회화에 대한 것을 가르쳐 주었는데, 사실 대부분의 시간은 뉴질랜드에서의 생활 이야기로 채워졌다. 당시 비행기도 한 번 타보지 못한 내가 그 형님에게 뉴질랜드라는 곳의 얘기를 들을 때면, 정말이지 막연하게 언젠가 한 번쯤 꼭 가보고 싶다는 생각을 하고 있었던 시기였다. 그런데 때마침 아버지께서 영국으로 가라는 말씀을 하신 것이다.

뉴질랜드는 어떻겠냐고 아버지께 말씀드려 봤지만, 이미 아버지는 영국에 대한 정보를 많이 수집하신 상황이었고, 전문대를 졸업하고 편입을 하겠다고 해놓고 그 목적을 달성하지 못한 내게는 아버지를 다른 방향으로 설득할 근거가 부족했다. 그렇게 나는 군대 말년이라는 시기에, 다친 손가락을 안고 영국에 갈 준비를 시작했다.

말년 휴가 때부터 유학원을 돌아다니며 마땅한 Language School을 찾기 시작했으며, 한 곳을 선정하고 나서야 제대로 된 계획을 세울 수 있었다. 준비해야 할 것이 정말로 많았다. 단순히 내가 필요한 물품이 아니라, 내 보호자인 아버지께서 하셔야 할 것이 많았는데, 그중 학생비자를 받기 위해 아버지의 계좌 잔액과 금액 입출 기록을 증명하기가 쉽지 않았다. 단순히 일정 금액의 돈이 있으면 되는 것이 아니라 그 돈을 어떻게 벌었는지, 6개월 이상의 과정을 추적하여 영국에 불법 체류를 하지 않을 것 같다는 것이 증명되어야 했다(이러한 번거로운 과정때문에 많은 학생들은 학생비자보다 관광비자로 어학원을 등록하곤 했다).

　그 과정에서 수도 없이 은행을 다니시던 아버지의 모습에 이렇게 해서 영국에 가는 게 맞는지 내심 고민스럽기도 했다. 결국 유학원과 아버지의 협업으로 그 받기 어렵다는 영국 학생비자를 받고, 7개월간의 Language School을 먼저 등록했다. IELTS라는 영어시험 점수가 필요하여 특별히 시험 감독관이 직접 강의를 하는 학교를 골랐으며, 그러면서도 한국 사람이 없는 곳으로 가려고 노력했다. 그렇게 영국 남쪽의 한 도시에서 생활하기로 결정하고 나서 무작정 영국행 비행기에 올랐다. 그때가 전역한 지 한 달 된 시점이었다.

영국에 도착하다

　영어를 좋아한다고는 하나 영어로 대화하는 것은 다른 이야기였다. 문장을 만들어 말은 할 수 있었는데, 내 말을 들은 사람이 대답해 주는 것이 들리지 않던 시기. 정말 대책 없이 간 수준이었다. 지금 같으면 스마트 폰의 도움을 받으면 되지만, 그때는 휴대폰도 없었고 있어도 겨우 컬러화면이 막 지원되던 시기라 전화와 문자 말고는 쓸모도 없었다. 유일하게 기댈 수 있던 것은 유학원에서 손에 들려준 지도였는데, 사실 지도도 눈에 잘 들어오지 않았다. 그렇게 준비 없이 영국에 도착하게 되었다.

　신사의 나라 영국. 왠지 멋진 사람들이 가득할 것 같은 기대감을 갖고 내린 출국장은 의외로 무척 어두웠다. 거의 군대에서 자대 배치받았던 그때만큼 낯설었고, 지나가는 사람들이 무섭게 느껴졌다. 30kg 가까이의 무거운 28인치 대형 캐리어와 그 대형 캐리어에 얹혀진 또 다른 18인치의 15kg의 캐리어까지 총 2개. 최소 1년 이상의 영국 생활을 계획하고 온 터라, 짐은 많을 수밖에 없었다. 그렇게 많은 짐을 갖고 낑낑거리며 버스 정류장을 찾았다.

　당시 유학원을 통해 외국에 나가면 대부분 pick up 서비스를 신청한다. 하지만 나는 신청하지 않았다. 유학원에서 "진백 씨는 아직 군인정신이 있으시잖아요? 직접 찾아가면 더 공부가 될 거예요. 저희가 버스 시간도 다 알려드릴 테니까 한번 해보세요."라고 하는데, 이런 말을 듣고 어떻게 pick up을 신청할 수 있겠나? 사실 비용도

비싼 편이었다. 결국 비행기에 내려 대부분 유학생으로 보이는 몇몇
은 본인 이름의 팻말을 찾아 떠나가고, 나 혼자 덩그러니 남겨지니
비로소 신청했어야 했다는 생각이 들었다.

우여곡절 끝에 찾은 버스 정류장. 버스 티켓을 가지고 버스를 타
러 지정된 platform에 갔는데, 또 한 번의 난관. 당시 비행기가 도
착한 시간이 오후 9시경이었으므로, 대략 10시경 버스를 예매했는
데 분명 10시에 타기로 한 버스가 10시가 넘었는데도 보이지 않는
것이다. '큰일 났다, 이거 내가 잘못 왔나? 아니 없던 버스를 착각
해서 표를 줬을까? 아니면 이미 놓쳤나?' 별의별 생각이 다 들었다.
각 platform의 신호수들에게 물어봐도 그들의 영어를 알아들을 수
없었고, 겨우 알아들은 것이 계속 기다리라는 말이었다. 버스는 출
발하기로 한 시간이 20분이나 지나서야 모습을 드러냈다.

처음으로 한 가지를 배웠던 순간이었다. 외국에선 우리나라처럼
제시간에 들어오는 전철이나 버스들을 기대하면 안 된다는 것을.
이미 이런 얘기를 들어는 봤는데도 막상 내가 그 상황에 처하니 들
었던 얘기조차 까먹고 초조해하는 것 말고는 방법이 없었다. 그렇
게 첫 영국 버스에 오르는데, 기사분이 이상하리만큼 내게 차갑게
대했다. 심지어 모든 사람의 짐을 화물칸에 넣어주는데, 내 짐만 덩
그러니 남겨두고는 손짓으로 내게 넣으라고 하는 것이 아닌가? 영
국 버스의 첫인상으로 딱히 달갑지는 않았다.

버스 창으로 지나가는 낯선 바깥 풍경을 보며 정말로 영국에 온
것을 실감하고 있을 때쯤, 또 다른 문제가 발생했다. 여러 정류장을
거쳐서 가는 버스인데, 안내 방송이 아닌 기사분이 육성으로 어디
라고 말을 해 주는 거였다. 마이크도 없이 소리치니 뒤쪽에 앉은 나

는 들리지가 않았다. 그때부터 언제 내릴지를 걱정하느라 또다시 긴장할 수밖에 없었다.

유학원에서 설명 듣기를 하숙집은 바다 근처라고 했으니, 바다가 보이면 다시 내릴 요량으로 눈치를 보고 있었다. 그러다 정말로 바다를 지나 한 시내를 관통하는 시점에 '여기서 내려서 택시를 타야겠다.'라는 결심이 섰다. 근처 정류장에 버스가 멈췄을 때 다급하게 뛰어내렸다. 그렇게 무사히 내려 인적이 드문 어두운 거리를 걸으며 지나가던 택시를 잡아탔다. 다행히 멀지 않은 곳이라 오래 지나지 않아 택시는 내가 묵어야 할 집이 위치한 길(road)에 나를 내려주었다. 내가 가야 할 집은 분명 이 길의 13번 집인데, 9번과 15번 집은 번호가 붙어있어 확인할 수 있는 반면 나머지 집들은 번호가 없었다. 그런데 번호가 없는 집 중 유독 한 집이 눈에 띄었다. "Warning! 우리 개는 비교적 순하나, 가끔은 wild하니 조심하라"는 경고 문구. 사진도 하나 붙어있는데, 체고가 1m는 족히 될 것 같은 초대형견이었다. '아, 저 집만 아니면 좋겠다.' 생각했지만, 늘 슬픈 예감은 틀린 적이 없다. 그 큰 개가 있는 집이 내가 묵어야 할 집이었다.

벨을 누르니 아무 인기척이 없다. 분명 Lounge(거실) 불은 켜져 있는데, 아무도 나오질 않는다. 한 5분을 기다리니 그제서야 관대해 보이는 영국 할머니가 나를 맞아주셨다. "미안해, 내가 잠이 와서. 네가 이렇게 늦게 올 줄 몰랐어." 보통은 pick up을 신청하여 오니, 나처럼 늦게 오는 경우가 없었던 것이다. 경고 문구에서 봤던 개도 환영을 해준다. 정말로 큰 개지만 너무나 순해 금방 친해졌다.

영국 가정답게 들어가자마자 차를 권하셨다. 캐리어를 라운지 한쪽에 세워 두곤, 처음으로 영국 차를 마셨다. 당연히 당시의 내 입에는 맞지 않았고(홍차에 우유와 설탕을 섞은 밀크티로, 이 글을 쓰는 지금도 내 책상에 있다), 진이 빠진 상태다 보니 집주인과 대화를 이어 가기도 쉽지 않았다. 이미 하루에 쓸 수 있는 영어는 모두 사용하여 더 이상 아무 단어조차 떠오르지 않았고, 더욱이 8시간의 시차도 적응되지 않았으니 얼마나 피곤했겠나?

곧 방을 안내받았다. 3층 집이었던 그곳에서 내 방의 위치는 3층 꼭대기 방이었다. 사이즈는 큰 방이었지만, 높고 좁은 통로로 2개의 캐리어를 들고 나르며 또다시 많은 땀을 흘려야 했다. 그렇게 짐을 나른 후, 방 키까지 받고 나니 그때부터 영국에서의 생활을 시작할 수 있었다.

영국 적응기

Host Family와 함께 사는 그 집에는 나 말고도 하숙생이 2명 더 있었다. 한 명은 스위스 출신의 덩치 좋은 친구, 또 한 명은 이탈리아 출신의 여리여리한 아저씨였다. 늦게 도착한 첫날은 짐을 대충 풀어놓고 잠이 들었다. 다음 날 아침에 일어나 주방에서 그들과 처음 만났고, 신입인 나를 모두들 환영해 주었다.

같은 학교에 다니던 친구들이었으니 학교에 함께 가면 좋았을 텐데 첫날부터 그런 배려를 기대할 수는 없었다. 학교 가는 첫날, 지도 한 장을 들고 나왔는데, 아무리 걸어도 20분이면 간다는 그 학교는 보이지를 않았다. 도대체 어떻게 찾아가야 할지 도무지 감이 잡히지 않았다. 이상하리만큼 모든 건물이 똑같아 보이고, 계속 같은 길을 걷고 있다는 착각마저 들게 되었다. 얼마나 헤맸을까? 친절한 영국 사람이 설명해 준 덕분에 가까스로 학교에 도착했고, 20분이면 도착할 곳을 나는 1시간이나 걸려 도착했다.

도착하자마자 나의 영어 수준을 확인하기 위해 몇 가지 테스트가 진행되었다. 답안을 작성해야 하는 필기와 말하기 테스트로 진행되었는데, 필기는 그럭저럭 한 것 같지만 말하기는 도저히 대화가 진행되지 않을 정도였다(당시의 영국 발음은 또 얼마나 생소하던지). 이후 선생님은 내게 문법은 잘하지만, 아직 듣기는 어려워하니 일단 Level 5반에서 시작하자고 말씀하셨다. (나중에 보니 Level은 3부터 7까지 있었고, Level별 A, B, C, D로 다시 나뉘어져 있었다.)

미국의 어학연수원들은 잘 모르지만, 영국의 경우 날씨가 좋은 4월에서 8월까지는 유럽 사람들이 단기간으로 어학연수 겸 여행 코스로 많이 방문한다. 내가 갔던 시기가 5월이다 보니, 학교의 대다수가 이미 유럽 사람들로 채워져 있었고, 소수의 아시아인은 대부분 나와 같이 장기 체류를 하는 사람들이 많았다. 그렇다 보니 아시아인들은 오래된 친구들끼리 이미 신뢰가 두터운 경우가 많았고, 유럽 사람들은 단기간(2주~2달)의 일정으로 그들만 따로 어울리기 곤 했다.

내가 들어간 Level 5의 C반에는 2명의 아시아인과 6명의 유럽 사람들이 있었는데, 내 옆에는 30대 후반의 독일 아저씨가 앉아있었다. 누가 봐도 이미 얼어있는 나를 측은하게 보았는지, 그 독일 아저씨가 수업 중에 참 많이 도와주었다. 등교한 첫날부터 문법 테스트가 있었다. 사실 나는 한국에서 주입식 교육으로 10여 년을 배운 터라 Level 5에서의 영어 문법 시험은 속된 말로 식은 죽 먹기였다. 내 옆의 독일 아저씨는 얼어있었던 내가 첫날부터 반에서 유일하게 만점을 받으니, 그때부터 내게 더 관심을 갖기 시작했다.

그 독일 아저씨, 아니 독일 친구는 유럽 사람 중에서도 리더에 가까웠다. 연배도 꽤 있었고, 190cm 정도 될 법한 키에 100kg도 훌쩍 넘을 것 같은 덩치를 가졌으며 성격까지 호탕하다 보니 다른 유럽 친구들이 모두 그를 따랐고, 나는 짝꿍을 잘 만난 덕에 그 무리에 쉽게 섞이게 되었다.

생각했던 것보다 첫날 수업은 잘 마쳤지만, 다시 집으로 돌아갈 생각을 하니 앞이 깜깜했다. 그런데 다행히 같은 반 대만 친구가 내가 사는 곳을 안다고 함께 가자고 했다. 대만 여자친구였는데 마찬가지로 내가 어리바리 해 보였는지, 친히 내가 사는 곳 집 앞까지 데려다주고 갔다.

그렇게 무사 복귀를 하고 나니, 지루함의 연속이랄까? TV도 없는 방. 1층 거실에 간다고 해도 말을 섞을 자신이 없었고, 영국 생활 초반에는 무작정 밖에 나가 동네를 익히는 데 많은 시간을 할애했다. 걷고 또 걷고, 그러다 밥 시간이 되면 돌아왔다.

내가 살던 하숙집 할머니는 영국에서 요리 잘하기로 소문난 아일랜드 분으로, 요리를 굉장히 잘하셨다. 난생처음 먹어보는 양고기 스테이크, 이탈리아식의 라자냐 등 아직도 기억나는 음식들이 있을 정도로 요리에 진심이신 분이었다. 그런 맛있는 음식들을 먹으며, 학교에서는 친구들의 도움을 받으며 금세 적응해갔다.

들리지 않던 영어가 잘 들리기 시작한 것은 영국 생활 2주차였던 것 같다. 1주일의 한 사이클이 지나고 나니, 이제 영어에도 자신이 붙고, 길도 더 이상 헤매지 않고 다닐 수 있게 되었다. 본래 나는 한국에서도 말수가 꽤 많은 편이었다. 그런데 점차 영어가 잘 들리고, 상호 대화가 가능해지니 영어로도 말이 많아졌다. 특히 유럽 친구들은 한국이 어디에 있는지도 잘 알지 못했다 보니 내게 많은 관심을 가졌다.

더욱이 나는 막 군대에서 전역한 사람이 아니던가? 그것도 휴전 중인 국가에서. 그러니 pub에 가면 관련된 수많은 질문 세례를 받기 일쑤였다. 그때마다 짧은 영어로 설명해 주면 친구들이 살을 더 붙이고 또 함께 이해하고, 공감하며 내 영어는 빠르게 늘어갈 수 있었다. 또 나는 배운 표현을 써보고 싶은 욕망이 굉장히 강했다.

유럽 친구들은 "It depends."라는 말을 참 많이 썼는데, 처음 배운 날 그 표현을 쓰기 위해 대화 중 호시탐탐 언제 쓸 수 있을지 상황을 기다리다 기어코 그 말을 했던 적이 있다. 그 표현을 말하고 또 상대방이 이해하였을 때는 얼마나 뿌듯하던지, 이후에도 표현이나 단어를 배우면 내가 익힌 표현이나 선택한 단어가 맞는 상황에서 사용되었는지를 확인하기 위해 끊임없이 시도했었다.

물론 한계는 있었다. 내 주위에는 영국 사람들이 아닌 유럽 사람들과 아시안 친구들이 대부분이라서 내 실력이 늘수록 나를 가르쳐 줄 친구들이 부족했다. 그래서 가끔 Level 7반의 친구들이나 학교 선생님들이 함께하는 모임이 있으면 꼭 빠지지 않고 참석하려 노력했다. 그들은 내 잘못된 표현을 다 잡아주었으며, 그렇게 나는 영어라는 언어에 빠져 책과 글이 아닌 대화를 통해 표현을 습득하는 나만의 방식으로 공부를 할 수 있었다. (사실 잘 놀고 있었다.)

본연의 모습

누군가에게나 LEEDS 시절이라고 하여, 흔히 전성기라 불리는 시기가 있다. 사람마다 다르지만, 현재까지 내 전성기는 아마도 영국에서 적응하고 난 뒤의 생활이었지 않았을까?

유럽 친구들과 함께 2~3주 정도 보냈을까? 나를 챙겨주던 유럽 친구들이 하나둘 본국으로 돌아가고, 새로운 유럽 친구들이 몰려왔다. 어느새 점차 나는 더 이상 수줍은 아시아계 신입생이 아니라, 이 지역을 잘 아는 일종의 선배로서 유럽 사람들의 무리를 이끌고 다니는 리더가 되었다. 그도 그럴 것이 잠깐 왔다 가는 유럽 친구들의 입장에서, 더욱이 인터넷도 발달하지 않아 정보가 부족한 마당에, 선뜻 무엇이든 알려주는 아시안계 친구는 환영받을 수밖에 없었다. 그리고 들리지 않던 영어가 들리기 시작하니, Level 5에서 시작했던 것이 어느새 6으로 올라 있었으며, 본래의 성격처럼 말이 늘어나고 행동력까지 겸비되니, 내재되어 있던 추진력이 강해지기 시작했다.

당시 Social Activity라고 해서 주중 저녁이든 주말이든 선생님들이나 학생들이 진행하는 행사에 참여할 수 있었는데, 그중 금요일 저녁 클럽 모임을 내가 이끌고 다니게 되었다. 그러다 보니, 새로운 친구들은 금요일만 되면 나를 찾아와 어떻게 함께 갈 수 있는지를 물었고, 나는 친절하게 복장부터 여권 사본, 만남 장소 등 필요한 것들을 일러주었다.

어학원에서 클럽까지 걸어서 30분, 우리가 금요일 저녁에 모이면 대략 20명 이상이 되었는데, 지금 생각해 봐도 20명이 꽤 근사하게 차려입고 클럽을 가기 위해 거리를 활보했던 순간을 떠올리면 참으로 재미있다(당시에는 클럽 앞에 Guard들이 있었는데, 맨발로 샌들 같은 신발을 신거나 반바지를 입으면 입장을 불허했고, 외국인의 경우 신원을 증빙할 만한 무언가가 있어야 출입할 수 있었다. 나는 주로 국제 학생증을 발급받아 사용했었다).

대부분 저녁 10시가 넘으면 상점들이 문을 닫아 마땅히 즐길 거리가 없던 곳이다 보니, 새벽 2시까지 놀 수 있는 클럽들은 늘 문전성시를 이루었다. 사실 나는 춤을 즐길 줄 아는 사람이 아니었다. 아니 몸치에 가깝다. 그럼에도 내가 매주 클럽에 간 이유는 그곳의 분위기 때문이었는데, 맛있는 기네스 생맥주를 들고 음악만 즐겨도 정말 기분이 좋았다. 물론 연애를 비롯하여 또 다른 목적으로 클럽에 오는 이들도 있었지만, 나를 비롯한 대다수는 무료한 일상을 탈출하여 음악과 술을 즐기기 위해 갔던 것으로, 스트레스 해소의 시간이었다.

그렇게 2달 가까이 한주도 빠지지 않고 사람들을 데리고 클럽에 다니니, 당연히 내가 속한 어학원 안에서 유명한 사람이 될 수밖에 없었고, 나중에는 친한 친구들도 많이 생겨 평상시 점심시간에도 내 옆자리에 앉으려는 친구들이 많아 꽤나 재미있는 생활을 이어갈 수 있었다.

이때가 소극적이고 내성적이었던 아이에서 적극적이고 밝은 청년으로 변화하고 있던 순간이 아니었을까?

지나고 보니 가정에서의 어려움으로 내 본모습을 보일 기회가 없었을 뿐, 나는 내성적인 사람은 아니었던 것 같다.

영국에 있으면서 내 생각을 넓히게 된 몇 가지 에피소드가 있는데 그중 하나가 국제회의사라는 직업을 알게 된 날이었다. 어느 날 스위스의 한 친구가 내게 물었다. "너는 꿈이 뭐야?" 한참을 생각해도 마땅한 답을 찾지 못하고 우물쭈물 대자, 그 친구는 대뜸 국제회의사라는 직업을 아느냐고 물었다. 그 직업이 나와 잘 어울릴 것 같다면서 말이다. 본인 주위에 준비하는 사람이 있는데, 너도 해보면 좋겠다고 추천해 준 것이다.

단 한 번도 생각해 보지 않은 나의 직업. 20년 넘게 말 잘 듣고, 일 잘할 수 있는 신입사원으로 길러지고 있던 내가 감히 상상조차 할 수 없었던 직업이었다. 나를 잘 안다는 친구가 내게 저런 근사한 직업을 추천해 주다니, 멋진 일이었다. 한편으론 할 수 있다는 자신감도 많이 생겼다. '이래서 사람은 많은 것을 보고, 많은 사람을 만나봐야 해.'라는 생각이 진리임을 깨닫던 순간이었다.

물론 전체적인 생활이 즐거워졌다고 모든 것이 좋았던 것은 아니었다. 맛있는 저녁을 만들어 주시는 하숙집 할머니는 점점 늦어지는 내 귀가를 달가워하지 않았고, 결국 나는 3개월만에 완전 독립을 선언하며 집을 구해 따로 나와 살게 되었다. 하숙집 비용과 큰 차이는 없지만, 모든 것을 스스로 해결해야 하는 자취 생활을 한국도 아닌 영국에서 처음으로 시작하게 되었다. 집을 좀 저렴하게 구하다 보니 Semi-furnitured라고 하여 전체적인 가구들이나 식기가 모두 있었던 것이 아니라, 중요한 것들만 포함되어 있는 상태여서 친구들을 동원해 근 2주를 TESCO 마트에 다니며 물건들을 사고 날라 집을 꾸몄다.

더 이상 귀가시간에 방해받지도 않았고, 여차하면 친구들을 집에 데려올 수 있는 상황이 되다 보니 그야말로 우리 집은 아지트가 되었다. 한국 영화 DVD를 구매해 친구들과 함께 보기도 하고, 한식을 먹는 날, 이탈리아 친구들이 요리해 주는 날, 일본 친구들이 음식 만드는 날 등 갖가지 이유를 만들어 거의 매일 저녁 친구들과 재미있는 시간을 보냈다.

그렇게 놀면서도 학교 수업에는 충실했고, 오히려 열심히 놀았던 덕분일까? IELTS 점수도 꽤 괜찮은 편이었다.

나의 리즈 시절이 언제였냐고 묻는다면 아무 걱정 없었던 그때가 떠오른다. 정말 내 본연의 즐거움을 찾아 행동했던, 어쩌면 철이 없던 그 시절 말이다.

여행의 즐거움

누군가 내게 여행을 좋아하는지 물어보면 나는 주저 없이 좋아하지 않는다고 말했었다. 멋진 자연경관을 보아도 '아 멋지구나.' 정도이지, 그것에 감명받아 한참을 느껴보고, 인증 사진을 찍는 것 등을 좋아하지 않았다. 남는 게 사진이라는 말이 있지만, '실제로 찍은 사진들을 얼마나 다시 찾아보게 될까?'라는 의문이 든다. 물론 동의하지 않는 사람들도 있겠지만, 아무튼 나는 무언가를 보고 느끼는 방식의 여행은 좋아하지 않았다.

그렇게 평생 여행은 하지 않고 살 것만 같던 내게 여행의 개념을 바꿔준 계기가 있었으니, 바로 이탈리아 여행이었다. 가을이 지날 무렵, 나와 가까웠던 유럽 친구들은 대부분 귀국했고, 그중 가장 친했던 친구들 특히나 스위스, 이탈리아 친구들은 내가 본인들의 나라에 놀러 오기를 바랐다. 그래서 여행보다는 친구 집에 방문한다는 생각으로 2주간 이탈리아 4개 도시 여행을 계획하였다. 이탈리아 로마로 갔다가 밀라노에서 영국으로 복귀하는 항공권을 구매하고, 3벌의 옷만 챙겨 작은 가방 하나만 메고 여행길에 나섰다.

얼마나 대책이 없는 여행이었는지 지금 생각해 봐도 아찔한데, 당시 런던 히드로공항에서 로마행 비행기를 탔어야 했고, 비행 시각이 오전 10시경이었으니 7시에 도착하면 여유가 있을 것이라 생각했다. 새벽 4시 반에 열차를 타러 느긋하게 길을 나섰다. 하지만 그 시각에 운행하는 열차가 없다는 것을 열차역에 가서 알게 되었다. 정말 이 정도로 대책 없는 여행. 결국 발을 동동거리다 열차역에 서 있던 택시를 잡아탔다. 비행기 티켓 값이 180파운드였는데, 택시비로 150파운드(당시 환율로 대략 25~30만 원)를 쓰며 이탈리아 여행을 시작했다.

우여곡절 끝에 로마 중앙역에 도착했다. 로마의 첫인상은 솔직히 생각보다 지저분했고, 의외로 영어를 많이 안 쓴다는 것에 놀랐다. 말도 안 통하는 상황에 묵을 곳도 정하지도 않은 데다 이미 찾아놓은 돈은 택시비로 대부분 소진했지만, '필요하면 영국에 있는 친구들에게 전화하여 도움을 청해야지.'라는 안일한 생각을 하며 무작정 발걸음이 닿는 대로 걸었다(당시 영국의 심카드는 따로 바꾸지 않아도 EU 내에서의 사용에 문제가 없었고, 통화 비용도 비싸지 않았다).

걷다 보니 출출해져서 밥 먹을 곳을 찾고 있었는데, 아니 이런 일이! 저 멀리 한국의 태극 문양이 보이는 것이 아닌가? 얼마나 반가웠던지, 한걸음에 달려갔다. 당시 김치찌개는 한국을 떠나 약 6개월만에 처음으로 접한 한국 음식으로, 사실 진짜 한국의 맛은 아니었으나 그래도 홀로 감격하며 먹었다. 그렇게 감동의 김치찌개를 먹고서 혹시나 싶어 주변에 묵을 곳이 있냐고 식당 사장님께 물어봤다. 너무나도 친절하신 사장님은 근처에 20유로에 아침과 저녁 식사를 한식으로 제공하는 한인 민박집이 있다며 소개해 주셨다. 아니, 이런 횡재가 있나? 단박에 묵을 곳을 그곳으로 정하고 사장님을 따라 나섰다. 기대가 크진 않았지만 그래도 보이는 허름한 건물 외관에 약간의 걱정이 앞섰다.

겉만 허름했지 싶었으나 실내도 오래된 낡은 아파트에 남자 방, 여자방으로 나뉘어 있었고, 각 방에 4명씩 묵을 수 있었다. 남자 방 침대 한쪽에 가방을 내려놓으니, 점심시간이 지난 지 한참인데도 아직 자고 있는 사람이 있었다. 그 사람은 일본인이었는데, 이 친구는 미국 유학생으로 이탈리아에 대해 사전 공부를 엄청나게 하고 와서 이 친구를 통하면 모든 정보를 쉽게 얻을 수 있었다. 당시 한인 민박에 외국인은 이 친구 한 명뿐이었다. 한인들을 대상으로 영업하던 곳에 한식을 먹겠다고 온 이 일본인 친구는 한국말을 전혀 못 했고, 같이 묵던 한국 사람들은 또 영어를 못하여 서로 대화조차 못 한 채로 불편한 시간을 보내고 있었다고 한다. 내가 중간 통역사 역할을 해주었더니 일본인 친구는 자처하여 나의 이탈리아 로마 여행 가이드가 되어주었다.

그렇게 일본인 친구를 따라다니며 인증샷 찍기에 바빴으며, 스스로 즐기고 있다는 생각은 못 했다. 큰 감흥 없이 그렇게 며칠을 보내다 일본인 친구가 한 달에 하루 유일하게 바티칸 사국을 공짜로 들어갈 수 있는 날이 있다고 알려주었다. 바티칸은 당시 입장료가 13유로 정도로 꽤 비쌌는데, 그 입장료를 받지 않는 날이라니. 우리는 일찍부터 민박집을 나와 바티칸에 들어갔다.

대충 둘러보아도 4시간은 걸린다는 바티칸. 수많은 그림과 조형물들이 어떤 의미인지 알 길이 없어 답답해하던 차, 저 멀리서 한국어가 들렸다. 한국인 가이드가 한국인 단체 관광객들을 데리고 다니는 것이었다. 가이드의 목소리가 커 옆에 있으면 설명이 다 들리니 나는 그 말을 듣고 곧장 영어로 친구에게 알려주며 우리는 그렇게 부족한 지식을 도강하듯 채워갔다.

그러다 내 여행의 인식을 바꿔준 그곳. 「천지창조」의 천장화를 접하게 되었다. 곳곳에서 들리는 삼엄한 보안요원들의 외침. "싸일렌 플리즈(Silent Please)" 벽 구석에는 기도하는 사람들과 수녀님들. 가운데는 웃고 떠들다 보안요원이 한마디 하면 다시 조용해지는 수많은 관광객. 그 복잡한 상황 속에서 나는 생전 처음으로 그림이라는 것에, 아니 그 역사적인 작품에 완벽하게 압도되어 다른 것은 들리지도 보이지도 않았다. 이미 바티칸을 몇 시간째 돌아 지치고 피곤한 상황이었지만, 어떻게 그렇게 맑은 정신으로 그 그림을 보고 감흥을 느낄 수 있었는지, 무언가 오컬트적인 영향이 있지 않았을까 한다.

딱 그 이후부터 이탈리아 여행은 곱절로 재미있었다. 피렌체에 갔을 때도, 단테와 베아트리체의 숨겨진 통로와 애틋하게 전해 내려오는 이야기들, 영화 「냉정과 열정 사이」에서 주인공들이 만나는 두오모 꼭대기의 여운까지 느끼며, 한 동네를 알아가며 숨겨진 이야기를 찾고 점차 동화되어가는 방식의 여행을 좋아하게 된 것이다. 그렇게 나만의 방식으로 남은 여정의 이탈리아 여행을 즐기고 영국으로 돌아왔다.

이후부터 여행을 계획할때는 최대한 그 지역의 주민처럼 동화될 수 있도록 1주일이건 2주일이건 같은 곳에 묵는 여행을 좋아하게 되었다. 이때의 이탈리아 여행이 없었다면 나는 여전히 여행을 좋아하지 않는 사람이지 않을까? 언젠가는 꼭 가벼운 가방을 메고, 가족들과 함께 로마에 가서 그때의 여운을 다시 한번 느껴볼 수 있기를 희망한다. (돈 없어서 못 먹어본 맛있는 스테이크와 피자도 먹어보고 싶다.)

삶은 계획대로 흘러가지 않는다

영국 생활이 즐거웠다고 기억하는 가장 큰 이유는 바로 아버지가 매월 생활비를 보내주셨기 때문일 것이다. 아버지는 아르바이트조차 하지 말고 그 시간을 다른 외국인들과 즐기며 견문을 넓히길 바라셨고, 실제로 아버지의 기대 이상으로? 잘 이행했다(잘 놀았다).

다달이 들어오는 생활비를 나는 한 푼도 남기지 않고 전부 썼고, 간간이 유럽 내 다른 나라 여행도 다녀오라며 추가 생활비를 보내주시는 것도 마다한 적이 없었다. 한국에서 잠시나마 경제적으로 어려웠던 어릴 때의 기억들은 모두 지워진 것마냥, 어쩌면 마땅한 보상을 받는 것처럼 그렇게 다른 사람이 되어가고 있었다.

당시 나의 외형도 사실 돈이 많은 옷차림이긴 했다. 내가 살던 지역에는 아울렛보다 저렴한 이월 매장들이 몇 개 있었는데, 특히 영국의 명품 브랜드인 버버리 이월 매장이 있었다. 상의나 하의가 대략 한화 6~7만 원 정도였으니, 굳이 다른 브랜드의 옷을 사 입을 필요가 없었다. 물론 싼 금액은 아니었지만, 한화로 1~2만 원을 더 써서 명품을 입을 수 있었던 상황이니 왜 다른 선택을 하겠는가? 버버리만 산 것은 아니다. Primark, H&M 등 상대적으로 저렴한 SPA 매장들도 자주 갔지만, 큰 금액 차이가 아니라면 당연히 버버리를 샀다. 그래서 하나둘 사서 입던 것이 어쩔 때는 상·하의 전부를 버버리로 채운 부잣집 아들래미처럼 보이곤 했다.

게다가 신용카드를 쓰는 다른 사람들과 다르게 아버지의 불안함 때문인지 나는 늘 현금카드로 ATM에서 수시로 돈을 뽑아 사용했다. 게다가 어학원도 유럽 사람들과 다르게 수개월의 교육비를 미리 선납한 아시아인이니 그들의 눈에는 돈 많은 집에서 유학 온 친구 정도로 보이지 않았을까?

유럽 친구들은 본국에서 아르바이트 등으로 일하며 돈을 모아 짧게는 2주, 길어야 한달 정도를 공부도 하고 휴가도 보낼 수 있도록 준비해 오곤 했다. 그들과 대화하다 보면 나보다 어린 친구들이 이미 경제적으로나 정신적으로 완벽하게 독립했다는 인상을 많이 받을 수 있었다. 그에 반해 버버리를 입고 보내주는 돈이나 받아 쓰는 나는 가끔 스스로 머저리가 된 것 같은 생각을 지울 수 없었다.

돈과 관련된 것 말고도 부끄러웠던 적이 있었다. 유럽 친구들은 친해질수록 대부분 우리나라의 역사에 대해 대화하는 것을 좋아했는데, 나는 솔직히 역사를 잘 몰랐다. 그와 연결된 세계사는 더더욱 몰랐으니, 가끔 누군가 우리나라의 역사와 세계사에 대해 물어보면 창피해질 수밖에 없었다. 좋았던 시절이기도 했으나 다른 친구들을 통해 여러 가지로 부족한 나의 모습을 발견할 수밖에 없었고, 어떻게 채워야 나가야 할지 참 생각이 많았다.

꽤 많은 친구를 먼저 떠나보내고, 나 역시도 영국에서의 대학 진학, 한국 귀국, 영국에서 일자리를 찾아 체류 등 여러 가지 안을 놓고 고민을 해야 했던 시기가 되었다. 우선, 영국에 있는 대학에 가기 위해 외국인이 갖춰야 할 자격인 IELTS 시험을 준비했었다. 기대만큼 만족스럽진 않았지만, IELTS 시험에서 6.0을 받았다(사실 6.5를 기대했었다). 이 시험에서 아직도 아쉬운 순간 중 하나가 IELTS Speaking 시험 때 한 실수이다. 감독관과의 대화에서 아주 큰 결정적인 실수가 있었으니, 바로 한 가지의 단어 때문이었다. 아직도 생생하게 감독관의 질문이 기억난다. "What kind of music and instrument do you like?" 친구들과 그렇게 영어로 떠들며 놀아도 부족할 수밖에 없었던 것이 단어였다. 한국에서 했던 것처럼 단어를 주기적으로 외워야 하는 공부를 하고 있지 않다 보니, 기존에 갖고 있던 단어마저 까먹는 지경에 이르렀다. 물론 변명이긴 하다. 놀면서도 열심히 단어를 익혔다면 전혀 모를 단어가 아니었음에도 'Instrument'의 뜻을 몰라 저 질문을 듣고 음악에만 초점에 맞춰 대화를 풀어 나갔다.

은근슬쩍 넘어가려 하였지만, 감독관은 다시 한번 정확하게 재차 물었다. "What instrument do you like?" 차라리 그때 Instrument가 무엇인지 당당하게 물어봤더라면, 그래서 그 단어에 대해 이해한 채로 대답했다면 내가 기대했던 좋은 점수를 받았을 텐데, 무슨 단어인지도 모르면서 이런 저런 얘기를 하며 speaking 시험을 마무리했던 기억이 난다.

결국 Overall 6.0이라는 점수를 받고, 더 좋은 대학 진학을 위해 다시 시험을 볼지를 두고 한참을 고민했었다. 한 대학의 Foundation 과정을 알아보며, 또 아르바이트를 병행하며 일종의 허송세월을 보내다, 어느 순간에 더 이상의 IELTS 시험도, Foundation 수료도 필요 없어졌다. 아버지의 호출로 영국 생활을 마치고 한국에 돌아와야 했다.

25년

영국 생활을 마치고 한국에 들어오니 바로 현실에 직면하게 되었다. 마치 잠시 동화 속에 있다가 나온 것 마냥 영국 생활은 그렇게 기억도 가물가물해지고, 나는 당장 돈을 벌어야 하는 입장이 되었다. 취업 준비도 하고 있었지만, 당장 내 개인 용돈과 생활비를 벌기 위해 아르바이트를 찾아다녔고, 운이 좋게 아버지 회사에서 일을 할 수 있게 되었다.

거창한 일은 아니었고, 아버지 회사가 맡은 건설현장의 현장 소장 재량으로 기술이 좋으신 기공분들을 보조하는 역할이었다. 말이 좋아 보조지, 기술이 없는 사람들 아무나 할 수 있는, 건설에 필요한 자재들을 나르는 일이나 공사의 시작과 끝에 필요한 청소를 하는 업무를 맡았다. 어감이 좋진 않지만 우리는 이를 흔히 '잡부'라고 불렀다. 심지어 사장 아들이라는 것조차 누구에게도 알리지 않으셨고, 알리지 않고 일하길 원하셨다. 나도 당연히 그래야 한다고 생각했고, 당시에는 꽤나 벌이가 괜찮은 아르바이트를 구했다는 것만으로도 감사했다.

사실 아르바이트를 하고 있을 상황은 아니었다. 영국에서 돌아올 시점이 아니었고, 돌아오고 싶지도 않았다. 당시 영국에서는 한국이란 나라를 아는 사람도 거의 없었고, 한국 식당이나 식재료는 더더욱 접하기 어려웠다. 또한 인터넷 요금도 비싸 인터넷을 사용할 수 있는 곳도 제한적이었으며, 나는 노트북이 없어 어학원과 동네 대학교 내 공용 컴퓨터를 통해서만 가족들과 이메일을 주고받곤 했었다. 그런 상황에 한국은 당연히 너무나도 그리운 나의 모국이었지만, 그럼에도 사실 그 시점에 돌아오고 싶지는 않았다.

영국 대학교에서 외국인에게 요구하는 IELTS 점수가 내 입장에서는 괜찮은 편이었고(사실 한 번 더 보았으면 6.5는 받았을 텐데), 진학할 학교를 정하고, 과를 선택하고 거주지를 옮기려 하는 과정 중에 뒤늦게 아버지 사업이 잘되지 않고 있으셔서 어려우시다는 얘기를 어머니를 통해 듣게 되었다. 그렇게 나는 예기치 못한 시점에 한국에 돌아와 갑작스레 한국 사회에 뛰어들게 되었다.

건설 현장이라는 것이 참 다양하다. 흔히들 아파트나 건물을 짓는 현장을 떠올리기 쉬운데, 아버지 회사는 그런 큰 건설회사가 아닌, 조그마한 건물들의 방수나 집 안 하자를 수리하는 회사였다. 빌라나 작은 빌딩, 규모가 크지 않은 아파트 같은 것들이 주 현장이었다. 옥상 방수는 시멘트 바닥을 살짝 벗겨내고, 그 위에 녹색의 우레탄을 도포하여 바닥 전체를 코팅시키는 공정이었다.

그 공정에서 나는 그 건물에 살고 계시는 분들이 옥상에 둔 화분, 자전거, 항아리 등을 옮기고, 이후 바닥을 깨끗하게 청소하는 역할을 했다. 내가 청소를 하고 나면 바로 그다음 작업이 가장 어려운 것이었는데, 바로 바닥을 갈아엎는 과정이다. 바닥을 갈아 낸다는 것이 쉽게 들릴 수 있겠지만, 바닥에 그라인더 날을 마찰시킴과 동시에 수많은 시멘트 가루들이 날리게 되어 작업자의 온몸에 하얀 가루들이 앉게 된다. 그리고 발생하는 가루 양 또한 상상을 초월한다. 일반적인 빌라 옥상을 그라인딩하면 거의 20kg짜리 포대가 10

개 가까이 쌓여 시멘트 가루 폐기물이 되곤 했다.

내가 맡았던 업무 중 가장 싫어했던 일은 바로 우레탄 통을 나르는 일이었다. 엘리베이터가 있으면 그래도 좀 수월할 수 있다. 하지만 대부분의 빌라는 5층이고, 엘리베이터는 없었다. 결국 아저씨들이 일하는 시간 동안 나는 우레탄 통을 2개씩(1개에 20kg) 들고 계단을 올랐다. 한두 번에 끝나는 일이면 좋겠지만, 일반적으로 대략 20개에서 40개의 통을 날라야 했으니, 그 누구도 내가 낙하산이라 편하게 일했다고 생각하진 않을 것이다.

현장의 인부 아저씨들과 함께 시간을 보내며 나름대로는 즐거운 생활을 이어갔는데, 하루는 바닥을 갈아 내야 하는 중요한 날이었지만, 그 업무를 하시기로 한 분이 개인 사정으로 출근하지 못하셨다. 내심 그 어려운 일을 내일로 미룰 수도 있다는 생각을 하던 찰나, 소식을 들은 아버지가 바로 현장에 오셨다. 대충 편한 업무들만 하다가 하루를 마무리할 수도 있겠다며 은근히 기대했는데, 갑자기 아버지께서 작업복으로 갈아입으시는 것이 아닌가? 몇 번을 여쭤보았다. 그 위험한 기계를 다루는, 먼지를 뒤집어써야 하는 그 일을 정말 하실 거냐고. 걱정하는 나의 모습과는 달리 아버지는 이 정도는 아무것도 아니라며 오히려 미소를 지으셨다.

그때 깨달았다. 내가 영국에서 사용한 돈이 어느 날 갑자기 아버지가 부자가 되셔서 보내주신 것이 아니라, 현장 직원들도 없이 혼자서 작업을 해 가시며 번 돈이라는 것을. 회사를 지금처럼 키우기 전에는 모든 작업을 손수 하셨던 것이다. 20대 중반의 나는 정말 철없이 아버지가 사장이라 편하게 일한다고만 생각했을 뿐, 그 앞선 과정은 알지도 못하였고, 알고 싶어 하지도 않았던 것이다.

내가 싫어하는 시멘트 가루가 날리는 그 작업을 아버지가 직접 하시는데, 나 역시 더 열심히 일할 수밖에 없었다. 아버지의 머리와 귀에도 하얀 시멘트 가루가 쌓이는데, 차마 나 편하자고 대충할 수도 없었으며, 오히려 일에 임했던 내 태도가 부끄럽기까지 했다. 그날 아버지의 모습은 그 어떤 전문가보다도 더 전문적이었으며, 참 존경스러웠고, 멋지셨다.

그렇게 아버지와 함께 작업을 마무리하고 현장 차가 아닌 아버지 차로 집에 돌아오게 되었는데, 집에 도착한 아버지는 그날도 어김없이 소주를 찾으셨다. 자연스럽게 또 시작되는 어머니의 잔소리. 그날 처음으로 어머니께 아버지 편을 들었다. "힘들게 일하고 오셨는데, 잔소리 좀 그만하시죠." 아버지가 듣지 못한 어머니와의 대화였지만, 그날을 기점으로 그렇게 나는 아버지를 조금 더 이해하게 되었고, 그렇게 되기까지 25년이라는 긴 시간이 걸렸다.

직업의 귀천

　현장 아르바이트를 하다 보면 정말 다양한 일을 겪게 되는데, 그 중 천대받았던 기억들은 머릿속에서 사라지지 않고 아직도 가끔 생생하게 기억이 난다.

　시멘트 바닥을 갈아내고 나면 시멘트 가루를 뒤집어쓴 채로, 우레탄을 도포한 날은 녹색의 우레탄이 옷 사방에 묻은 채로 점심시간이 되면 현장 주변에 있는 식당을 찾아간다. 그런 모습의 우리는 환영받을 수 없는 불청객이었다. 식당 주인들은 우리 때문에 식당이 지저분해진다며 들어오는 것 자체를 거부하기도 했고, 들어가서도 빨리 먹고 나가라는 눈치를 받아야 했다. 아직도 당시 식당 몇몇 직원들의 혐오스러운 눈빛을 기억하는 만큼 정말로 유쾌하지 않았던 기억 중 하나로 남아있다.

　물론 그럴 수 있다고 생각했고, 지금도 그분들을 이해한다. 우리는 의도하지 않았지만, 우리의 옷차림으로 인해 누군가에게 피해를 줄 수 있었고, 그런 우리를 거부하는 것은 어쩌면 당연한 그들의 권리라고 생각했다. 공사장에서 이런 일을 해보지 않은 사람은 당연히 불편할 수 있고, 나 또한 아마 경험이 없었다면 저들과 다르지 않았을 것으로 생각했다.

　식당이야 잠시 잠깐 지나가는 공간이지만, 일하는 내내 마주할 수밖에 없는 빌라나 아파트 입주민들의 태도는 더 불편했다. "어린 사람이 왜 벌써부터 험한 일을 해?"라며 걱정해 주시던 할머니. "아직 늦지 않았으니, 다시 공부를 해요."라며 훈계하시던 어느 대학교의 교수님. 그런 얘기들을 들으면 나는 늘 웃으며 지나쳤다. 앞으로 계속 볼 사람들도 아니었고, 아버지의 사업인 만큼 나로 인해 조금도 피해가 생기지 않도록 일개 아르바이트지만 고객들에게 최대한 좋은 이미지를 주고 싶었다.

그렇게 열심히 일하고 있던 무더운 어느 날. 30대 후반 정도의 여자가 씩씩거리며 우리가 일하던 옥상으로 올라왔다. "아니, 작업을 어떻게 하는 거야? 1층 바닥에 녹색 우레탄이 잔뜩 묻었잖아요!"라며 버럭 화를 내는 것이 아닌가? 소장님은 작업 다 마무리하면 닦을 거라며 달래보았지만, 먹히지 않았다. "지금 당장 닦아줘요. 젊은 총각, 이리와 나랑 같이 갑시다." 그렇게 나는 그 여자분께 불려가 이곳저곳 바닥을 닦으러 다녔다.

그렇게 한 10여 분 끌려다녔을까? 갑자기 소장님이 데리러 오셨다. "지금 중요한 작업을 해야 하는데, 이 친구가 필요하니 바닥은 나중에 닦겠습니다."라고 그분께 정중하게 양해를 구했다. 일도 바빴지만 나를 구해내고 싶으셨던 것이 틀림없었다. 그러자 그분은 더 격하게 화를 냈다. 참다못한 소장님이 사실 이 친구는 사장님 아들이고, 영국에서 공부하다가 잠시 들어와서 알바하고 있다며 바닥은 나중에 다른 사람 시키겠다고 설명하는 것이 아닌가? 바닥을 닦는데 영국이 무슨 소용이며, 시장님 아들 얘기는 왜 하는 건지 굉장히 의아했다. 그런데 그 순간 그 여자분의 반응이 바뀌었다. "어머, 내가 실수를 했네, 영국까지 다녀왔어요? 참, 훌륭한 학생이네요. 미안해요. 어서 올라가서 일 봐요."라며 조용히 사라졌다.

나중에 소장님께 여쭤보니, 가끔 그런 얼토당토않은 개인의 서사가 통하는 사람들이 있단다. 이해가 가진 않았지만, 어쨌든 그렇게 소장님과 옥상으로 돌아와 다른 작업을 시작했다. 그리고 한 30분쯤 지났을까? 그 여자분이 다시 오셨다. 이번에는 얼음을 잔뜩 넣은 아이스 커피를 쟁반에 들고 말이다. 여전히 이해는 안 된 채로 한쪽에서 조용히 커피를 마시고 있으니 그 여자분이 다가와 내게 물어볼 게 있다고 했다. "우리 애가 영어를 잘 못 하는데, 어떻게 가르쳐야 될까요?" 그제서야 깨달았다. '아, 이 커피는 아까 일이 미안해서 주는 것이 아니라, 누군가의 학업 방향을 상담해 줘야 하는 아주 비싼 커피구나.' 잘 알지는 못하나 그래도 내 의견을 설명하고 나니, 그 이후부터 작업이 끝나는 날까지 매일 커피를 갖다 주셨다. 물론 추가적인 질문과 함께.

이후 소장님은 가끔 나를 일이 아닌 것에 써먹었다. 어느 날은 까탈스러운 대학교수님 집이었다. 사소한 것 하나까지 전부 뜯어서 확인하게 만드는 꼼꼼함. 또한 하자가 아닌 사용하다 수명이 다한 소모품 교체까지도 우리에게 떠밀었다(공사비에는 최초 건축으로 인한 하자만 수리할 수 있었다). 나도 직원으로 보이니 그 교수님은 서툴렀던 내게도 실리콘을 여기에 쏴라, 저기에 쏴라 계속 요구했다. 하지만 아르바이트생이 얼마나 경험이 있겠나? 작업하는 것마다 교수님의 마음에 들지 않으니, 결국 "무슨 직원이 이런 것도 잘 못 해요?"라며 화를 내셨다.

연신 죄송하다고 고개를 숙이고 있으니, 소장님이 보시다가 급 개입을 하며 같은 레퍼토리의 설명을 늘어놓았다. 다행히 이번에도 통했다. 그 교수님은 "젊은 청년이 열심히 사는구만."이라며 더 이상의 수리를 요구하지 않으셨고, 심지어 그 집을 나설 때는 갑자기 하얀 봉투를 건네 주시는 것이 아닌가? 내려가서 확인해 보니, 봉투에는 3만 원이나 들어있었다. 당시 내 일당이 7만 원이었으니, 결코 작지 않은 돈을 소장님의 말 한마디에 내게 주신 것이다.

이런 다양한 경험들이 있어서인지, 웬만하면 겉으로 사람을 판단하지 않으려 한다. 그리고 노가다도 노가다 나름이지, 정말로 돈 잘 버시는 분들이 많았다. 이미 많이 알려진 도배, 본인이 소유한 포크레인이나 다른 중장비를 운용하시는 분들, 밧줄 타시는 분들 등. 하지만 지금도 여전히 외형으로만 그 사람이 어떤 회사에 다니고, 무슨 일을 하는지 등의 가장 기초적인 정보로만 판단하는 사람들이 많다. 오죽하면 환경미화원이 외제차를 타고 다닌다는 것이 큰 뉴스거리가 되지 않는가?

물론 나도 가끔 교만을 넘어 거만할 때도 있다. 하지만 곧 다시 겸손이라는 글자를 새기기 위해 식당에서 문전박대 당했던 기억들을 떠올린다. 그러한 마음가짐은 다른 사람들에게 고개를 숙이고 인사하는 것이 어렵지 않게 만들었다. 어쩌면 아버지는 내게 이런 태도를 가르치고 싶으셨던 게 아닐까? 매우 좋게 해석하려고 노력한다.

현실에 직면하다

  목표하는 회사보다는 그저 부모님께 부담을 드리지 않으며, 매달 월급을 받는 직장인이 되고 싶었던 마음이 더 컸던 나는 매우 작은 규모의 이화학 기기를 판매하는 회사에 입사했다. 직원 수는 대략 5명 정도로 해외에서 유명한 이화학 브랜드 장비들을 수입하여, 수입한 가격에 마진을 붙여 판매하는 방식으로, 장비 설치나 A/S도 함께해야 했다. 이화학 장비다 보니, 대부분 대학교나 정부 유관 연구소 등이 고객사였는데, 입사 당시에는 사실 무엇을 파는지도 잘 모르고 영어를 잘하는 사람을 뽑는다기에 면접을 봤었다.

  경력이 없는 백지상태인 내게 첫 회사의 이미지는 자유로웠으며, 직원들 간의 관계가 돈독했다(지금 생각해 보면 그 정도 규모에서만 가능했던 돈독함이 아닐까 한다). 기계에 문외한인 내가 맡은 업무는 장비를 수입하거나 새 장비 Brand와 계약을 해야 할 경우, 필요한 업무를 영어로 하는 것이었다. 설명만 보면 그럴싸하지만 사실 영어로 이메일 쓰고, 전화통화하고, 브랜드들이 한국에 오면 프레젠테이션을 하는 것이 주 업무였다. 별거 아닐 수는 있지만 그 작은 회사에서는 사실 굉장히 중요한 업무였음에도, 기존 인원들이 영어를 잘 못 한다는 이유로 관련 업무를 모두 신입사원인 내게 일임했던 참 관대한 회사였다.

  사실상 모든 업무를 인수인계 없이 맨땅에 헤딩하듯이 배워야 했다. 타자는 빠르게 칠 수 있었지만, 엑셀이나 워드 등의 필요한 프로그램들을 얼마나 다뤄봤겠나? 지금처럼 유튜브에 검색하여 모르는 것을 학습할 수 있는 환경도 아닌 상황에 무작정 내던져졌다. 다행히 함께 일하는 선배들은 좋은 사람들이어서 누구 하나 내게 부담을 주지 않으려 하였고, 본인들이 아는 건 나서서 가르쳐 주었다.

그렇게 주변 선배들의 도움으로 어느 정도 직원 구실을 할 무렵, 신입사원인 내게 중요한 고비가 찾아왔다. 바로 해외 Brand 담당자 방문에 필요한 업무들을 해야 했던 것. 호텔을 예약해 주고, 픽업을 하고, 식사 장소를 물색하고. 이런 단순한 것들부터 가장 부담되었던 향후 매출 증대를 위한 전략 프레젠테이션까지. 그 Brand 담당자들이 우리 회사에 방문할 때, 누군가는 회사를 소개하고 미팅을 이어 나가야 했다. 5명의 규모에서 영어를 할 수 있는 사람은 나밖에 없었고, 신입사원이지만 모두들 당연히 내가 해야 하는 업무라 생각했다. 전 담당자에게 전화까지 걸어서 어떤 것을 준비해야 할지 물어봤지만, 안타깝게도 내 전임 담당자조차 이런 업무는 해본 적이 없다고 했다. 이제 막 회사 규모가 어느 정도 자리를 잡게 되어, Brand들도 관심을 갖고 방문을 결정한 것으로, 당시의 미팅이 앞으로의 Business가 확장될 수 있느냐의 기로였던 셈이다.

알면 알수록 부담스러운 미팅. 게다가 미팅을 위해 프레젠테이션 자료를 만들어야 했는데, 엑셀과 워드도 겨우 다루는 내게 갑자기 하루아침에 PPT를, 심지어 영문으로 만들라고 하는 게 아닌가? 고작 1주일의 여유 기간이 있었기에 당장 퇴근하며 프레젠테이션을 습득할 수 있는 책부터 구매했다. 시작이 반이라고, 역시 안 되는 일은 없었다. 발등에 불이 떨어져서인지, 1주일 남짓한 기간 동안 정말로 나는 PPT를 꽤 능숙하게 다룰 수 있는 직원이 되었으며, 미국 Brand 담당자와의 미팅도 무사히 마칠 수 있게 되었다.

이 계기로 인해 회사 내 선배들은 나를 더 챙겨주었고, 이후 해외 출장도 내게 우선권을 주어 태국에 무려 3주를 체류하게 되었다. 지금 생각해봐도 참 말이 되지 않는 일들이다. 신입사원에게 회사의 운명을 가를 수 있는 미팅을 진행시키고, 입사 6개월도 되지 않은 직원을 믿고 장기간 해외에 체류시킨 것 등. 다만 회사 사람들이 간과한 것이 있었다. 내가 경험이 많아지면 많아질수록, 속된 말로 머리가 커질수록 이것저것 재는 것이 많아지고 있었다는 것이다.

6개월 정도 지나고 나니, 서서히 업계의 전망이 보이기 시작했다. 경쟁 업체 중 꽤 큰 곳들도 있었지만, 그곳들조차 일반인의 시각에선 보이지 않는, 어쩌면 우물 안 개구리마냥 지극히 영세한 수준의 기업들이었던 것이다(업계 자체가 클 수 없었다). 당시 나의 연봉은 2천만 원이 조금 안 되었다. 또 다른 도약과 함께 드라마틱한 연봉 상승을 노릴 수밖에 없었다.

우연하게 직원들의 월급을 확인하게 된 날이 있었다.

평상시와 다름없었던 어느 날. 은행에 가 월급을 이체해 주던 여직원이 그날따라 이체한 내역을 책상 위에 보이게 올려 둔 것이 아닌가? 우연히 내가 본 선배들의 월급은 가히 충격적이었다. 사장님을 제외한 부장님, 과장님. 그분들이 가져가는 돈이 예상보다 많지 않았던 것. '내가 과장, 부장이 되어도 저분들만큼만 받을 수 있겠구나.'라는 생각을 하니 막연하고도 어두웠던 과거의 내 어린 시절로 돌아갈 것만 같은 불길함마저 느꼈다.

'이건 아닌데…. 이런 생활이 내가 그려왔던 미래가 아닌데….' 당시에는 무조건 퇴사만이 답인 것처럼 느껴졌다. 허나 마땅한 대안도 없는 상황에 갑자기 일을 그만둔다는 것은 나 스스로도 납득시킬 수 없었고, 더욱이 1년도 되지 않은 경력은 이력서에도 쓰기 민망한 수준에 불과하니 이러지도 저러지도 못하고 계속 마음만 들뜨기 시작했다. 주어진 일에는 열심히 했으나 혼자 PPT를 배우며 자료를 만들고 거울 앞에서 연습하던 그런 열정이 점차 사라지고 있었다.

강인한 아버지

첫 직장을 입사한 지 정말로 1주일. 딱 1주일 만에 할아버지께서 돌아가셨다. 할머니와 나이 차이가 많으셨던 할아버지. 여든여덟의 나이로 세상을 떠나셨는데, 남들은 호상이라는 말을 하기도 했지만, 우리 아버지는 슬픔을 감추지 못하셨다.

할아버지는 지병이 있지도 않았는데, 하루아침에 집에서 돌아가셨다. 사인은 노환이라 하였으나 아버지는 얼마 전 할아버지의 수술이 마음에 걸리는 눈치였다. 자전거를 타다 넘어지셨는데, 그때 엉덩이뼈가 일부 골절되어 쇠를 덧대는 수술을 받으셨었다. 그 수술 이후부터 할아버지의 컨디션이 돌아오지 않았다는 것이 아버지의 설명이다.

갑작스레 돌아가신 할아버지. 회사에 도착하자마자 소식을 전해 듣고 바로 휴가를 쓸 수밖에 없었다. 가족 장례를 치르면 휴가를 주는지도 몰랐던 완전한 초짜 신입사원. 더욱이 장례식도 경험해 본 적이 없었다. 출근한 지 1주일밖에 되지 않았어도 어쨌든 한 회사의 직원으로 소속되어 있으니 화환도 보내주고, 회사 대표로 직원이 방문도 했다. 그런 것들로 아버지도 아들이 이제 진정한 사회인이 되었다는 걸 실감하셨던 것 같다.

20대 중반의 나이에 겪게 된 첫 장례식은 참으로 낯설었다. 어떠한 순간이든 사진이나 영상으로 남기는 것을 좋아하셨던 아버지는,

어김없이 장례식이 진행되는 중간중간 내게 사진과 영상을 찍으라고 하셔서 가끔 그 영상의 한 장면이 떠오를 때가 있다.

장례식이 진행되던 둘째 날, 장례 절차 중 가장 어려운 순간이 찾아왔다. 이름도 생소했던 입관식. 마지막 인사라는 명목으로 모든 가족이 들어가 인사를 드리는데, 사실 나는 돌아가신 할아버지를 직접적으로 다시 마주할 것이란 예상은 하지 못했었다. '삼베옷을 입고 얼굴이 가려진 채로 만나 뵙게 되겠지.'라는 막연한 생각을 하고 있다가 갑작스레 마주하게 된 할아버지의 모습에 몸 둘 바를 몰랐다. 더욱이 할아버지를 대하는 가족들의 반응, 특히 아버지의 통곡에 눈물이 흐를 수밖에 없었다.

이후 내가 할아버지를 위해 할 수 있는 것이 뭐가 있을까 생각하다, 왜 그랬는지는 모르겠지만 어린 마음에 '그래, 분향소에 향이 끊기지는 않게 하자.'라고 스스로 마음을 먹었다. 큰 의미는 없었지만 함께한 시간이 많지 않았기에, 그렇게 해서라도 마지막 곁을 지킨다는 마음이 앞섰던 것 같다.

이 집안의 장손인 나에 대한 할아버지의 사랑은 유독 각별했다고 생각한다. 맛있는 반찬을 몰아주셨고, 다른 손주들에 비해 덜 혼내셨으며, 사소한 말과 행동 하나에도 칭찬을 아끼지 않으셨다. 그렇다고 드라마에서 나오는 친근감 있는 할아버지와 손주의 모습은 아니었다. 할아버지에게 안겨본 것도 기억나질 않고, 제대로 된 대화도 이어가본 적이 없었다. 그런 것들이 한편으로 참 아쉬운 기억으로 남았다. 조금 더 많은 시간을 함께할걸, 어리광도 부려볼걸.

그렇게 할아버지를 보내며 아버지에 대한 생각도 많이 달라졌다. 항상 나에게 그늘을 만들어 주시는 큰 나무 같았던 아버지. 내게 어떠한 어려움이 생겨도 앞장서 막아줄 것만 같던 강인한 아버지. 그런 아버지가 발인 직전 제를 올리실 때 눈물을 훔치셨던 모습. 정말 살면서 단 한 번도 본 적 없던 아버지의 눈물로, 그 눈물이 얼마나 큰 슬픔을 대변하는지 알 수 있었다.

모든 것이 생소했던 장례식은 그렇게 화장터에 잠시 들렀다가 추모의 숲에 할아버지를 모시면서 마무리되었다. 추모의 숲은 파주에 위치한 곳으로 납골당, 수목장 등의 여러 종류의 안치 시설이 있다. 그중 우리는 하나의 비석조차 남길 수 없던 자연장으로 할아버지를 모셨는데, 자연장은 구덩이를 깊게 파 수백, 수천 명의 분골을 넣어 묻는 형식이다. 그러다 분골이 어느 정도 모이면 그 위를 잔디나 다른 풀들로 덮어 공동의 묘지가 되는 것이다.

할아버지 한 분이 아닌, 다른 사람의 분골과 섞이는 형태이니 아마도 비용적으로 가장 저렴했기에 우리의 형편에선 마땅히 그럴 수밖에 없지 않았을까 싶다. 물론 다른 어른들이 말하길 평생 친구분들과 어울리는 것을 좋아하셨으니 아마도 이렇게 보내드리는 것을 좋아하실 것이란 얘기들을 했지만, 형편의 어려움을 합리화로 바꾼 것에 지나지 않았다. 할아버지를 그곳에 모셔서인지, 아버지도 공공연히 나중에 비석 하나조차 남기지 말라고 말씀을 하셨다(속으로 절대 그러진 않을 것이라 다짐했었다).

인생은 계속해서 새로운 것을 경험하고 배울 수밖에 없지 않나? 첫 장례식으로 굉장히 많은 것을 배우긴 했다. 우선 경사보다는 조사를 챙겨야 한다는 어른들의 말씀을 이해할 수 있게 되었다. 고작 1주일 된 신입사원의 조부상을 챙겨주었던 첫 직장의 사장. 정말로 그 장례식 이후 애사심이 깊어졌고, 회사를 위해 더욱더 이 한 몸을 바치겠노라며 다짐을 했을 정도로 사장님과 회사 선배님들께 감사했다. 세세하게 들어가면 절은 어떻게 해야 하며, 장례 절차는 어떻게 진행되고, 손님맞이는 어떻게 하며, 장지는 어떻게 정해야 하는지, 비용은 어떻게 처리하는지, 만약 조문객의 입장으로 누군가를 위로해야 하면 어떻게 말씀을 드려야 하는지 등 아버지는 그런 모든 것들을 쉽게 지나치지 않고 바로바로 내게 가르치셨다. 지금 돌이켜보면 참 운이 좋았다. 아버지에게 그런 것들을 직접 배울 수 있었다는 것은 아무나 가질 수 있는 경험이 아니었다.

하지만 굳이 알고 싶지 않았던 부분도 알 수밖에 없었다. 바로 아버지의 슬픔이었다. 늘 강인한 모습으로 슬픔 따윈 느끼시지 못할 것 같았던 아버지의 눈물은 할아버지의 장례식 이후 종종 내가 아버지의 표정을 더 관찰하게 만들었으며, 시간의 흐름에 따른 아버지의 약한 모습을 마주할 수밖에 없었다.

외노자(외국인 노동자)

게임에서도 그러하듯 작은 Chapter를 넘어가면 또 다른 고비를 겪게 된다. 어느 시점에서 회사 생활의 열정이 식어 마음이 들뜨게 되었고, 그것은 점점 나태함으로 연결되고 있었다. 그때 즈음, 그러니까 태국으로 꽤 오랜 출장을 다녀와서 그 들뜬 마음이 더 동요하게 되었는데, 3주간의 태국 출장 기간 동안, 나의 절친인 영국인 친구 '잭'이 바람을 넣었기 때문이었다.

'잭'을 만나게 된 것은 영국에서 친하게 지내던 캐나다 친구 덕분이었다. 내가 한국에 돌아왔을 때, COOL한 영국 친구가 한국에 있으니 둘이 잘 사귀어 보라는 취지로 소개를 해주었다. 나이도 동갑이고 맥주와 음악을 좋아하던 공통점이 있어 금세 친해졌고, 그 친구로 인해 이태원 문화를 많이 배울 수 있었다[한국 사람이 외국 사람을 통해 한국의 문화(?)를 배운 셈이다].

그러다 정말로 친해지게 된 계기가 하나 있었는데, 한번은 이태원의 클럽에서 잭이 싸움에 휘말린 적이 있었다. 클럽 안에서 너무 취해 있던 잭이 상대방에게 먼저 욕설을 했는데, 하필 욕의 마지막이 American으로 끝나버리니 주변에 있던 모든 미국인, 특히 군인들이 다수 포함된 무리가 잭을 둘러쌌다. "나한테 말했냐?"라는 식의 고성이 오고 가는 찰나, 우리의 잭은 그 상황에서도 주눅 들지 않고 급기야 "다 덤벼!"라는 말을 했고, 결국 누군가 잭에게 펀치를 날려 곧 코피를 흘리기 시작했다. 클럽 내 가드분들이 반대편 무리들을 막고 있으면서 나더러 빨리 데리고 나가라며 시간을 벌어 주었다. 그래서 나는 뒤엉켜 있던 무리로부터 잭을 번쩍 들고 밖으로 도망치듯 나왔다.

혹시나 따라올까 싶어 잭을 다독거리며 외진 곳으로 가는데, 그 와중에도 잭은 자기 친구들을 부를 테니 저 무리와 붙어보자고 하며, 객기를 부렸다. 결국 잭의 친구와 전화통화까지 하여 상황설명을 해주고, 그 친구 역시 나와 함께 잭을 달랬다. 꽤 오랜 시간이 지나서야 잭은 술이 좀 깼는지 정상으로 돌아왔다. 뒤늦게 아차 싶었는지 내게 고맙다고 나중에 내가 영국 사람들과 싸움이 붙더라도 자기는 내 편을 들겠다며 끝까지 거들먹거렸다.

그렇게 한국에서 친하게 지냈던 잭은 후에 태국으로 다른 직장을 구해 가게 되었고, 내가 마침 태국 출장을 가게 되어 다시 만날 기회가 생겼던 것이다. 태국에서 만난 잭은 이미 너무나도 태국 생활에 만족하고 있었다. 나도 맞장구를 치며 큰 의미를 두지 않은 채 "나도 나중에 기회가 있으면 태국에서 일해 보고 싶다."라는 말을 했다. 어쩌면 별 의미 없는 인사치레의 대화였는데, 3주간의 출장 이후 복귀한 내게 잭은 뜻밖의 연락을 주었다.

잭이 다니고 있는 회사에서 추가 인원을 뽑아야 하는데 나를 추천했으니 CV(이력서)와 Covering Letter를 달라는 것이었다. 이것이 또 다른 기회이지 않을까 싶은 마음에 어차피 들뜬 마음이었기도 했고, 기왕이면 다른 회사 그것도 방콕에 있는 외국 회사에서 새로운 미래를 개척해 보고자 부랴부랴 준비를 했다. 잭은 내 CV와 Covering Letter까지 본인이 직접 손봐 주었고, 그렇게 갑작스레 나는 태국으로 이주를 결정했다.

설 명절이 지나고 출국하는 일정이어서 명절에 친척들을 만나 몇 년간 못 볼 것이라며 인사를 하고, 돌아오는 비행기 표도 준비하지 않고 그렇게 떠났다. 그야말로 언제까지 있을지도 모르는 일정으로 말이다. 또다시 잭과 함께 조우했고, 거처가 없는 나는 임시로 잭의 아파트에서 함께 살았다. 태국에서의 생활은 출장 때 잠깐의 경험과는 확연히 달라 실제로 적응하기가 쉽지 않았다.

한국에서 9 to 6로 정해진 시간을 일했던 나는 새로운 환경에 적응하기 너무 어려웠다. 특히 주 35시간을 근무하는 환경, 탄력적이다 못해 방임적이기까지 한, 정해지지 않은 근무시간이 적응할 수 없는 것 중 하나였다. 정해진 시간 없이 주 35시간을 채우면 되는 것이라 이틀을 밤새워 35시간을 채우고, 나머지 5일은 Auto reply를 걸어놓고 휴가를 가버리는 특이하고도 이해할 수 없었던 업무 환경. 일을 중심으로 고정시켜 놓고, 이후 휴가 계획을 세우는 것이 아니라, 휴가 계획을 세우고 일을 휴가 일정에 맞추는 문화. 물론 그 회사만의 특성일 수도 있었겠지만, 그렇게 일하는 것이 나에게는 쉽지 않았다.

설사 그런 것들까지 잘 적응한다고 해도 정말로 견딜 수 없는 큰 문제가 하나 더 있었으니, 바로 Visa 문제였다. 그 회사는 내게 Working Visa 주기를 꺼려 했다. 오래 다니지 않을 것이라 생각했는지 관광비자로 일하며 3개월마다 버스를 타고 캄보디아 국경을 넘었다 오는 것을 반복하길 바랐다. 우리나라도 아닌 타국에서 불법적인 것에 연루되는 것은 과연 태국에서 일할 수 있을지를 다시 고심해야 할 정도로 부담스러웠다.

결과적으로 가기 전에 잘 알아보지도 않고, 무작정 떠나온 내 책임이었다. 그러나 이미 가족들에게 얘기한 것이 있어 이대로 한국에 돌아갈 수는 없었다. 일단 그 회사에 양해를 구하고 곧 새 직장을 구하기로 마음먹고 나니 잭과의 관계도 소원해져 더 이상 같이 살 수 없었다. 결국 없는 돈에 집도 새로 구해서 그렇게 태국에서의 취업준비생 생활을 시작했다. 하지만 열심히 이력서를 쓰고 자기소개서를 써본들, 태국어도 할 수 없는 한국인을 채용할 곳은 거의 없었다. 끽해야 한국 식당 정도? 그렇다고 식당에서 일하는 것은 한국에 돌아가니만 못 하다고 생각했다.

1달 이상을 그렇게 방황하며 갖고 간 돈이 바닥날 때 즈음, 아버지께 연락을 드렸다. "아버지, 저 한국에 돌아가야 할 것 같아요." 아버지는 내 일이 이미 잘 풀리지 않고 있었다는 것을 감지하셨는지 아무것도 물어보시지 않고, 한마디만 하셨다. "그래. 빨리 오거라." 그렇게 잠시의 방황은 한국으로 복귀하며 끝이 났다.

꽤 큰소리를 치고 태국까지 갔는데, 빈털터리로 한국에 돌아오는 심정은 이루 말할 수 없이 부끄러웠다. 게다가 태국에서 살고 있던 집의 보증금 문제로, 복귀하는 비행기도 아버지가 끊어 주셨으니, 체면은 고사하고 돌아오자마자 어디라도 숨어있고 싶었다(추후 보증금은 다시 반환받았다).

연봉 상승의 기회

　태국에서 잠시 동안의 일탈은 어쩌면 도피였는지도 모르겠다. 한국에서 번듯한 직업을 가질 수 없을지 모른다는 막연한 두려움에서의 도피였고, 필요한 노력은 피하고 싶었던 나름대로의 그럴듯해 보이는 대안이었다. 결과적으론 실패했지만, 그럼에도 맑아진 머리로 다시 한국에서의 2번째 직장을 구하게 되었다.

　경력이라 할 수도 없는 7개월의 직장 생활과 방황으로 가득한 2개월 남짓의 태국 생활. 합쳐도 1년이 채 되지 않는 경력은 이력서에 쓸 수도 안 쓸 수도 없는 참 애매한 것이었다. 그런데 이런 것들이라도 빼버리면 정말로 백지의 이력서를 내야 했으니, 고작 9개월의 경력을 보고 불러주는 회사에 가서 그나마 자신 있는 대면 언변으로 부풀리는 수밖에 없었다.

　자존감이 낮아지다 못해 바닥을 뚫고 지하로 내려가던 중 전문학사이나 영어는 곧잘 하는 내가 필요한 곳이 있었다. 인형을 만드는 회사였는데, 단순 인형이 아니라 나름의 세계관이 있는 구체관절이라 불리는 비싼 인형이었다. 해외로 마케팅을 해야 하는데, 영어가 필수라며 인터뷰 제의를 받게 되었다. 인터뷰 이후 갑자기 백지를 하나 주더니 영어 지문을 갖다 주며 그것들을 한국어로 번역하라고 했다. 지원자 중 내가 한 번역이 가장 매끄럽다 하여 최종적으로 채용되었다.

그렇게 2번째 직장을 다니게 되었는데, 일은 너무 마음에 들었다. 마케팅이라는 팀 자체가 없던 작은 회사에 보직이 새로 생긴 것이다 보니 회사에서 전폭적인 지원을 해주며 나의 아이디어에 날개를 달아주었다. 연일 다른 기업들과 만나 미팅을 하고, 때로는 프레젠테이션을 하며, 한 달 만에 이미 몇 년 다닌 사람처럼 그렇게 자연스럽게 녹아 들어갔다. 직원들과 관계도 좋았고, 여러모로 만족스러운 생활을 이어갔다. 딱 첫 월급을 받기 전까지 말이다.

첫 월급을 받는 순간 얼굴이 붉어졌다. '아니, 왜 이거밖에 안 들어왔지?' 월급을 이체하던 담당 과장님께 물으니 맞는 계산으로 입금되었다는 것이다. 분명 받기로 한 연봉이 있었는데, 그 연봉을 12로 나눈다면 내 월급은 이보다 훨씬 많아야 정상이었다. 그래서 다시 한번 물었다. "제가 입사할 때 계약한 연봉이 이게 아닌데요?"라며. 그제서야 과장님이 설명해 주셨는데, 이 회사는 본래 연봉을 16으로 나눠서 주고, 3개월에 한 번씩, 1년에 4번 상여금을 준다고 한다. 속으로 '이게 무슨 개소리인가?' 싶었다. 바로 사장실에 들어가 따져 물었다. 사장이 말하길 "우리는 늘 이렇게 해 와서, 곤란하더라도 내규를 따라줬으면 좋겠네."라는 원론적인 답변을 들었다.

보상이 따르지 않으니 딱 그 순간부터 업무에 대한 내 열정이 급속도로 식어버렸다. 다른 직원들도 나의 의견에 동의하였으나 절이 싫으면 중이 떠나야지 하는 기본 생각까진 바꿀 수는 없었다.

게다가 그 회사를 2달 만에 퇴사하게 된 사건이 있었으니, 바로 낙하산의 등장이었다. 나와 함께 합을 맞춰 일해 보라며 어느 날 갑자기 어떤 나이 좀 있는 여직원이 들어왔다. 들어오자마자 본인이 사장 친구의 지인이며, 영국에서 대학을 졸업하고 등등의 TMI를 제공했다. 인사를 나누다 영국이라는 관심 포인트가 있어 내가 아는 체를 하자 갑자기 크게 당황하던 그분. 지금도 가끔 뉴스에 나오지만, 그때도 학력위조, 경력위조가 판을 치던 상황이었으니 첫 대화에서부터 의심하지 않을 수 없었다. 더욱이 본인이 낙하산임을 자랑스레 설명하며 들어왔으니 직원들은 좋게 볼 수가 없었고, 나 역시 마찬가지였다. 이후 이어진 대화에서 의심의 눈초리로 이것저것 캐물었다. "영국 어디에 계셨어요? 어디 학교요?" 등등. 뭐하나 쉽게 대답하질 못한다. 간혹 답하는 대답도 말이 되질 않았다.

그렇게 함께 꾸역꾸역 업무를 공유하던 와중에 발견된 것은 결정적으로 이분이 영어를 잘하지 못했다. 아니 잘도 아니고 그냥 못하셨던 것 같다. 영국에서 대학 나온 한국 사람들을 여럿 만났었는데, 물론 말을 잘 못 하는 경우는 있었다. 하지만 이 분은 내 후진 한국 발음도 잘 알아듣지 못하는 사람이었다(너무 발음이 이상해서 못 알아들었을까?).

가뜩이나 연봉 문제로 심란한 상황에 원치 않는 직원과 협업하며 추가적인 스트레스를 받게 되니 더 이상 왜 이 회사에 다녀야 하는지 진지하게 고민할 수밖에 없었다. 결국 연봉 16분의 1을 월급으로 주는 체계와 갑작스러운 사장의 지인 등장으로 또 다시 회사를 퇴사하게 되었다.

잠시 즐거웠던 추억으로 남겨 두기에 내 학력의 콤플렉스가 점점 더 커져 갔다. 2년제 졸업생은 '이런 회사만 다녀야 하나? 나 정말 일은 누구보다 잘할 수 있는데.' 하며 한탄하던 내게 우연한 기회로 이력서를 넣을 회사를 찾게 되었다. 내 평생의 은인 같은 귀한 친구가 있다. 나보다 2살 많은 형님으로 대학 동기인데, 이 형은 가족을 제외하고, 내가 유일하게 믿을 수 있는 사람이다.

그 커다란 절망에 빠져있던 내게 한 줄기 빛처럼 "너 우리 회사 지원해 보지 않을래?"라는 말을 던졌다. 형의 회사는 알려진 회사는 아니나 규모가 꽤 컸다. 형이 알려준 회사의 채용공고에는 전문학사는 마찬가지로 지원조차 해볼 수도 없는 곳이었으나 나와 동기인 형도 들어가 일을 하고 있는 곳이니 한 번쯤 도전해 볼 만한 가치가 있었다. 또한 형도 격려해 줬다. "이력서를 보내면 담당 부장님이 어쨌든 읽어는 볼 테니 일단 한번 보내 봐. 내가 장담은 못 하지만 영어를 잘하고 프레젠테이션 능력만 있으면 된대." 영어와 프레젠테이션이라니! 이제까지 유일하게 앞선 직장에서 배웠던 기술 아니었던가? 인터뷰 기회만 주어진다면 승산이 있을 것 같은 자신감이 차올랐다. '좋아. 그러면 인터뷰까지만 가보자. 어떻게 하면 내 이력서를 버리지 않고, 전부 읽어보게 할 수 있을까?'라며 고민하던 때에 covering letter가 생각났다.

미국은 보통 covering letter를 resume와 동봉하여 보내면 제일 앞장의 covering letter 안의 짧은 문장을 보고 이력서를 볼지 말지 결정한다고 했었고, 실제로 태국에서 잠시 다녔던 미국 회사에 지원할 때도 잭이 그렇게 내 이력서를 꾸며 줬었다. 물론 이력서와 자기소개서만 요청한 회사에 covering letter를 보낸다는 것은 부담될 수밖에 없었다. 나름의 심오한 고민을 이어가다 결국 covering letter라는 추가 파일 대신 이메일로 접수하며 이메일 안에 간단히 나를 PR해 보는 계획을 세우게 되었다.

규모에 따라 다르겠지만, 그 회사는 이력서를 담당자의 메일로 받고 있었는데, 그 메일이 인사 담당 부장님의 메일이었기 때문에 한 사람만 내게 관심을 갖는다면 인터뷰 기회가 주어질 수도 있겠다 싶었다. 아직도 기억난다. 이메일에 첫마디가 "저는 전문대를 졸업한 전문학사이나 귀사에서 요구하는 PT와 영어 능력은 갖추고 있습니다. 전문학사라서 인터뷰 기회조차 주어지지 않는다면 그것은 공평하지 않은 채용이지 않겠습니까?"라며 인터뷰 기회를 달라고 거의 매달렸다. 젊음의 당돌함이었을까? 자격을 갖추지 못한 자의 객기였을까? 지금 생각해봐도 아찔하다.

하여튼 그 모습을 철없는 청년의 객기가 아닌 당돌함으로 봐주셨는지, 나는 그렇게 인터뷰 기회가 주어졌고, 무려 2시간의 인터뷰를 본 후에 당당히 채용되었다. 연봉이 무려 천만 원 이상 상승한, 속된 말로 내 기준에선 신분 상승의 첫 단계나 마찬가지였다.

개구리 올챙이 적 생각 못 한다

정확히는 4번째 직장이었지만, 모든 경력을 합쳐도 아직 1년도 되지 않았던 여전히 아는 것 없던 신입사원. 꽤 먼 거리의 통근이었지만, 강남으로 출퇴근하는 것이 썩 나쁘지 않았다. 일도 전 직장들보다 나았다. 아니 나을 수밖에 없었다. 업계에서 많이 알려진 회사는 아니었지만, 그래도 본사만 100여 명, 해외 지사 5천 명에 육박하는 섬유 제조업 기반의 중소기업으로 매출액도 수백억에 달했으며, 당연히 그에 걸맞은 그전까지 경험해 보지 못했던 '체계'라는 것이 있었다.

그리고 연봉 천만 원의 인상. 사실 크지 않은 금액일 수 있다. 세금을 제하고 나면 월급으로 한 70~80만 원 차이 날까? 하지만 당시에 통장에 적힌 숫자를 보니 크지 않은 금액일 수 있다고 생각했던 나의 관점은 합리화를 가장했던 없는 자의 자만이었다는 것을 금방 깨달았다. 현실에서 그 금액을 체감하니, 내 스스로의 마음가짐을 바꾸고 금전적으로 어느 정도 여유를 느끼게 해주는 굉장히 큰 금액임을 다시 한번 느끼게 되었다.

자연스레 가족들과 친구들에게 베푸는 날이 많아지고, 무언가를 자꾸 사게 되거나 살 궁리를 하고, 나아가 가까운 미래에 차를 사려고 계획하고, 미래를 위해 보험 상품을 찾아보기도 했다. 이것이 불과 새 회사에 다닌 지 고작 3개월이 지난 직후의 나의 모습이었다. 당시로부터 3개월 전의 나로선 생각, 아니 상상조차 할 수 없었던 것들이 3개월 만에 현실이 된 상황. 친구들과 동네 치킨집에 들어가, 안주 하나를 놓고 소주를 마시던 것이 이제는 고기를 원 없이 구워 먹으며 친구들을 위해 계산할 수 있는 여유라니. 그렇게 잠시 동안의 새 직장은 나를 꽤 근사한 모습으로 보이게 해주었다.

그 근사한 모습이 진짜 내 본 모습이 아니었는데, 그 모습을 유지하기 위해 점점 더 많은 돈을 쓰면서까지 내 자존감을 높이려 노력했었다. 당시 어린 나이에 적지 않은 월급을 받으면서 사실 나는 경제적 계획이라는 것, 특히나 돈을 어떻게 모아야 할지는 전혀 모른 채로, 또 알고 싶지도 않은 채로 쓰는 데만 선수가 되어갔다.

오죽하면 아버지께서 일정 금액을 보내면 불려주겠다 하셨을까? 정해지지도 않은 금액, 내가 온전히 스스로 사용하고 남은 금액을 아버지께 보내면서 오히려 심적 여유를 더 갖게 되었다. '그래, 아버지께서 불려 주시면 나중에 적금마냥 언젠가 결혼할 때 결혼 자금으로 사용하자.'라는 생각이 자리 잡게 되니, 더더욱 스스로 적금, 투자 등에 관심을 두지 않았다.

매일 강남 한복판으로 출·퇴근하는 것이 해보기 전까진 무언가 그럴싸해 보이긴 한다. 정장 차림과 회사 사원증을 걸고 다니는 많은 사람들. 또 멋진 고층 건물에 들어가 경비원분들과 인사를 나누고 엘리베이터를 잡아 출근하여 큰 창문으로 빌딩 숲을 바라보며 커피를 한잔하는 상상. 정작 내가 그 부류의 일원이 되니 그럴싸함보다는 사람들로 인한 불편함, 번거로움이 더 많았다. 지하철은 늘 가득 차 가끔은 보내야 할 때도 있었으며, 점심시간에는 식당에 사람이 많아 줄을 서기도 했다. 결정적으로 그 부류라고 느껴지는 공간에서도 다시 나뉘는 '차이', 일종의 암묵적인 계급으로 사람들은 다시 나뉘는 듯했다. 사원증이라는 것이 생기고, 목에 걸고 다니는 것이 전혀 어색하지 않았지만, 일정 시간 이후에는 누가 말해 주지 않아도 왜 나의 선배들이 사원증을 걸고 다니지 않는지 알게 될 수밖에 없었다. 대기업, 공기업 등 나만 몰랐지, 그 안에서도 Class라는 것이 있었던 것이다.

취업 준비를 하던 때, 취업만 되라 하며 뛰어다니던 나의 모습은 어디에 버렸을까? 왜 연봉이 이만큼 올라 만족하면서도 또 다른 누군가와 비교하며 스스로를 깎아내려야만 직성이 풀리는가? 혼란스러웠다. 과연 이 만족이라는 것이 끝이 있을까? 내가 지금보다 훨씬 더 벌면 그때는 달라질까 등, 만족과 욕심의 어느 경계에서 나 스스로를 괴롭혔던 시기였다. 그러다 보니 오히려 내면, 내실이 아닌 겉모습에 더 치장하고 신경 쓰며, 남들에게 보이는 모습을 중시해가고 있었다.

사람은 적응의 동물이다. 나쁜 것이든 좋은 것이든 쉽게 적응하고, 끊임없이 학습하게 된다. 회사에서도 어느 정도 인정을 받고, 다른 사람들이 신경 쓰듯 승진과 연봉인상에 굉장한 관심을 갖게 되면서 점차 초심을 잃어갔다. 바라는 것은 많아졌지만 일은 덜 하고 싶어 했던, 의무는 적당히 지키면서 권리는 득달같이 챙기는 그런 수많은 회사원 중 하나가 되어가고 있었다. '누군가 나 좀 써줬으면, 기회만 준다면 정말 열심히 할 텐데.'라고 했던 니의 올챙이 적 시절은 그렇게 잊혀 가고 있었다.

남편, 아빠 그리고 가장

나는 서른 살에 결혼을 했다. 결혼이란 나에게 To Do, 즉 해야 할 것 중 하나였다. 비혼주의를 이해하지 못했던 내게 결혼은 정말로 인생에서 가장 중요한 것 중 하나로, 어차피 해야 할 것이라면 빨리하자는 게 당시 내가 갖고 있던 철학이었다. 하지만 철학만 있었을 뿐, 그 외 나머지는 갖춰진 것이 없었으니 특히 경제관념이 문제였다.

미래에 대한 대비 없던 청년이 버는 족족 모두 소진하는 생활을 하다 결혼을 계획한다고 해서 갑자기 변화가 생길 리 만무했다. 안정된 직장은 있었으나 벌어놓은 돈 없이 결혼생활을 시작한 탓에 처음부터 외줄을 탔다. 마이너스 통장에, 신용카드 리볼빙(쓴 금액에서 원하는 일정 %까지만 결제를 하고, 나머지는 이월되며 이월된 금액에 추가 이자가 붙는 방식)까지. 차라리 이런 제도가 있다는 것을 알지 못했다면 좋았을 텐데 지나고 나니 후회뿐이다.

당시 와이프는 결혼 전 이런 사실을 몰랐기에 와이프 말 대로 속이고 결혼한 것 같기도 하다. 결혼한 직후에는 혼자서 어떻게든 해결해 볼 요량으로 숨겨왔고, 그러다 이자로 생활비까지 부족하게 되어 점차 가장이 된 나의 목을 조여오니 결국 와이프가 알게 할 수밖에 없었다.

사용하던 모든 신용카드를 없애버리고, 그간 벌여놓은 것들을 수

습하느라 다른 지출을 줄일 수밖에 없었다. 그렇게 신혼이란 것을 즐겨볼 새도 없이 시작부터 꼬이는 듯했다.

그렇게 준비되지 않은 가장, 서른 살의 청년은 무식하지만 용감한 아빠가 되면서 새 국면을 맞았다. 여유는 없었지만 그래도 아이가 태어나던 순간에 아이를 보며 "내가 꼭 잘 지켜줄게"라고 말을 했던 기억이 난다. 솔직히 당시에는 그 말이 얼마나 무거운 말이었는지 잘 몰랐던 것 같다. 나도 아빠가 처음이고, 와이프도 엄마가 처음이니 정말 온갖 문제에 부딪힐 수밖에 없었다. 부족한 생활비에도 차마 아이 용품이나 먹을 것에는 덜 쓰고 싶지 않았고, 산후 우울증까지 앓고 있는 와이프에게 자주는 아니더라도 종종 그럴싸한 남편 역할을 위해 과감한 지출을 감행했었다. 줄일 수 있는 것은 나에 관한 모든 비용으로, 정말 모든 것을 줄였다. 나의 취미는 물론 친구들과의 만남, 술자리를 포함하여 의식주 중 집에 관련된 이자를 제외하고는 정말 다 줄였다(첫 아이가 태어나고 돌잔치까지 약 1년간 밖에서의 술자리를 갖지 않았을 정도였다).

이런 것들로 인해 받는 스트레스는 없었다. 당연히 그래야 했고, 그럴 수밖에 없었다. 그 누구도 아닌 내가 자초한 상황이었으니. 이렇게 글로 보면 굉장히 우울한 첫 육아 생활을 한 것으로 보일 수도 있겠지만, 사실 굉장히 행복한 시간이었다. 처음 아빠가 되어 육아를 해본 사람들은 모두 알겠지만, 아이가 주는 기쁨은 말로 형용할 수 없는 것이었다. 아무리 내가 허름한 복장으로 남루해 보일지라도, 비록 계란에 간장을 넣은 밥만 먹어야 할지라도 아이가 나와 눈을 맞추고 한번 웃어주기라도 하면 모든 걱정과 근심이 사라지는 듯했다. 그래서 그 아이를 위해서라면 나의 술자리 정도, 그 이상의 어떤 것이라 해도 포기할 수 있었다.

또한 결혼 초창기의 경제적인 어려움은 나와 와이프가 함께 의기투합하여 위기를 극복하자는 분위기였으므로, 부부 사이를 더욱더 견고하게 만들어 주었으니, 연인에서 가족이 되어 가는 과정으로 슬기롭게 극복했던 것 같다.

어느 날 한번은 회사에서 근무하는데 와이프가 연락이 되지 않은 날이 있었다. 집에서 아이를 보고 있는 사람이 연락되지 않을 리가 없는데 왜 연락이 안 되는 것인지 도통 이해할 수가 없었다. 처음 몇 번의 연락을 하면서는 짜증이 많이 났었다. 하지만 그 후 몇 번의 연락이 또 연결되지 않으니 점점 걱정으로 상상의 나래가 펼쳐졌다. '혹시 쓰러지기라도 했을까? 집 안에 강도라도 들었나? 아니면 아이가 갑자기 아파서 혼자 병원으로 아이를 안고 뛰어갔을까?' 수많은 상상은 급기야 회사에 있는 내가 집에 가기로 결심하기에 이르렀다. 당시 회사에서 집까지 차를 몰고 다녔는데, 약 20km로 그리 가까운 거리는 아니었다. 안 막히면 30분, 막히면 1시간. 상사에게 약속이 있다고 둘러댄 후, 점심시간이 시작되기 약 5분 전 미친 듯이 운전을 하여 집으로 갔다. 무거운 마음이었지만 매우 빠르게 30분도 걸리지 않아 도착하였고, 걱정스러운 마음에 문을 열어보니 정말 아무렇지 않게 이 시간에 집에 온 나를 의아하게 쳐다봤던 와이프. 와이프는 아이를 안고 집안일을 하느라 전화기를 못 보고 있었던 것이다.

상상의 종착역은 다행히 아무 일도 없었던 나의 안정이었으니, 그 순간 절로 미소가 지어졌다. '아, 아무 일도 없었구나. 다행이다.' 운전을 왕복 1시간을 해야 했고, 점심을 거른 것 따위는 전혀 중요하지 않았다. 그냥 마냥 기뻤다. 내 안도감의 표정을 읽었을까? 와이프는 곧 눈시울을 붉혔다. 그렇게 약 5분간의 짧은 만남 이후, 나는 신이 나서 회사에 복귀했다. 지금 생각해 보면 어려운 시기에 함께 동고동락했던 순간으로 서로를 끔찍이도 생각했던 시기였다(물론 지금은 더 돈독한 가족이 되었지만, 그때의 그런 애틋한 마음은 그 나잇대에서만 가능한 것 같다).

오히려 초창기의 어려움은 이후 우리 가족에게 긍정적인 변화를 주었으니 더 감사할 수 있었고, 작은 것에 기뻐할 수 있었다. 나는 그렇게 나의 이름 석 자가 점차 사라지는 대신 남편, 아빠라는 또 다른 이름의 한 가정의 가장이 되어갔다.

벤자민 버튼의 독백

공식적으로 4번째 회사였지만, 체감상으로는 첫 번째 회사나 다름없었다. 3번째 회사까지만 해도 짧게 다니는 내가 이상한 것인지, 내가 이상한 회사를 갔기 때문에 금방 퇴사한 것인지 판단이 서질 않았다. 막연하게 내가 이상하다면 그래서 다음 회사에서도 오래 다니지 못한다면 어떻게 해야 할까 하는 의구심을 갖게 됐었다. 하지만 그러지 않았고, 4번째 회사는 오래 다녔다. 많은 사람과 어울렸고, 그 업계의 일원으로 자연스레 자리매김했다. 결혼과 첫 아이 출산 역시 모두 그 회사, 나의 은인인 형님이 알려주어 함께 다니게 되었던 곳에서 경험할 수 있었다.

당시 이렇게 행복해도 되나 싶을 정도로, 모든 것이 일사천리였다. 아버지 사업도 잘되었고, 동생도 좋은 직장에 취직하여 잘 다니고 있었으며, 경제적인 형편이 나아지니 가족들 모두가 즐거운 생활을 했다. 물론 중간에 어머니가 갑상선 암으로 고생하시긴 했지만, 지금 생각해 보면 그 정도도 행복에 포함시켜야 할 것 같다. 어쨌든 생과 사를 결정하는 암은 아니었고, 가족 간 더 돈독해지는 나름의 효과도 있었다고 생각한다.

그렇게 행복한 날들이 계속될 줄만 알았던 그때, 앞으로 일어날 일들을 조금이라도 먼저 인지할 수 있었더라면 얼마나 좋았을까? 내가 모든 것에는 끝이 있고, 영원한 것은 없다는 것을 정말 진심으로 느끼고 앞으로의 행동에 반영할 수 있는 사람이었다면 어땠을까?

영화를 좋아하는 나는 가끔 몇몇 장면을 내 상황에 오버랩하여 상상하곤 한다. 그중 자주 떠올리는 장면이 「벤자민 버튼의 시간은 거꾸로 흐른다」의 한 부분인데, 영화 중반부에 여 주인공인 데이지 (발레리나)가 교통사고를 당하는 장면이 있다. 그 장면을 주인공인 벤자민이 독백으로 설명한다.

"우리는 살아가면서 끝없는 상호작용을 한다. 어느 파리 여성이 쇼핑을 나섰다. 코트를 깜빡한 그녀는 다시 집으로 돌아간다. 코트를 챙겨 나오는데 마침 전화벨이 울리고, 전화를 받느라 잠시 시간을 지체한다. 그녀가 전화를 받던 때, 데이지는 파리 오페라하우스에서 리허설 중이다. 그러는 사이 코트를 챙긴 그 여자는 통화를 끝내고 택시를 타기 위해 밖으로 나왔다. 이때 손님을 막 내린 택시기사가 커피를 마시러 카페에 들른다. 데이지는 여전히 리허설 중이다. 일찌감치 손님을 내리고 커피를 마신 택시기사는 쇼핑을 나서다 그 여성(코트를 챙겨 나온)을 태웠다. 택시는 골목 가운데 행인 때문에 갑작스레 급정거를 했는데, 알람을 잘못 맞추어 평소보다 5분 늦게 출근한 어떤 남자 때문이었다. 그 남자가 늦게 일어나 길을 건너던 때 리허설을 마친 데이지는 샤워를 하고 있었다. 한편 택시는 그 여성(코트를 챙겨 나온)의 쇼핑을 기다렸는데, 그녀는 마침 포장이 안 된 상품을 골랐다. 샵의 여직원은 전날 애인과 헤어져 미리 포장해 둘 겨를이 없었기 때문이다. 포장이 끝나고 여성은 다시 택시를 탔지만, 곧 배달 트럭이 택시를 가로막는다. 그 와중에 데이지는 샤워를 마치고, 옷을 갈아입고 있었다. 트럭이 지나가고서야 택시가 다시 움직였고, 극장을 나서던 데이지는 신발 끈이 끊어진 친구를 기다려준다. 택시가 신호를 기다리는 동안 데이지와 친구는 극장을 나섰다. 딱 하나만 달랐어도. 신발 끈이 멀쩡했던가 트럭을 빨리 빼주든가 샵의 여직원이 애인과 결별하지 않고 포장만 미리 해놨어도. 혹은 알람이 제대로 울려 길을 지나던 남자가 5분 늦게 출근하지 않았더라면. 택시기사가 중간에 커피만 안 마셨어도. 아니면 여자가 코트를 잘 챙겨서 앞선 택시를 탔다면 데이지는 무사했을 거고 택시는 데이지를 그냥 지나쳤을 것이다."

한 택시가 발레리나인 여 주인공과 부딪치는 사고 과정을 인과관계로 묘사한 내용이다. 극 중 이와 같은 장문의 독백 이후, 남자 주인공인 벤자민은 병원에 입원한 여 주인공인 데이지를 마주하는데, 데이지는 그 사고로 다시는 발레를 할 수 없게 된다. 나의 인생에서 행복했던 시기 중 하나였던 나의 4번째 직장에서의 생활. 어쩌면 영화 벤자민의 저 장면에서 가장 앞선 상황이었던 코트를 놓친 시기가 아니었을까 하는 생각을 가끔 해본다.

시점상 그렇다는 것이지, 그로 인해 여 주인공처럼 잃은 것이 많다는 이야기는 아니다. 수많은 우연이 얽혀져 지금의 삶이 내게 펼쳐졌듯, 그 수많은 우연 중 하나였던 당시 회사에서 다른 회사로의 이직으로 인해 어쩌면 내가 감내해야 할 혹은 감내하지 않아도 될 삶이 내게 오진 않았을까? 물론 그보다 앞선 삶에서도 그런 상호작용으로 지금 내가 살아가고 있겠지만 말이다. 하지만 이상하리만큼 그 회사에서 보낸 시간이 나를 변곡점으로 인도한 것 같다(상승 전인지 하강 전인지는 아직 잘 모르겠다). 과연 내가 그 회사를 더 빨리 그만뒀더라면, 혹은 내가 승진이 되어 그 회사를 더 오래 다녔더라면 그 뒤의 내 인생에도 많은 변화가 있지 않았을까? 한편으론 궁금하기도 하다.

　4번째 회사 생활 6년여간 나와 같이 입사한 동기들, 심지어 뒤늦게 들어온 사람들도 승진하는데, 나만 혼자 누락되어 남겨지게 되었던 그 경험. 사실 전문학사라는 학력이 걸려 남몰래 방송대를 다니며 이미 일반 학사까진 준비해 뒀었다. 물론 그 사실을 인사팀과 직속 상관에게도 알려놓은 상태였으나 그럼에도 불구하고 함께 일하던 동기들을 상관으로 대해야 했던 그 상황이 견디기 어려울 정도로 버거웠다. 그렇게 6년 만에 새 직장에 대한 작은 갈망이 생겼다. 더 좋은 회사에 가서 나를 승진시켜 주지 않아 놓친 것을 후회하는 상관을 상상했고, 내가 없어 나와 관련된 업무가 회사 내 많은 문제를 야기시킬 수도 있을 것으로 기대하며 이직을 생각하게 되었다.

　이 전까진 절대로 입 밖에 그만둔다는 표현조차 하지 않았다. 주위에 보면 시도 때도 없이 '그만둬야지.'라며 습관적으로 말하는 사람들이 많았다. 그들에게 동조할 수도 있었지만, 실제로 그렇게 하지 않을 사람들이 아닌가? 허세마냥 여차하면 본인은 나갈 것이라 떠드는 사람들. 특히나 지나고 보면 그런 사람들치고 정말로 금방 나가는 사람을 찾기 어렵다. 그래서 더 그 사람들과 같은 부류가 되고 싶지 않았기에 퇴사 관련 언급은 일절 하지 않으며, 스스로 다르기 위해 노력했다.

　이직을 계획한 이후라고 다르진 않았다. 다른 사람들에게 일절 알리지 않으며 조용히 옮겨갈 자리를 수소문했다. 결혼도 하지 않은 싱글이면 그냥 그만둬 버렸을 것이다. 퇴직금도 있겠다, 한 달 정도 여행을 다녀왔을 수도 있다. 하지만 이미 처자식이 있는 몸. 가장인 나는 절대 내 의지만으로 그만둘 수 있지 않았다. 수소문 끝에 우연히 당시 회사보다 약 5배가량 큰 규모의 회사에 나의 포지션에 딱 맞는 자리가 있다는 소식을 듣게 되었고, 운이 좋게 전 회사에서 승진하지 못한 것을 그 회사에 한 직급 올려 가는 것으로 이직을 결정하게 되었다. 6년여 만에 새로운 곳에서 적응해야 한다는 부담감보다는 새로운 사람들을 만날 것으로 많은 기대감이 있었다.

아직도 벤자민의 독백이 생각난다. 내가 그때 이직을 하지 않았더라면 내 삶은 조금 더 편했을까?

인생 최악의 수

누구나 실수를 한다. 하지만 어떤 사람도 실수를 의도하진 않는다. 내 인생에서 가장 큰 실수, 악수를 둔 적이 있다. 그때가 신혼집에서 2년의 생활을 마치고 이사했던 순간이었다.

부모가 되면 본인들 아이의 발달 변화에 대해 지대한 관심을 가질 수밖에 없다. 더욱이 첫 아이라면 관심보다 근심이 앞서기 마련이다. 나 역시 다르지 않았다. 보통 첫 아이는 걸음이 빠르다는데 돌 때도 잘 걷지 못했으니 우리 아이는 걸음이 유독 느린 편이었다. 가장으로서 아이의 걸음이 느린 것이 아빠인 나의 책임이라 생각했으니, 어느 날 아이가 집에서 걷다가 더 이상 앞으로 나아갈 수 없는 거실 환경을 발견하게 되었다.

당시 신혼집은 방이 3개인 빌라였는데 그중 한 개는 여닫이문으로 되어 주방 바로 앞의 방이어서 우리는 문을 떼서 주방과 함께 넓은 거실처럼 사용하고 있었다. 아이는 벽을 잡고 잘 걷다가 이내 여닫이문의 턱에서 주저앉아 더 이상 전진할 수 없었다. 그 공간을 제외한다고 해도 아이의 시각에서 보았을 때, 걸음마를 연습할 공간이 충분치 않았던 집이어서 아이에게 열악한 환경을 만들어 준 것만 같아 마음이 아팠다. 물론 이성적으로 혹은 논리적으로 여러 번 생각하여 공간적인 문제가 아닐 수도 있다고 생각했지만, 사람들의 마음이 그렇지 않나? 할 수 있는데 안 한 것과 할 수 없어서 못 한 것은 다르다는 것. 나는 가능한 환경을 만들어 주지도 못했는데, 그러한 부분을 논리적으로나 이성적으로 계산하려는 시도를 생각한 것조차 아이에게 미안한 마음이 들었다.

결국 2년의 전세계약이 끝나갈 때쯤 이사를 마음먹게 되었는데, 가장 중요한 점은 처가댁과 가까우며 지금보다 훨씬 넓은 거실이 있는 집을 희망했다. 정해져 있는 돈. 전세금액에 따라 마찬가지로 정해져 있는 대출금액. 또 그 대출금액에 따른 다달이 내야 할 이자 등. 집을 구하기 전 고려해야 할 사안들이 많았다. 이럴 때일수록 필요한 것은 발품을 파는 것이었고, 어떤 집이건 조건이 맞는 것 같다면 보는 것을 마다치 않고 다녔다.

처음에는 친정 근처로 간다는 것 자체로 좋아했던 와이프는 우리 사정에 갈 수 있는 집을 보면 볼수록 실망감이 커지는 듯 보였고, 나조차 그런 모습에 기운을 잃어가고 있었다. 그러다 우연히 한 집을 발견했는데, 이미 세입자가 나간 후라 집이 엉망인 곳이었다. 기존에 살던 사람들은 나가면서 가구나 용품들도 집에 방치해 두고 떠나 진짜로 난장판 같았다. 그런데 잘 살펴보니 공간이 넓었고, 청소가 다 된 후라면 꽤 괜찮을 것 같은 집으로 보였다. 가장 중요한 것은 가격이었으니 가격도 일부 깎아 맞춰줄 수 있는 그런 집이었다. '그래, 이 집이다, 이 집에서 살아보자!'

그 집을 마음에 들어 하니 당시 중개를 맡았던 부동산 사장은 이상하리만큼 부연설명이 많았다. "그 집주인이 원래 부자인데, 지금 당장 현금이 없어서 힘든 상황이야", "제천에 땅이 만 평이 있는 사람이야." 등등. 등기를 보니 선순위 대출이 이미 3건. 금액도 꽤 컸다. 자칫하면 큰일 날 수 있는 집이겠구나 싶어 집주인을 만나 선순위 3가지 대출 중 2건을 해결해 주면 들어가겠다고 조건을 걸고 계약을 했다. 그 주인아주머니는 동네에 꽤 큰 빌딩을 소유하고 있었으며, 원룸도 10여 개, 본인이 직접 운영하는 부동산까지 갖고 있는 분이었다. 그런데 이사 날짜가 다가와도 해결되지 않는 선순위 대출. 닦달을 해서야 1가지 선순위가 없어진 것을 확인하였으나 2번째 선순위는 이사날까지도 해결되지 않았다. 결국 집주인은 본인 소유의 땅문서를 들고 와서는 2순위 대출금만큼 내게 근저당을 잡아주겠다고까지 하니, 그런 번거로움은 또 피하고 싶어 믿고 가겠다고 말하였다.

집주인은 대부분의 것들에는 굉장히 호의적이었다. 앞선 사람들이 남기고 간 것들을 치울 수 있도록 사람을 불렀으며, 일부 우리가 정리한 부분에 대해서도 현금으로 성의를 표시했다. 또한 당연한 것일 수 있으나 도배나 장판 등 모두 새로 바꿔주기도 했다. 도배와 장판이 바뀌고, 입주 청소까지 마치니 정말로 내 예상이 맞은 듯 꽤 깔끔하고 넓은 집이 되었고, 다행히 와이프도 만족했다.

그렇게 결혼 후 2번째 집으로 이사했고, 행복한 일만 가득할 것 같았던 그때. 평소와 다름없이 회사에서 일하고 있던 내게 불현듯 와이프로부터 전화가 왔다. '일하고 있는 시간에 전화를 안 할 사람인데, 무슨 일이지?' 예감이 좋진 않았다. 와이프가 당황한 목소리로 설명하는데, 경매라는 것 말고는 정확히 들을 수도 없었다. 아니 이사 온 지 이제 2달 정도 지났는데 무슨 경매? 순간 머리를 스쳐 가는 여러 가지의 기억들. 내 확정일자 전 1, 2순위의 선순위 대출들과 집주인의 빌딩, 땅 얘기까지. '설마, 설마…' 상사에게 자초지종을 대략 설명하고 부랴부랴 조퇴를 하여 집에 갔다. 집에 도착하여 와이프가 받은 문서를 살펴보니, 우려했던 일이 현실이 된 것으로 정말로 집이 경매에 넘어간 상황이었다.

집주인은 다행히 전화를 피하거나 안 받지는 않았다. 곧 해결할 테니 잠시만 기다려 달라는 말. 이런 비슷한 문제를 겪은 사람들이 모두 경험하는 레퍼토리나 다름없었을 것이다. 하지만 잠시도 기다릴 여유가 없었던 나는 집주인의 빌딩 등기를 떼어 보았다. 등기 내용을 살펴보고는 또다시 당황할 수밖에 없었는데, 우리 집뿐만 아니라 집주인의 빌딩은 이미 한 달 먼저 경매에 넘어갔던 것이다. 당장 집주인에게 전화를 걸어 빌딩 경매까지 얘기하며 만나자고 하였으나 곧 연락을 주겠다는 집주인의 말을 끝으로 더 이상의 통화도 만남도 없었다.

이렇게 난 조금 더 큰 집에 살겠다는, 그것도 내가 아니라 우리 아이의 걸음마를 위해 또 우리 아이의 동생을 위해 결심한 집 때문에 인생 일대의 위기를 맞게 되었다.

수취인불명

수능점수가 엉망이었을 때, 잦은 서류 탈락으로 취업이 어려웠을 때, 태국에서 이룬 것 없이 돌아왔을 때 정도가 이제까지 내 인생에서 꽤 어려웠던 시기였다. 앞이 보이지 않는 어둠 속을 걷는 것만 같았으니 말이다.

시간의 흐름에 따라 자연스럽게 해결되는 이런 문제들을 교통수단에 비유하자면 대입시험 점수는 일종의 기차를 놓친 격. 꽤 기다려야 하지만 그래도 시간이 지나면 다음 기차가 오긴 온다. 취업의 경우, 버스나 지하철? 다른 대안도 많이 있으니. 태국에서 돌아왔던 일은 내 의지로 돌아왔으니 택시를 놓친 정도로 비유할 수 있지 않을까?

하지만 전세자금을 몽땅 날릴 위기에 처한 순간은 이런 자잘한 교통수단이 아니다. 이민을 가려고 짐을 부쳤는데, 짐만 가고 몸은 그 비행기를 놓친 것이나 다름없던 일. 절대 있어서도 안 되었고, 있을 수도 없다고 생각했던 바로 그 일. 나름 똑똑하게 일을 처리한다며 자부하던 내가, 꼼꼼하게 등기까지 떼어보고 이사했던 내가, 뉴스에서나 볼 수 있을 법한 일을 직접 겪게 된 것이었다.

당시 그런 일을 겪으며 가장 고통받았던 이유는 바로 불확실성이다. '갑자기 집주인이 나타나 해결해 주지 않을까? 경매를 누군가가 비싸게 낙찰받아 내가 돈을 안 떼일 수도 있지 않을까? 만약 다 떼이면 어떻게 해야 할까? 처자식은 처가에 맡겨두고 기러기 아빠라도 해야 할까?' 등 수많은 생각이 매일매일 나를 지치게 만들었다.

집요한 성격 탓에 무언가 파고들 것이 있어야 했고, 그게 법원 경매 사이트 사건 검색이었다. 매일 검색을 해보아도 사실 실제로 변하는 내용은 많지 않다. 특히 내 사건의 경우에는 더 그랬다. 사건 검색 시, 늘상 보게 되었던 '폐문부재'와 '수취인불명'. 집주인이 자의든 타의든 경매가 개시된다는 내용을 받지 못한 것으로, 집주인이 해당 문서를 수취하지 않으면 경매사건이 개시될 수 없었다. 내게 전화를 받았었으니 경매 사실에 대해 알고는 있겠지만, 어디로 사라졌는지 경매 개시 문서가 집주인에게 도달할 수 없는 상황이었다. 언제 집 주인이 문서를 받아 경매가 시작될지 알 수 없으니, 누군가를 그렇게 원망해 본 적이 없었던 것 같다. 집주인뿐이겠는가? 나를 살살 구슬렸던 부동산 사장도 여러 번 방문해 쏘아붙였다. 당연히 본인들은 그럴 줄 몰랐다고 하였지만, 그걸로는 설명이 되지도, 나의 분이 풀리지도 않았다.

그렇게 근 2달을 이 사건으로 휘둘리다 보니, 차츰 이성적인 생각이 가능해졌다. 더 이상 왜 이렇게 되었는지, 누구 때문인지보다는 앞으로 어떻게 해야 할지를 생각하고 준비하는 편이 낫겠다는 비교적 정상적인 범주의 생각을 할 수 있게 되면서 여러 가지 시나리오를 구상하기에 이르렀다.

그럴 리는 없지만, 당시 경매 감정가의 100%로 누군가가 낙찰을 받는다면 나는 대략 2천만 원의 손해를 보게 되었다. 만약 1번이라도 유찰되어 누군가 낙찰받는다면 내가 받는 금액으로는 다른 곳으로 이사조차 할 수 없는 상황이 될 수밖에 없었다. 결국 내가 직접 낙찰을 받기로 마음을 먹고, 경매 공부를 시작했다. 사실 공부라고 할 것도 없었다. 아무도 사지 않을 감정가 100%로 낙찰받을 생각이었으니 조금은 마음이 편해졌다. 낙찰가를 낮춰봐야 어차피 내 돈을 손해 보는 입장이었으며, 더욱이 내 가족이 살고 있는 곳을 두고 누군가와 배팅 싸움을 할 수 있는 상황도 아니었다.

방향을 설정했는데도 문제가 있었으니, 바로 저놈의 수취인불명이 나를 더 돌아버리게 했다. 보통 몇 달이 지나면 경매가 시작되는데, 저놈의 수취인불명으로 1년이 지나도록 경매가 개시되지 않았다. 당연히 그 기간 동안 나와 와이프는 늘 마음을 졸이며 살아야 했다. 1년 3개월이 지난 시점에 공시송달로 경매사건이 개시되었고, 일사천리로 아무도 배팅하지 않을 100%의 감정가를 써 비로소 전셋집이 아닌 내 집이 되었다. 물론 대출(경락잔금대출이라고 하여, 경매를 받은 경우 잔여금을 대출받는 일종의 융자와도 같은 프로그램)을 받아 대부분의 점유율은 은행에서 갖고 있는 것과 다름없긴 했지만, 어쨌든 남들보다 조금 빠르게 30대 초반에 그렇게 나는 한 빌라의 주인이 되었다.

1년을 넘게 고통 속에서 살게 만든 집이었지만, 내 집이라고 생각하니 완전히 다른 새집에 이사 온 것만 같았다. 정을 붙인다는 표현이 맞을 것 같다. 그렇게 긴 경매의 지옥에서 빠져나와 제일 먼저 생각한 것이, 집주인을 가만둘 수 없다는 것이었다. 무엇인가라도 하고 싶었다. 사실 나름 꼼꼼하게 전세 계약서를 작성하면서 득약으로 "권리의 하자가 생길 경우 이사비용 300만 원을 지불한다."라는 조항도 있었고, 어떻게 보면 이미 경매에 넘어갈 것을 알고 넘긴 것만 같은, 일종의 사기에 가깝지 않을까 하는 생각을 했다.

사기는 형사 사건으로 고소가 가능하니 일단 경찰서에 모든 서류를 들고 가 사건 접수를 했다. 담당 형사님은 한참을 읽어보시더니 "참 힘드셨겠습니다."라며 위로를 건네셨다. 아직도 그분의 선한 미소와 따뜻했던 위로가 기억이 난다.

사실 이 사건이 발생하고 나서 그 누구도 나를 위로해 준 사람은 없었다. 아버지는 왜 그런 집으로 이사를 갔냐며 화만 내셨고, 어머니도 여유가 없으시니 관심 갖고 싶어하지 않으셨다. 처가에는 차마 알리지도 못했다. 너무 걱정하실 것이 뻔하니까. 우리 부모님도 이해는 간다. 도와줄 수 없는 처지에 아들이 어려운 상황을 겪으니 짜증이 나서 그러셨겠지. 하지만 그때는 너무 서운해서 소소한 것 하나라도 도움받고 싶지 않았고, 조언조차 구하지 않았다.

그런 와중에 전혀 알지 못하는 형사님의 위로는 그 누구의 위로와도 비할 수 없었다. 친절히 설명해 주시면서 나의 경우는 사기로 성립이 어려워 민사사건을 접수하는 것으로 방향을 설정해 주셨다. 그런데 내가 무슨 돈이 있다고 변호사를 만나보겠나? 끊임없이 검색하다 보니 법무사를 통해 진행하는 편이 낫겠다는 판단이 섰다. 계약서 및 그 외 스스로 정리하여 작성한 내용, 또 모아두었던 자료들을 들고 경매사건을 진행할 만한 주변 법무사 사무실을 몇 군데 돌았다. 그러다 한 군데에서 진행을 해주겠다고 하여 약 20만 원의 돈을 드리고 사건 접수 대행을 부탁드렸다.

그렇게 하여 민사사건이 접수되었고, 그 집으로 이사 간 지 근 2년만, 경매가 끝난 지는 약 6개월 만에 나는 다시 한번 법정에 섰다. 이번엔 민사사건의 변론기일에 참석한 것으로 판사 앞에서 내 상황을 설명하는 자리였다. 당연히 집주인은 여전히 잠수를 탄 상황으로 계속되는 법원 직원의 요청에도 수취인불명에서 변한 것이 없었다. 그러니 재판은 나 혼자 진행한 것이나 다름없었고, 판사는 내게 딱 한 가지를 물어보았다. 그 집에서 이사를 가지 않았는데 이사비용을 청구하는 것이 맞냐는 질문이었다. 예상하지 못한 질문이었지만 당황하진 않았다. "저는 이 집에서 살고 싶어 낙찰받은 것이 아닙니다. 어쩔 수 없이 피해 금액을 최소화하기 위해 낙찰받을 수밖에 없었습니다. 따라서 권리의 하자가 발생하게 된 사유가 전적으로 피고에 있으니 이사를 가지는 않았지만, 그 이상의 피해를 입은 상황에 그 금액도 당연히 청구되어야 한다고 생각했습니다."

판사는 내가 말한 부분 중 '권리의 하자'라는 문구에 꽤 신경을 쓰는 듯했다. "그러니까 이사비용으로 책정하여 두었지만, 사실 권리의 하자가 발생할 때의 보상금으로 이해해야 하나요?" 판사는 재차 물었고, 나는 "네."라고 짧게 대답한 것이 내 인생 최초의 재판 참석 경험이 되었다. 비록 5분 정도밖에 되지 않았지만. 이후 판사는 내부적으로 검토하여 결정하겠다는 짧은 답을 남기고, 그렇게 재판이 마무리되었다(법정은 생각했던 것보다 작았고, 무슨 공장마냥 나와 비슷한 사람들이 줄지어서 본인 사건번호가 불리면 앞에 나가 판사의 질문에 대답하는 것이 전부였으니 생각보다 그럴싸하지 않았다).

수일이 지나 판결문을 받았는데, 내가 한 말을 더 그럴싸하게 포장하여 손해 비용(내 전세자금 중 못 돌려받은 약 2천만 원)에 특약 비용 300만 원까지 포함해서 지급하라는 명령이 떨어졌다. 스스로 뛰어다녀 만든 결과물 중 하나로, 나름 뿌듯했다. 하지만 이는 채권추심이라는 길고 긴 과정의 또 다른 시작이었고, 이제는 전 주인이 된 그분이 속된 말로 돈이 생기기만을 기다려야 했다. 법정 이자가 복리로 15%. 10년 안에 받지 않으면 소멸되는 채권 아닌 채권. 남들은 오래 묵혀두고 기다리다 보면 언젠간 받는 큰돈이 될 수도 있다는데, 사실 못 받을 확률이 더 큰 상황에서 끊임없이 받기 위한 무언가를 해야 했다.

마지막 추심은 내가 소송에서 판결을 받은 지 8~9년 정도 지난 시점이다. 10년을 목전에 두었기 때문이기도 했지만, 마지막 추심이었던 이유는 따로 있었다. 추심업체로부터 당시 피고였던 전 주인의 사망 소식을 접했기 때문이다. 그분의 사망으로 나의 지급명령 판결문은 더 이상 쓸모가 없어졌다. 시간이 이 정도 지나니 사실 돈은 눈에 들어오지 않았다. 그보다는 기회가 되면 그때 내게 왜 그랬는지 한 번은 묻고 싶었는데, 그럴 수 없었고 왠지 안타까운 죽음을 맞이한 것 같아 한편으론 씁쓸한 기분이 들기도 했다.

20대 때 내 또래가 즐겨 듣고 부르던 노래 중 프리스타일의 「수취 인불명」이란 노래가 있다. 한동안 그 노래가 들리면 그때 법원 경매 사건을 검색하던 순간이 떠올라 들을 수 없었는데, 언젠가부턴 예전처럼 다시 그 노래를 즐길 수 있게 되었다.

3층 빌라 물난리

집 문제가 해결되고 나니, 차츰 그간의 어지러웠던 상황들도 정리되었다. 우선 정신적으로 언제 경매가 진행될지 몰라 전전긍긍하며 살았던 조바심, 두려움. 짤막한 단어들로 표현하고 있지만, 사실 당시의 감정은 하루에도 몇 번씩 롤러코스터를 타는 기분이었고, 아이를 키우는 입장에서 정서적인 발달에 악영향을 줄까 내심 속을 끓이기 일쑤였다. 모든 것들이 말끔하게 정리되어 서서히 안정되어 가니 그 무렵 둘째 아이가 생겼다.

둘째 아이의 출생은 내게 절대로 잊히지 않는 순간으로, 무사 출산의 기쁨이 아닌 내 생에 몇 안 되는, 정말로 힘들어 눈물이 났던 사건에 포함되어 함께 기억할 수밖에 없기 때문이다. 안타깝게도 이 사건 역시 집과 관련이 있다.

둘째 아이가 태어나고 아기와 집사람을 산후조리원에 보낸 후, 큰아이만 데리고 집에 왔다. 동생이 태어났다고 그래도 엄마를 덜 찾고 있는 큰아이가 내심 대견했던 그날. 빨래를 하려고 세탁실(베란다) 문을 여는데, 세탁실 안이 약 30cm 정도 잠겨있는 것이 아닌가? 믿을 수 없는 상황이었다. 세탁기를 돌리지도 않았고, 집을 비웠다 돌아왔을 뿐인데 다른 곳도 아닌 왜 세탁실에만 물이 차있을까? 세탁기를 밀어내고 하수구가 막혔을까 확인해 보지만, 우리 하수구의 문제가 아닌 것 같았다. 결국 인터넷에 검색하여 급하게 이

상황을 해결해 줄 수 있는 업체를 불렀다.

　그들은 내시경 장비를 비롯해 각종 화려한 장비를 갖고 들어오며, 무언가 금세 해결해 줄 것만 같은 신뢰를 주었다. 작업을 하기 위한 장비들로 집 안은 금세 어수선해졌고, 업체 사람들이 신발을 신고 돌아다니는 통에 집 안은 곧 난장판이 되었다. 그분들은 오자마자 세탁실 하수구로 내시경을 투입해 어디가 막혔는지 확인해 보겠다며 일을 시작했고, 집 안 여기저기를 어지럽혔다. 하지만 내시경을 꽂아 위로 아래로 돌려봐도 딱히 막힌 곳을 찾을 수 없었고, 결국 내시경 줄이 모자란 상황에 이르자, 우선 하수구 내부에 강한 압력을 주어 스스로 내려갈 수 있을지를 확인했다.

　세탁실에 CO_2 압력 캡슐 같은 것을 발사했지만, 물은 전혀 빠질 생각을 안 했다. 한 서너 번쯤 같은 캡슐을 발사했을까? 갑자기 세탁실이 아닌 주방 싱크대 하단에서 거실로 물이 들어차고 있는 것이 아닌가? 정말 멘탈 붕괴라는 말이 딱 맞을 것 같다. 세탁실이 물에 잠긴 것도 너무 짜증 나던 일인데, 이젠 3층에 있는 우리 집의 거실이 물에 차고 있다니. 그제서야 우리는 싱크대의 하수구와 세탁실의 하수구가 Y자 형태로 연결된 것을 파악하였고, 내가 믿었던 그 화려한 장비들을 갖고 온 사람들은 우리 집 거실까지 물이 들어차자 본인들의 고압 호스 장비가 있어야 한다며 철수하였다.

　고압 호스 장비는 다음 날 가져올 수 있으며 꽤 큰 추가 금액을 요구했다. '집을 이렇게 난장판으로 만들고 철수한다고?' 평소의 나였다면 따지고 난리를 부렸겠지만, 당시 상황에선 저 사람들이 가고 다시 이 사태를 해결할 만한 사람을 빨리 찾을 수밖에 없었다. 시간이 흘러 점점 저녁이 되어가고, 도움을 요청할 곳이 없어 결국 근처에 사는 장인어른께 자초지종을 말씀드리고 큰아이를 처가댁에 맡겼다(난장판인 상황에 아이까지 돌볼 여력이 없었다).

큰아이를 데려가기 위해 오신 장인어른은 집 안 상태를 보자마자 사태의 심각성을 인지하셨는지, 나중에 근처에 사는 형님과 장모님까지 대동하여 집 안 정리를 해주러 오셨다. 사실 정리의 의미가 없었다. 하수구는 여전히 막혀있었고, 세탁실에서 무언가 해보려 하면 세탁실에서 빠진 물이 그대로 거실로 들어차고 있는 상황이었으니 말이다. 이때쯤 새로운 업체를 찾아 늦은 시간이지만 도움을 요청하고, 업체를 기다리며 밖에서 오랜만에 담배를 태웠다.

오만가지 생각이 스쳐 지나갔다. '왜 내게 이런 일이. 우리 빌라만 해도 여러 가구가 사는데, 왜 하필 이런 일이 우리 집에만 생길까? 애초에 이 집으로 이사를 오지 않았으면 이런 일도 없었을 텐데. 이 집이 문제야. 괜히 이 집을 사서 이 고생을 하고 있을까?' 그렇게 정신 나간 사람마냥 멍을 때리고 있으니, 늘 친절하신 앞집 아저씨가 위로의 말을 건네주셨다. 혼잣말로 괜히 이런 집을 사가지고 이 고생을 이라며 한탄을 하고 있으니, 아저씨가 "젊은 사람이 그래도 벌써 이런 집도 마련하고, 대단하네."라고 하셨다.

사실 전혀 맥락에 맞는 대화는 아니었다. 이 물난리가 난 집. 그 집을 산 것이 대단하다는 표현. 악의적으로 말씀하신 것은 아니지만 그래도 나는 '아, 이런 집도 원하는 사람들이 있겠구나.'라는 생각이 들자, 정말 거짓말처럼 큰 위로가 되었다. 얼마 지나지 않아 새로운 기술자가 찾아왔고, 이 분의 장비는 비교적 단순했지만 해결해 줄 것만 같은 확신이 들었다.

이미 거실에 들어찬 물 때문에 집 안을 이불로 막고, 물과 함께 나온 각종 쓰레기로 난장판인 상황에 시간까지 늦어 이번 업체도 해결하지 못하면 다른 업체를 추가로 부를 수 없는 상황. 이번엔 무조건 해결해야 한다는 생각을 하고 있을 때 즈음. 갑자기 시원하게 물이 뚫리는 것이 아닌가? 그때의 그 행복이란 참. 원래 있으면 안 되는 물이 하수구로 내려갔을 뿐인데, 그게 그렇게 행복했다.

그렇게 나름의 한바탕으로 끝날 것만 같았던 그날의 에피소드는 안타깝게도 그렇게 끝나지 않았다. 당시 우리 집 아래층의 아저씨도 우리 집의 난리를 보고 청소를 도와주고 계셨는데, 우리 집이 어느 정도 정리되었을 즈음, 그러니까 장인어른, 장모님, 형님 등이 우리 집의 정리를 마무리하고 있었을 때 먼저 내려가셨던 아래층 아저씨가 갑자기 뛰어 올라오셨다. 충청도 사투리를 쓰시는데 얼마나 다급한지 "큰일 났어유!" 하시는데, 직감적으로 우리 집과 연관되어 아래층에도 문제가 생겼다는 것을 알 수 있었다.

내려가 보니 우리 집을 막고 있던 무언가가 하수구를 통해 내려가다 다시 걸려 아래층을 막았고, 아랫집도 마찬가지로 세탁실과 주방에 물이 범람하고 있었다. 우리 집 하수구를 뚫어주셨던 그분도 당황한 기색이 역력했다. 순하디순한 아래층 아저씨는 본인의 집에 물이 들어차자 "이러면 안 되는 거잖아유. 왜 우리 집에 물이 들어와유!" 하시면서 그 기술자분을 원망하는데, 나도 당연히 그 원망에서 자유로울 수 없었다.

우리 집 청소까지 본인의 집처럼 도와주셨는데, 이런 식으로 곤란을 드리게 되니, 은혜를 배신으로 갚는 것만 같았다. 정말로 난처했고 미안했다. 결국 또 한 번의 하수구를 뚫는 작업을 하고, 우리 집은 가족에게 맡겨둔 채 하수구를 뚫어준 그분, 아래층의 아저씨와 함께 셋이 아랫집 물 빼는 작업을 했다.

지금 생각해도 당시의 상황이 너무 어이가 없어 웃음이 나올 정도이다. 그렇게 사태가 진전되고 이미 젖은 거실과 각종 가구들. 나도 피해자지만 아랫집 아저씨는 얼마나 더 억울할까? 내가 작업을 마친 하수구 전문가에게 작업비를 드리니, 그분도 우리 집 아래층에 미안하셨는지 10만 원을 따로 떼어 전달했다. 그렇게 그날은 대략 해결이 되었다.

집 안에 들어찼던 물들로 이상한 냄새가 났었는데 다행히 깊게 스며들거나 냄새가 배진 않아 그나마 위안으로 삼을 수 있었다. 장모님과 형님이 지극정성으로 청소하셔서 가구들도 그렇게 크게 문제가 되진 않았다. 물에 잠겼던 세탁기도 작동에는 문제가 없었으나 벽지 일부와 바닥 장판은 한동안 눅눅했고, 다 마르고 나서도 쭈글쭈글해지는 등 여파가 있었다. 갓난쟁이 케어로 고생하고 있는 와이프에겐 모든 것이 해결된 후 산후조리원에 가 상황을 설명하였다. 설명하는데 왜 그렇게 눈물이 나던지.

사실 정확하게 얘기하면 그날의 사건은 윗집에서 빨래하면서 무언가가 빨려 내려가다 하수구 관을 막았고, 하필 우리 집 관을 통과하지 못한 무언가로 인해 위층에서 사용한 모든 물이 우리 집으로 들어온 것이다. 들어온 물에는 담배꽁초, 음료수 페트병 뚜껑 등 온갖 쓰레기가 섞여있던 것으로 보아, 당시 위층에서 제대로 관리하지 않았을 것으로 확신했다. 그리고 우리 집에서 고생 고생해서 관을 막고 있던 것을 장비를 통해 내렸지만, 그 막았던 무언가는 끝까지 내려가지 못하고 다시 아랫집을 막게 된 것이었고 그래서 두 집이나 거실까지 더러운 물에 피해를 보게 된 것이다.

가해자 격인 윗집은 아무런 피해도 입지 않았다는 것이 시간이 지날수록 짜증이 났다. 내 잘못으로 벌어진 일이 아님에도 피해를 받아야 하는 그 상황이 너무 싫었으니, 이때부터였을까? 나는 공동주택이 아닌 단독주택의 삶을 꿈꾸기 시작했다.

넓고 좋은 정원을 꿈꾸는 것이 아니다. 귀찮은 성격에 그런 것들은 관리할 재주도, 여유도 없으니 그냥 남으로 인해 피해를 받지 않아도 되는, 나 혼자 발생한 문제들에 책임을 지고 수습할 수 있는 그런 집에 살고 싶어졌다. 우리 집 물난리 사건은 그 이후로도 한동안 세탁실을 쳐다볼 때, 물이 차있을까 두려운 마음까지 들었으니 일종의 트라우마가 생겼을 정도로 큰 충격을 받게 된 사건이었고, 그날의 여파는 비단 내게만 있었던 건 아닌 것 같다. 큰아이도 가끔 세탁실을 쳐다보며 물이 차있을까 걱정된다는 말을 한동안 하였다. 시간이 많이 지난 지금도 나와 큰아이는 그날의 일을 생생하게 기억하고 있다.

2달간의 강제 휴가

둘째를 낳고 나니 가장의 무게는 배가 되었다. 25평 남짓의 빌라에서 두 딸을 키운다는 것은 당연히 문제가 없었지만, 과연 이 괜찮음이 계속될 것이라는 장담은 할 수 없었다. 이미 신혼집에서 느껴보았던 공간의 크기에 대한 문제. 아이들이 조금만 더 크면 그때는 방을 따로 줘야 하지 않을까부터 시작하여 별의별 생각을 다 하고 있을 때 즈음, 그런 생각할 때가 아니니 정신 차리라는 의미였을까? 나는 원치 않게 회사를 그만두게 되었다.

회사 생활에서는 나름대로 운 좋게 일찌감치 한 팀을 이끄는 팀장이 되었고, 하는 업무에 있어서도 인정받고 있던 터라 사실 탄탄대로를 달릴 수 있을 줄만 알았다. 당시 다니던 회사는 본사 직원 250여 명, 지사의 직원들까지 합치면 대략 만 명은 되는 중기업 중에서도 꽤 큰 편에 속했던 곳으로 매출액만 해도 4천억이 넘는, 겉으로 보기엔 굉장히 안정된 회사였다. 그런 회사에 잘 다니고 있던 와중에 여러 소문이 들려왔다. 회사가 망한다더라, 부도가 난다더라, 이번 달 은행 이자를 갚지 못하면 회사 사옥이 넘어간다더라. 모든 것은 카더라 통신이었을 뿐이고, 실제로 팀장 회의에서 재정적인 어려움에 대해 들은 적은 있었으나 카더라만큼 구체적인 내용은 없었다. 그렇다 보니 직원들의 우려는 내게 대수롭지 않은 일상처럼 느껴졌었다.

사실 그 전 회사에서도, 또 그 전 회사에서도. 이런 카더라들은 끝없이 생산 및 가공되었고, 늘 그랬듯이 이번에도 재생산되는 것일 줄로 알았다. 회사 생활이 조금 불만족스럽더라도 내심 이 회사에서 오래 일하고 싶다는 안정감 혹은 안일한 마음이 자리 잡는 순간, 한쪽에선 불안함도 동시에 자라나는 것 같다. 그만두면 다음은 어떤 회사로 갈 수 있을까? 혹시 이 업무가 아니라면 나는 무엇을 할 수 있을까? 등등 그때가 내게는 딱 그런 시기였다. 이 회사가 더 성장해서 오래오래 다닐 수 있었으면 하는, 어쩌면 그 외의 것을 굳이 찾아보고 싶지조차 않은 나약한 마음을 키우며 스스로 직장 생활의 동력인 열정과 전투력을 잃어가고 있었는지도 모르겠다.

　꽤 큰 규모임에도 불구하고 한 번 무너지기 시작하니 정신을 차릴 수도 없을 만큼 빠르게 정리되었다. 이미 회사의 선장 격인 회장도, 임원도, 해외의 법인장들까지도 누구 하나 직원들의 동요를 막을 수는 없었고, 꼭 침몰하는 타이타닉에서 서로 구명조끼를 먼저 입고 보트에 뛰어드는 것만 같았다.
　하지만 나는 구명조끼도 입지 못했다. 맞는 사이즈가 없었고, 침몰하는 배 안에서 악기를 연주하는 악사마냥 해야 할 일이 남아있었다(정의감 같은 것이 있었던 것이 아니라, 마땅한 대안도 없는데 누군가는 정리해야 할 일이 산적해 있었으니 조금의 책임감은 느끼고 있었다). 같은 팀의 직원을 먼저 내보내고, 남은 몇몇 사람들과 회사의 마지막을 정리했다(남는다고 전혀 이득이 있는 상황은 아니었다. 이미 월급은 두 달 치가 밀려있던 상황이라, 더 다녀도 언제 다시 밀린 급여를 받을 수 있을지 알 수도 없던 상황이었다.) 당시 남아있던 소수 몇 명은 정확한 출　퇴근 시간도 없었다. 해야 할 일이 있으면 하는 대신, 언제든지 일을 마치면 퇴근하는 일종의 프리랜서와도 같았다. 유일하게 프리랜서와의 차이점이라면 돈을 받는다는 기약이 없다는 것뿐.

일이 끝났다고 대낮에 집에 들어갈 수는 없었다. 가뜩이나 걱정하고 있을 와이프를 더 걱정시키는 모습인 것 같아 같은 처지와 사람들과 점심부터 술을 마시고 쓸데없는 농담을 하며 시간을 보냈었다. 모두들 겉으로는 웃고 있지만 저마다의 사정이 있듯, 그 웃는 모습조차 쓸쓸해 보였던 사람들.

이후 약 두 달여간 대략 내가 정리해야 할 일을 마치고, 그 마지막 남은 자들의 무리에서 먼저 나오게 되었다. 월급 몇 달 치가 밀려버리니, 이제는 더 이상 생활비를 벌어오지 않으면 가족의 생활까지 유지되지 않을 상황이었다. 그래서 정상적으로 퇴사라도 하면 퇴직금으로 몇 달은 더 버틸 수 있을 것 같은 마음에 부리나케 일을 처리하고 정든 회사를 떠났다. 아니 내쳐졌다는 표현이 맞을 것 같다. 사실 마음속 깊은 곳에는 퇴직금을 마지막 보루로 두고 어떠한 방법이든지 해결이 되길 바라고 있었던 것 같다.

막상 그 최종단계가 다가오니, 무엇을 어떻게 해야 할지 정말로 머릿속이 하얘졌다. 사실 동종업계의 영업부나 생산 관련된 부문은 그나마 다른 회사에 지원할 수 있는 기회가 꽤 많이 있었다. 하지만 내 경우는 조금 달랐는데 일반적인 업무를 하고 있던 것도 아니다 보니 이미 어떤 회사에 지원할까의 고민을 할 수 있는 시점은 아니었다.

'어떤 회사가 날 필요로 할까?'라는 고민으로 하루를 시작해야 했다. 아는 사람들을 통해서 여러 곳에 문을 두드려 보았지만, 경기가 좋지 않아 인터뷰 기회조차 얻기 어려웠다. 어쩌면 앞서 타이타닉에 비유할 때 다른 사람들과 다르게 내가 구명조끼를 입지 못한 것, 보트에 타지 못한 것도 그 때문이다. 내가 맡았던 업무가 조금 특별하여 동종업계 내 대부분의 회사에는 이미 나와 같은 일을 하고 있는 사람들이 있었으니 그 말인즉 그 회사에 다니는 사람 중 누군가가 회사를 그만두어야만 남는 자리에 내가 지원이라도 해 볼 수 있는 구조였다. 어떻게 보면 애초에 내 구명조끼는 없었으며, 보트도 누군가가 타고 있어 자리를 비워줘야만 앉을 수 있던 상황이었던 것이다.

정식으로 퇴사하고 나니 하루아침에 갈 곳이 없어졌다. 아침에 아이들을 보내고 나 혼자 집에 남겨져 있는 모습이 낯설다 못해 한심하기까지 했다. '왜 이렇게 되었을까? 왜 나는 다른 대안을 준비해 놓지도 않은 채 그렇게 안일했을까? 내가 무엇을 잘못했을까?' 끝도 없는 고민과 원망을 늘어놓으며 한없이 무너지는 경험을 해야 했다.

한동안 집 안에서 너무 감정적으로 휘둘리다 보니, 더 이상 안 되겠다 싶어 할 것이 있든 없든 밖으로 나가기 시작했다. 하루는 동생이 똥통에 빠졌었던 그 집이 아직 있는지 찾으러 갔었고, 또 하루는 단칸방 창문을 열었던 장 과장 아저씨를 떠올려야 하는 집을 보러 가기도 했다. 물론 지금은 다 없어졌지만, 위치는 또렷해 근방에 가서 한참을 두리번거리다 오곤 했다. 그러다 맛있는 집을 찾아 대낮부터 술을 마시기도 했고, 같은 회사에서 함께 일하다 같은 이유로 나처럼 놀고 있는 다른 사람들을 만나기도 했다. 내가 취업을 못하고 있는 후배들에게 해주었던 그 시간을 즐기라는 말. 언젠가 취업이 되어 월급을 받기 시작해 불과 두어 달만 지나면 당시의 고뇌와 절망스러운 시간이 기억도 나지 않을 것이라는 것을 알기에 그래서 더 즐기려고 노력했지만, 솔직히 너무 쉽지 않았다.

이 시간이 길지 않을 것이라는 것을 알면서도 한편으론 재취업이 잘 되지 않을까 끊임없이 마음을 졸여야 했고, 술은 마실지라도 이력서를 넣은 곳에서 면접 의뢰 연락이 올까 항상 전화를 주시할 수밖에 없었다. 그렇게 나름대로 열심히 시간을 보내도 내 예상보다 길어지는 원치 않던 휴가에, 한동안은 새벽 시장 모습을 관찰하기에 이르렀다. 무작정 시장에 가 열심히 일하고 있는 상인들을 보고 있으면 절로 마음을 다잡을 수 있었다. 누가 말하지 않아도 스스로 더욱더 열심히 살고 싶어지는 그런 마음가짐, 그때 내게 무엇보다 필요했던 간절함이 자라고 있었다.

절망스러운 휴가는 2달이 조금 지나서야 마무리되었다. 운 좋게 외국 회사의 면접 제의를 받을 수 있었고, 몇 번의 인터뷰 끝에 휴가를 마무리할 수 있었다. 지금 생각해 보면 당시 내게는 잠시 쉬어갈 수 있는 휴가가 필요했다. 사실 그 2달은 절망적이지 않은, 오히려 새로운 마음가짐으로 다른 인생을 살 수 있게 만들어 준 시간이 되지 않았을까? 물론 지나고 나서야 할 수 있는 말이긴 하다.

새로운 무기

6번째 직장이지만, 처음 겪는 외국 기업은 장·단점이 분명했다. 우선 서열화되어 있지 않고 직무별로 나뉘어 있다 보니 개개인의 의견 반영이 자유로운 점은 확실히 좋았다. 단점이라면 내가 아무리 열심히 한다고 해도 올라갈 수 있는 위치는 분명히 정해져 있었다. 흔히 유리천장이라고 하는데, 모든 직원에게 그런 천장이 존재한다고 생각했고, 대부분의 직원들은 그런 것에 딱히 불만이 있는 것 같지 않았다.

회사에서도 직원들에게 굳이 더 열심히 일해 주길 바라는 분위기는 아니었는데, 본인의 위치에서 해야 할 일만 다 하기를 바라는 듯한, 어쩌면 우리나라 기업의 입장이었다면 조금은 불성실해 보일 수도 있을 정도의 업무 태도 정도면 적응하는 데 무리가 없었다. 물론이 점이 '단점'일 뿐이라고 생각하진 않는다. 어떻게 보면 가늘고 길게 갈 수 있을 것 같은 회사, 하지만 보다 더 큰 성공을 바라는 내 입장에선 올라갈 곳이 없어 답답함을 느끼기 충분했다.

수평적이고 자유로운 분위기에서도 딱 한 가지 견디기 어려운 부분이 있었는데, 유럽 회사임에도 불구하고 한국인 지사장이 관리하니 본사 방침과 달리 지사장이 만들어 놓은 제약이 많았고, 어쩔 때는 한국 기업보다 더 심한 어려움도 존재했다. 꼭 한 명에게 모든 직원이 휘둘려야만 하는 분위기에 늘 마음 한쪽에는 퇴사를 생각하고 있어야 했다. 그러나 두 달의 실업 기간 이후 다시 찾은 직장이었기에 더 열심히 버텨야 했고, 실제로 버텼다. 이미 경험해 보지 않았는가? 갈 곳이 없어 시장을 전전하고, 생활비를 벌기 위해 아르바이트라도 구하려고 했던 때의 내 모습.

지금까지는 회사가 망할 거라는 생각이나 내가 다른 일을 할 수 있을 것이라는 가능성을 배제해 놓고 살아왔다면, 이제는 달라졌다. 큰 회사가 무너지는 경험도 해봤고, 그로 인해 내가 얼마나 대단하지 않은 업무를 해왔었는지, 나를 필요로 하는 회사가 얼마나 없는지도 느껴봤다. 그렇기에 내가 예상하지 못한 상황이 발생하고, 혹시라도 이 회사에서 내쳐지거나 혹은 불가피한 상황으로 그만두더라도 무언가 다른 일로 돈을 벌 수 있는 사람이 되어가겠다는 마음가짐을 갖추게 되었다.

직장인이라면 대부분 비슷한 고민을 한다. 사업 아이템을 찾는다든지 혹은 다른 무언가를 배워 2차 직업으로 삼는다든지 등의 비슷한 수준에서의 고민들. 하지만 정작 적극적으로 나서기는 쉽지 않은 상황 역시 비슷하다. 사업이란 막연하게 어떻게 어디서부터 시작해야 할지도 알 수 없으며, 내가 생각하는 아이템이란 누구라도 생각할 수 있을 것 같은 일종의 기시감의 연속에다가 결정적으로 큰 자금이 들어가야 할 것 같은데, 현실에서 그런 자금을 확보하기란 불가능에 가깝기 때문이다.

그렇다면 전직을 위한 배움은 어떠한가? 무언가를 배워 직업으로 삼으려면 대충 배워서 되는 것이 아니다. 내가 갑자기 일러스트 프로그램을 배운다고 일러스트 디자이너가 될 수 있겠는가? 배움은 기본으로 깔고 나서 그 업무를 할 수 있는 다양한 경험과 능력을 겸비해야만 가능한 일이다.

결국 이 회사에 다니면서도 마음속엔 퇴사라는 단어를 간직한 채, 나는 전자를 택했다. 그 전부터 막연하게 '언젠가는 내 사업을 해야지.'라는 다짐 같은 것이 있었으나 전 직장들을 거치며 안주했었고, 배운 것이 도둑질이라고 하고 있던 업무와 연관된 아이템을 찾았지만 실제 수익을 창출하기에는 불가능에 가까워 보였다. 게다가 일도 바쁜 와중에 언제 한가로이 사업을 구상하고 계획하겠는가? 하지만 이 유럽 회사에서는 그런 점에서 좋았다. 회사에서 내 역량 이상의 것을 바라지 않으니 적당히 내 개인 시간을 활용하기에 더할 나위 없었고, 더욱이 앞서 2달간의 강제 휴가로 인해 약간은 더 넓어진 시야를 갖게 되었으니 무엇을 접하건 어떤 업무를 하건 이를 대하는 자세와 태도가 달라졌다고 느꼈다(확실히 인간은 가끔 고난을 통해 성장한다는 말이 사실인 것 같다).

그도 그럴 것이 정말 예정되어 있지 않은 불안한 미래를 짧게나마 경험해 보지 않았나? 다시 그런 일이 없었으면 좋겠지만, 언제든지 다시 벌어질 수 있다고 생각하게 된 시점부터 변할 수밖에 없었다. 다행히 이런 나의 전체적인 방향을 설정하는데, 새 회사는 많은 도움을 주었다. 많은 고객사를 만나야 했던 업무이다 보니 다양한 기업들의 사업 구조, 그들의 방향 등을 배울 수 있었으며, 지방 고객사들이 더 많아, 잦은 출장으로 홀로 생각을 정비할 시간도 많았다.

정비하다 보면 시간이 좀 지나서 불현듯 떠올랐던 아이템이나 생각들이 기억나지 않을 때가 있었다. 내게는 그 무렵부터 그렇게 자연스레 메모하는 습관이 생겼고, 그렇게 모인 내용은 사업 아이템 노트에 차곡차곡 하나둘 쌓여 나갔다.

어렸을 때부터 아버지로 인해 직접 경험했던 사업의 실패와 그 실패 뒤에 마주해야 할 현실. 또 그 현실 속의 나와 동생. 거기에 끊임없이 일해야 했던 어머니. 사실 그런 것들로 인해 사업은 하면 안 되는 것이라는 강한 신념 같은 것이 있었다. '왜 사업을 해 위험하게. 한 푼이라도 벌면 되지 굳이 가족까지 위험하게 해.' 이게 나의 생각이었다.

하지만 이제는 아버지가 왜 그렇게 끝도 없이 사업만 고집하였는지, 아니 사업을 할 수밖에 없었는지 조금은 이해가 간다. 정말로 그것 말고는 할 수 있는 게 없으셨을 수도 있겠다. 나도 그렇다. 이 불안정한 직장 생활, 많지도 적지도 않은 월급으론 은행의 노예 신분을 벗어날 수 없을 것 같다. 그래서 나는 새로운 무기인 나의 마음가짐과 정리해 놓은 노트를 가지고 사업이라는 것을 해보기 위해 하나둘 준비하기 시작했다.

아버지의 시간

여느 때와 다름없던 하루. 느닷없이 울리는 전화벨. 어머니의 전화였다. 어머니는 비교적 사소한 일이나 형식적인 안부를 위해 전화를 거시는 분이 아니다. 어머니가 전화를 걸었다는 것은 무언가 심각한 일이 발생했거나 혹은 그에 상응할 수 있는 일이 벌어지고 있음을 짐작할 수 있다.

그날따라 유독 무거웠던 전화벨 소리. 곧 전화기 너머로 울먹이는 어머니의 목소리. 역시나 좋지 않은 일이 일어났음을 직감할 수밖에 없었다. 당시 간간이 아버지, 어머니로부터 돈이 필요하시다는 연락을 꽤 받았었기에 그런 일들의 연장선인 줄 알았다. 안타깝게도 딱 월급만을 갖고 생활하는 나와 내 가족은 어머니에게도 빌려주고 말고 할 여유자금은 전혀 없었다. 그래서 늘 죄송하고 불편한 마음을 갖고 지내고 있었는데, 울먹거리는 전화기 너머의 어머니 목소리는 돈 문제보다 그 이상으로 심각한 상황임을 알 수 있었다.

"아빠가 아프셔." 아빠라는 단어도 오랜만이다. 중학생이 지나 아빠라고 불러본 적도 없는데, 다급한 상황이어서 그랬는지 어머니는 아빠가 아프시다는 말씀을 먼저 꺼내셨다. 너무나도 갑작스럽고 당황스러운 아버지의 병명, 위암 3기. 단순히 아프신 것이 아니라 이미 암이 전이되어 3기까지 진행되었고, 3기도 추측일 뿐 4기일 수도 있다는 청천벽력과도 같은 말. 실업 기간을 지나 새 회사에 입사한 지 약 반년. 이제야 겨우 다시 직장인 궤도에 다시 올라 앞으로는 조금 더 안정된 생활을 하며 도움을 드릴 수도 있을 것 같은 그 시점. 왜 하필 지금일까? 아니 실직했을 때보단 나은 건가?

당시 어머니와의 연락으로 알 수 있는 것은 별로 없었고, 곧 다른 큰 병원으로 옮겨 진단을 다시 받는다고 해, 앞선 진단이 오진이었기를 바랄 뿐이었다. 며칠이 지나 다시 진단을 받으셨고, 그렇게 난생처음 암 환자의 가족이 되었다. 아직 나의 시간을 아버지에게 많이 할애할 수 있을 정도로 준비되지 않았으나 아버지의 시간은 나의 준비와는 상관없이 그 총량이 얼마 남지 않았을 수 있다는 것을 알게 되었다.

모든 암 환자, 요즘은 아만자라고도 표현을 하긴 하더라. 암 환자, 암 환우, 아만자들의 가족이 되면 대부분 공부를 시작한다. 암을 이겨내는 방법부터, 치료에 관한 권위 있는 전문가를 찾는 일, 혹은 수술이나 항암에 관련된 지식을 찾아본다. 인터넷의 발달로 암 환자들이 자주 방문하는 온라인 카페들도 많아 정보는 차고 넘치니 어느 정도 걸러서 받아들여야 했다.

나라고 다르지 않았다. 내가 의학을 공부한 것은 아니나 할 수 있는 일은 남들처럼 그렇게 온라인 카페에서 아버지와 관련된 정보들을 모으고, 또 아버지의 상태에 대해 전문가로 보이는 사람들에게 자문도 구했다. 그래서 향후 치료 방법에는 어떤 것이 있고, 그에 따라 가족들은 무엇을 어떻게 해야 하는지 미리 알고 준비하려고 했다. 아버지는 전이가 꽤 진행되어 당장은 수술이 불가한 경우로 우선 항암치료를 받으면서 암세포의 증식억제와 실제 종양 크기, 특히 전이된 곳들을 개선해 어느 정도 암세포의 크기가 줄면 수술을 하는 것으로 가닥이 잡혔다.

TV나 영화에서나 봤던 항암치료를 우리 아버지가 받으셔야 한다니. 늘 그러셨듯 아버지는 의욕이 넘치셨다. 늘 긍정적이셨고, 항암 치료를 받으면서도 사업을 유지하실 정도로 에너지가 넘쳐 보였다. 당연히 그런 아버지를 보며 나도 힘이 생겼고, 왠지 우리 아버지는 이겨낼 수 있을지도 모르겠다는 자신감이 들기 시작했다.

앞선 2달의 실업 기간 동안 아버지 회사의 소소한 일거리를 도우며 아버지와 직접 대화하는 날이 많아졌었다. 새 회사에 발을 들였어도 아버지의 업무 관련 부탁이 간간이 있었고, 출장을 다니면서도 도와드릴 수 있는 일은 도우려고 노력했다. 그런 와중에 아버지가 암을 투병하시게 되었고, 나는 아버지가 더 의욕적이실 수 있도록 열심히 일을 도왔다. 항상 많은 도움이 된다고 말씀하시던 아버지. 아버지는 암 환자가 맞으신가 싶을 정도로 항암 초기만 해도 정상적인 생활에 전혀 지장이 없으셨다. 기존 생활과 달라진 점이 있다면 가끔 병원에 가야 한다는 것뿐 그 외에 다른 점은 보이지 않았다.

그 무렵 암 환자 카페에서 우리 아버지와 동일한 케이스에 대해 질문을 올린 사람을 발견했다. 내용이 너무 비슷하여 살펴보다가, 이내 사랑하는 내 어머니의 아이디임을 알 수 있었다. 아버지가 지어 주신 별명으로 카페에 입장하셔서 아버지의 향후 치료 방법에 대해 문의를 올리고 계셨다. 환갑이 지나신 나이에도 온라인 활동을 하고 계시는 어머니의 모습은 자랑스러웠지만, 그 글귀를 보고 있으니 한 글자 한 글자에 진정성 있는 슬픔이 느껴져 마음이 아팠다. 아무렴, 어머니만큼 내가 슬플 수 있겠나?

어머니는 글을 올리는 내가 누구인지 아실 수 없으니 짤막하게 힘내시라는 응원 댓글만 달았다. 이내 감사하다는 어머니의 답 댓글. 그 이후로 나는 카페에 들어가면 어머니의 모든 게시글과 댓글을 찾아보고 아버지의 상태를 미리 확인할 수 있었다. 살갗이 얇아진다고 하셔서 바르기 좋다는 크림을 사다 드리고, 족욕이 좋다고 하여 족욕기도 갖다 드리는 등, 나름 어머니의 힌트로 조금 더 쉽게 준비할 목록을 찾을 수 있었다. 그렇게 나를 비롯한 가족들 모두 갑작스러운 변화에 대처하기 시작했고, 시간이 지날수록 적응해 가고 있었다.

적응이란 것은 때론 무서운 것이다. 암 환자를 암 환자로 대하지 않게 되기도 하고, 어쩌면 얼마 남지 않았을 수 있는 아버지의 시간보다 내 일상에 더 집중하게 된다. 그렇게 차일피일 찾아뵈는 것도 미루고, 사다 드리고 싶었던 음식도 못 사다 드리다 보니 언젠가부터는 함께 음식을 먹을 수 없는 상황에 이르렀다. 암이란 괜히 난치병이 아니다. 아버지의 시간은 계속 짧아지는 듯했고, 항암치료의 회 차가 거듭될수록 아버지는 야위어 갔다.

아들 No릇

대형병원들은 암 환자라고 하여 무조건 입원을 시켜주진 않는다. 암 환자가 차고 넘치다 보니, 환자의 상태를 관찰하여 입원을 시킨다. 우리가 일상에서 느끼지 못할 뿐 암 환자는 참 많다.

아버지가 투병 생활을 약 10개월 정도 하고 있었을 때, 그러니까 이미 항암을 대략 10회차 정도 진행했던 시점이다. 평생 85kg을 유지하셨던 아버지의 몸무게는 60kg대로 내려왔고, 더 이상 맞는 옷도 없어 새로 옷을 사야 했던 시기이기도 했다. 하루에 밥 한 숟갈을 뜨지 못하는 때가 점점 많아졌고, 어쩌다 입에 맞는 음식이 있어도 극소량만 섭취할 수 있었을 뿐, 정말 삶의 동력을 잃어버리지 않는 것이 다행일 정도로 드시질 못했다.

그렇게 거동도 힘든 아버지에게 항암 치료가 과연 의미가 있을까 하는 회의감이 들기 시작할 때 즈음, 아버지의 상태가 급속도로 나빠졌다. 항암의 부작용인지 암의 전이 때문인지 배에 물(복수)이 너무 많이 차, 이틀에 한 번꼴로 빼주어야 했고, 집에 계시다가 갑자기 상태가 좋지 않은 것 같으면 어머니는 사설 구급차를 불러, 다니던 대형병원 응급실까지 내달리시곤 했다.

토요일 저녁이었던 어느 날, 아버지가 응급실로 가셨다는 얘기를 듣고 급하게 병원으로 갔다. 도착하니 지친 어머니는 응급실 복도에 앉아 계셨고, 아버지는 그 복잡하고 시끄러운 응급실 안의 너무

나도 불편한 침대 위에서 잠시 눈을 붙이고 계셨다. 두 분이 얼마나 고된 하루를 보냈을지 짐작이 갔으며, 아무것도 하지 못하고 있는 내 자신이 너무 죄송해 견딜 수가 없었다.

그런 와중에 어머니는 응급실에서 아버지의 항암치료를 담당하던 혈액종양내과 의사를 호출하여 아버지를 입원시켜 달라고 애원하였으나 그 의사는 입원 자리가 없으니 일단 집으로 돌아가든지 아니면 다른 구급차를 불러 요양병원으로 가라고 하는 것이 아닌가? 그 말이 너무 서글프셨는지 나를 보자마자 말씀하시며 눈물을 흘리시던 어머니.

그 의사의 조치대로 안 해본 것이 아니다. 요양병원에 입원했다가 그다음 날 다시 컨디션이 너무 안 좋아지셔서 결국 이곳 대형병원의 응급실로 와야 했던 적이 있었고, 병원에서 더 이상 해줄 것이 없으니 호스피스 병원을 알아보라는 매몰찬 말에 산속 호스피스 병원에도 입원하셨던 적이 있었다. 하지만 모두 이틀을 채 넘기지 못하고 급격히 나빠지는 아버지의 컨디션에 어머니는 그래도 1년여간 다녔던 병원이자 우리나라에서 제일 큰 병원 중의 하나인 이곳의 도움을 받고 싶으셨던 듯하다.

사실 도움도 아니다. 1년여간 다녔던 병원이자 아버지의 담당 의사들이 있는 곳. 물론 아버지 외 수십 명의 환자를 함께 돌보고 있겠지만, 그럼에도 상태가 좋지 않은 우리 아버지 입원을 위해 왜 이렇게 우린 의사들에게 읍소를 해야만 하는 것인지 참 아이러니했다.

여하튼 아들이 와서 조금이라도 힘이 나셨을까? 어머니는 다시 용기를 내어 내 앞에서 그 의사에게 입원을 부탁하셨다. "1년여간 이곳에 다녔는데, 이렇게 좋지 않은 상태를 보셨으면 입원이라도 시켜주셔야 될 것 아닙니까?" 말투는 날카로웠으나 이미 눈물로 가득한 어머니의 얼굴을 보며 의사는 더 매몰차게 말하는 듯했다. "저희가 안 해드리고 싶어 안 해드리는 게 아닙니다. 정말로 입원실이 없어요. 여기 환자보다 더 심각하신 분들이 많다고요."

물론 의사 말이 맞을 수도 있다. 하지만 그 의사의 다음 말이 어머니와 나를 흥분하게 했다. "아니면 돈 있으세요? 하루에 60만 원짜리 특실은 있는데 그거라도 가실래요?" 솔직히 돈이 없는 나는 그 어떤 말도 할 수가 없었다. 내가 낼 형편은 되지 않았고, 오기로 감당할 수 있는 금액도 아니었다. 하루 이틀 입원해서 될 일이 아니었기에 차마 그 앞에서 바로 입원시켜 달라는 말을 하지 못했다. 하지만 어머니는 어떻게든 마련해 보겠다며 그 방으로 입원을 시켜 달라고 하셨다.

결국 1인실, 그것도 특실에 입원한 아버지. 꽤 그럴싸하고 최첨단의 장비가 가득해 보이던 그 방. 복도부터 달랐다. 입원실 입구가 화려하게 장식되어 있었고, 침대마저 작은 부분들이 각기 움직이는 전자동으로 일반 병실의 것과 달랐다. 낯선 그곳은 감히 내가 적응을 할 수 있을 것 같은 분위기가 아니었다. 더욱이 나는 그 어떤 도움도 안 되고 있는 아들일 뿐. 결국 다음 날 오겠다며 방을 나서는데, 복도 중간에 특실 환자들을 위한 휴게실이 보였다.

아버지보다 훨씬 나이 지긋하신 어르신들이 담소를 나누고 있는 것이 보였는데, 딱 봐도 많이 아픈 사람들 같진 않았다. 짐작이지만 아마 검진이나 잠시 쉬기 위해 오신 분들이 아니었을까? 물론 돈이 많은 분들처럼 보이긴 했다. 일반 병실 중간에 있는 휴게실은 대부분 지쳐 보이는 간병인들이 계시는데, 그곳에 계신 환자복을 입은 어르신들은 정갈한 머리와 차림을 하시곤 경제 관련 이야기를 나누시는 듯했다. 역시 낯선 곳이었다.

집으로 돌아가는 길에도 머리에선 병원비가 계산되고 있었다. 특실이 60만 원이니, 5일만 입원해도 300만 원에, 최근 비급여 면역항암(나라에서 지원해 주지 않는 비용으로 1회당 600만 원)도 2회 실시했으니 그것만 합쳐도 1,500만 원이었다. 물론 면역항암은 선결제가 되지 않으면 진행도 안 된다 하여 어머니께서 이미 무리를 해서 진행하신 것을 알고 있었다. 거기에도 전혀 보태지 못했는데, 계속 예상할 수 없는 지출이 발생하니 정말이지 대출이라도 받아야 하나 심각하게 고민했었다.

그뿐인가? 사설 구급차, 요양병원, 본래 아버지가 갖고 계셨던 대출 등 나가야 할 돈이 산더미일 텐데, 돈 들어올 곳 없는 어머니는 어떻게 유지를 하고 계신지 더욱더 걱정되었다. 안 좋은 소식은 또 있었다. 아버지의 보험이 암 발병 전 해지되어 보험금도 바랄 수가 없다는 절망적인 내용. 아버지가 아프기 시작하신 것이 사업이 한창 좋지 못할 때다 보니 어느 순간 아버지는 본인의 보험료를 낼 수 없는 지경에 이르렀고, 한참을 내지 못한 상황이니 보험사에서는 강제로 해지를 한 것이다. '내가 알았더라면 보험금 정도는 어떻게 미리 냈을 텐데.'

지나고 나서 한탄해 봐야 무슨 소용이 있겠는가? 그렇게도 어려웠던 아버지에게 나는 단 한 번도 재정적인 도움을 드린 적이 없었으며, 당시에도 나 살기 바쁜 상황이었으니 스스로 계속 무너져만 갔다. 그렇다고 나 혼자 잘살고 있는 것도 아닌데, 도대체가 어디서부터 잘못된 것인지, 내가 무엇을 잘못한 것인지 수십 번 복기를 해 봐도 답을 찾을 수 없었다. 그냥 나는 나쁜 아들이며, 기끔 방문하는 아버지 친구분들만큼도 도움이 되지 않는 녀석일 뿐이었다(아버지 친구분들은 문안을 오시면 꼭 병원비에 보태라며 어머니에게 돈을 건네주고 가셨다).

전가복(全家福)

아버지가 입원을 해 계신 동안 최대한 병원에 자주 찾아갔다. 동생은 꽤 멀리 있어 오기 쉽지 않았고, 다행히 아버지 병원에서 내가 다니는 회사가 가까운 편이라 업무가 끝나면 어머니 식사도 챙기고, 아버지가 필요하신 것도 좀 사다 드리곤 했다.

아버지가 필요하신 것은 대부분 업무에 관련된 것이었다. 무선 이어폰, 노트북 충전기 같은 것들. 물론 업무 외적인 것들도 가끔 있었다. 음악을 좋아하시는 분답게 당시 한창 유행했던 트로트 프로그램의 노래들을 보내달라고 하셔서 간간이 노래를 다운받아 보내드렸던 기억도 있다.

유일하게 음식을 한 번 말씀하셨는데 그 음식이 전가복이었다. "전가복 좀 사 올 수 있니?" 이름만 들어봤지 먹어본 적도 없는 음식이었다. 아버지는 많이 드셔보셨을까? 아니면 아프시니 안 드셔보신 것을 드시고 싶으셨을까? 무작정 "네, 사갈게요."라고 말하곤 업무 시간을 쪼개 근처 맛있는 집을 찾기 시작했다. 검색을 하다 보니 알게 되었다. 아무 데서 파는 음식도 아니거니와 꽤 비싼 요리라는 것을. '아버지는 하필 이렇게 비싼 음식이 드시고 싶으신 걸까?'라는 생각을 하며 이리저리 유명하다는 집들을 찾아 전화했다. 운이 좋게 병원에서 그리 멀지 않은 곳을 발견하였고, 환자식인 만큼 간을 좀 덜하여 음식 준비를 부탁하곤, 퇴근하자마자 찾으러 갔다.

내 수준에서는 꽤 비싼 금액을 결제하고 나서 아버지께 갖다 드렸는데, 사실 아버지는 많이 드시지 못했다. 그래도 입맛에는 맞으셨는지 해물과 버섯 몇 개를 집어 드시고는 이내 같이 먹자고 하신다. "아니에요. 전 곧 저녁 먹으러 가야 하기도 하고, 별로 먹고 싶지도 않네요."라고 거절했지만, 내심 그 맛이 궁금하긴 했다. 그렇다고 괜히 한 개라도 집어먹으면 아들을 위해 더 드시지 않을 아버지라는 걸 잘 알기에 끝까지 안 먹고 싶은 척, 관심도 없는 척했다. 나중에 들은 얘기인데 거의 다 드셨다는 말을 들으니 가뜩이나 입맛이 없는 아버지를 생각하면 곧 또 사 갈 수밖에 없었다.

그렇게 2번을 사다 드리고 나니, 어머니도 아버지의 잘 드시는 모습에 전가복 외의 다른 중국 요리들을 준비하셨다. 그래서 한동안 아버지가 좋아하실 만한 중국 요리를 찾는 것에 꽤 열심이었다. 불도장, 유산슬. 이런 중국 요리를 포장 용기에 담아 드실 수밖에 없음이 참 안타까웠다. 사실 만들자마자 따뜻한 상태로 식당에서 드시면 얼마나 좋아하실까 하는 생각을 할 수밖에 없었다. 그래서 입버릇처럼 "아버지, 어서 나으셔서 유명한 집에 함께 먹으러 가요."라는 말을 자주 했었다.

갈수록 드시지 못하는 아버지를 보고 있으면 더 이상 음식의 가격은 중요하지 않았다. 아니 그런 생각을 한다는 것 자체가 사치였을지도. 무엇이 되었든 조금이라도 드시기만 하면 나머지 가족들은 그 모습에 조금이라도 희망의 끈을 잡는 거만 같았다.

사실 지나고 보니 아쉬운 마음도 많다. 나중을 기약했다는 것. 왜 나는 '나중'이 있을 것이라 생각했을까? 아니 나중이란 없을 수도 있다는 생각을 왜 안 해봤을까? 차라리 그때 유명하다는 집의 요리를 조금 번거롭고 부담이 되었더라도 준비했다면 어땠을까? 그렇다면 조금 더 잘 드시지 않았을까?

　나중에 시간이 지나고 나서야 알게 되었다. 전가복이란 음식의 뜻은 온갖 진귀한 해물을 넣어 만든 요리로, 가운데 '가'는 '집 가'를 쓰며 온 가족의 행복을 기원하는 음식이라는 것. 그 음식의 뜻을 알고 나니, 무언가 더 애틋한 마음이 생긴다. 나는 아직도 전가복을 먹어본 적이 없다. 하지만 그 음식은 내게 꽤 소중한 기억의 한 부분으로, 앞으로도 아버지와의 몇몇 대화와 함께 기억날 것 같다.

마지막

점점 잦아지는 마약성 진통제 투약. 시사프로그램에서만 본 그 독하다는 펜타닐. 그 패치를 아버지는 수시로 갈아야 할 만큼 고통이 심해졌다. 또한 약 기운에 점차 또렷한 정신을 유지하시기 어려웠다. 점점 얕아지는 아버지의 생명 신호. 누가 연락했는지도 모르게 가족, 친척들이 찾아왔다. 아버지의 마지막이 임박했다는 것을 다들 느끼고 있는지 들어오는 사람들마다 연신 눈물을 훔치기 바빴다.

그럴 때는 참 서로 할 말이 없어진다. 어느 정도 결말이 예견된 가운데 희망고문과도 같이 완치하시라거나 쾌차하시라는 말은 할 수 없고, 그렇다고 편히 가시라는 말은 더더욱 할 수 없으니 정말로 말을 잃는 순간이 아닐 수 없었다.

아버지는 가끔 반가운 얼굴을 구별할 수 있으신 듯 오랜만에 보는 친척들에게는 눈을 부릅뜨고 아는 체를 하시기도 했으며, 간간이 한마디씩 던지시기도 했다. 나와 동생, 우리 형제에게도 한마디씩 하신 적이 있었는데 동생에게는 "너는 정이 많아."였고 내게는 하필 "너는 너무 계산적이야."라는 말이었다.

계산적이라는 말을 듣고 곱씹으며 '그렇지, 나는 계산직이긴 하시. 매사 행동하기 전에 재는 버릇이 있으니.' 하지만 곧 세상에서 볼 수 없을 큰아들에게 마지막으로 남기는 말 치곤 어떤 의미일지 참 많은 생각을 하게 했다. 앞으로 내가 새기고 살아야 했을 말일지, 아니면 동생처럼 더 정 많은 사람으로 살길 바라셨던 것인지. 아니면 큰아들임에도 아버지가 경제적으로 어려울 때 보조하지 못한 것에 대한 아버지의 깊은 원망이나 아쉬움일지도. 당시 동생이 나도 모르게 많은 부분에서 아버지를 돕고 있었으니 말이다.

아마도 마지막의 이유가 제일 크지 않을까 싶다. 힘들게 부탁하셨을 아버지를 어떻게 보면 나는 너무 쉽게 거절했었다. 도움을 드릴 조금의 여유도 없었던 것이 사실이지만, 그런 내 상황을 아실 리 없었고 당시 싱글이었던 동생은 나와 다르게 기꺼이 희생을 택했다. 당시에는 알지도 못했다. 아버지가 아프시고 나서야 동생이 꽤 큰 재정적인 지원을 하고 있었고, 그로 인해 동생 역시 쉽지 않은 상황에 놓여있었다는 것을 알게 되었으니. 나는 그 와중에도 동생이 부모님과 경제적으로 묶이는 것에 대해 반감을 표시했으니 맞다, 나는 계산적이었고, 앞으로도 그럴 것이다. '어쩌겠어요, 이렇게 계산적이어도 아버지 아들인데.' 그럼에도 거의 마지막 말이나 다름없었던 계산적이라는 아버지의 말은 내 머리에서 앞으로도 지워지지 않을 낙인과도 같이 느껴졌다.

점점 그 누구도 알아보지 못하고, 정신없이 잠만 주무시는 아버지. 이미 암 환우 카페에서 여러 번 보았던 임종 증상이란 것이 우리 아버지에게도 하나둘 보이기 시작했고, 이내 아버지를 1인실(관찰실)로 옮겼다. 암 병동에 입원해 계셨지만, 임종을 위한 입원실은 따로 있었다. 간호사들이 업무를 보는 곳 바로 뒤에 있는 1인실로, 아마도 여러 환자와 함께 생활하는 입원실에서는 주위의 다른 환자들이 동요하거나 영향을 받을 수도 있으니 이를 최소화하려는 목적이며, 동시에 간호사들이 더 자주 찾아볼 수 있게 하려 함일 것이다.

이 역시 이미 경험해 본 것이나 다름없었다. 암 환우 카페에서 부고 소식을 올리는 사람마다 꼭 이 1인실 이야기가 나왔었고, 가끔 아버지 옆에 계시던 분이 이곳으로 옮기고 얼마 지나지 않아 병원 복도에는 울음소리가 들리곤 했으니 '아, 이제 정말 가시는구나. 이 세상에서의 마지막이겠구나.'라는 생각을 하며 덤덤하게 또 더 조용하게 남은 짐을 챙겼다.

그렇게 소리 내지 않고 옮겨도 영향을 받는 사람들이 많다. 1인실로 옮기는 것만으로 우리를 보며 눈물 흘리는 옆 침대의 이름도 모르는 다른 환우들의 가족들. 남은 가족들에게 꼭 나으셔서 퇴원하시라는 어머니의 인사. 그렇게 누구보다 동병상련의 입장에서 서로간 짤막한 인사를 뒤로하고, 그제서야 오롯이 우리 네 가족만 1인실에 모였다. 아버지는 더 이상 말씀을 하실 수도 반응을 하실 수도 없이 깊은 잠에 빠지신 듯했다. 가끔 간호사가 가래를 빼내려 호스를 깊숙이 넣을 때만 불편하신 듯 눈을 뜨셨고, 그 외에는 전혀 상호 작용이 없었다. 사람들이 그랬다. 임종 직전까지 살아있는 신경은 청각이라며, 그간 하지 못했던 말을 해드리며 보내드리라고. 차마 목이 메어 많은 말을 할 수는 없었지만 그래도 잘 살 테니 걱정하지 마시라는 말씀을 드렸었다.

아버지 옆에 있다가 그날 쪽잠에서 기이한 꿈을 꿨다. 일반적으로 꿈을 잘 꾸지 않으며 꾸더라도 기억하지 못하는 편인데, 유독 그 날의 꿈은 아버지의 마지막 인사 같아서 여전히 생생하게 기억하고 있다. 이상한 복장으로 낯선 머리 모양을 하고 한껏 치장하고 계시던 아버지. 나와 눈이 마주치자 미소만 보이시던 모습. 아마도 먼저 가신다는 인사가 아니었을까? 다시 생각해도 참으로 기이했다.

몇몇 가족들이 다녀가고 1인실로 옮긴 지 딱 하루가 지나던 날, 아버지는 떠나셨다. 40년 가까이 나의 보호자였던 아버지, 언제나 내 일이라면 만사를 제쳐놓고 달려오셨던 세상 유일한 분. 그런 우리 나의 또 가족의 수호신이 사라진 느낌이었다. 처음이었다. 누군가를 잃어 진심으로 가슴이 아픈 상황을 맞이한 것은.

40년 가까이 지켜 주신 것에 반해, 고작 3일간의 장례는 아버지를 떠나보내기엔 너무나도 아쉬운 짧은 시간이었지만, 그 짧은 시간 중에도 아버지는 내게 많은 가르침을 주시려는 듯했다. 꼭 할아버지 장례식에서 사진을 찍고, 절하는 방법, 애도를 표하는 방법을 가르쳐 주셨던 것처럼. 수많은 아버지의 지인분들은 각기 서로 다른 아버지와의 추억을 공유해 주셨고, 그때마다 몰랐던 아버지의 모습을 배우며 연신 눈물을 닦기 바빴다. 할아버지가 돌아가셨을 때 아버지의 처음이자 마지막 눈물을 보고 꽤 큰 충격을 받았었던 것이 기억나, 우리 아이들도 그렇지 않을까 연신 들키지 않으려 노력했다.

마냥 감성적일 수도 없었다. 생애 첫 2줄 상주 완장의 무게와 장례식장 복도 TV 화면에서 비치는 아버지, 그리고 내 이름. 당시 내가 감당할 수 없을 것만 같았고, 상주와 아들 사이에서 끊임없는 혼란의 연속이었다. 아들로서 온전히 슬퍼하다가 상주로서 고민과 선택을 해야 하는 것들이 많았다. 조문객들의 음식과 편의를 위한 것들, 그리고 장례 일을 도움 주시는 분들에 대한 부분. 나중에는 수의와 장지 결정까지. 물론 동생 내외와 와이프, 어머니까지 함께 있으니 큰 어려움은 없었다. 오히려 가족들이 단합되는 것 같아 한편으론 이 역시 아버지의 마지막 교육이었지 않았을까?

'아버지는 이렇게 마지막까지 저를 가르치고 가시는군요. 곧 뵈어요.'

남은 자들의 변화

아버지가 돌아가시고 나서 내게 몇 가지 변화가 있었는데, 우선 암 가족력이 있는 잠재적 암 환자로서 건강관리에 더 신경 쓰게 되었다. 먹지 않던 영양제를 구매하고, 운동도 더 열심히, 특히 정기 검진을 규칙적으로 받게 되었다.

이러한 와중에 대조적으로 죽음에 대한 인식도 변했다. 사람은 누구나 죽는다는 것. 불변의 진리를 아버지를 통해 한 번 경험하고 나니, 아이러니하게 내 삶에서도 언젠가 있을 누군가의 부재 혹은 나 스스로의 그날도 언젠가 온다는 것을 받아들이게 되면서 남은 삶을 더 적극적으로 살게 되었다.

한정된 시간인 만큼 더 원하는 삶을 살고 싶었다. 그러한 생각들은 쌓인 게 많았던 회사에 대한 회의감으로 귀결되었는데, 사실 아버지가 아프신 내내 지사장과 마찰이 있었다. 일반적인 사람들의 사고로는 결코 이해할 수 없는 말과 행동을 일삼던 그는 아버지가 아프신 와중에도 내게 위로는 고사하고 분노를 일으킨 유일한 사람이었다. 시간이 지나 생각해 보면 단순히 말실수한 것에 내가 너무 큰 의미를 부여한 것이 아닌가 싶었지만, 그럼에도 다시는 엮이거나 마주하고 싶지 않은 몇 안 되는 사람이다. 지금까지 인생에서 2번째 악연이라 생각한다(첫 번째 악연은 군대 일병 때 바뀐 소대의 소대장으로, 그 무지막지했던 괴롭힘이 아직도 생생하다).

나는 선택적 기억력이 좋다고 생각하는데 내 마음대로 만든 단어, '선택적 기억력'이란 내가 겪었던 것 중 특히나 마음의 동요가 심했던 것은 매우 생생하게 기억한다는 것이다. 장점일 때도 있지만, 당시 마찰이 심했던 지사장의 말들을 기억할 때만큼은 너무나도 큰 단점으로 작용하곤 한다. 마치 트라우마처럼 말이다.

아버지가 항암을 처음으로 시작하실 당시에 무슨 말을 하고 싶었는지 어떠한 의도로 그랬는지는 모르겠지만 왜 내게 "이제 아버지 연명 치료하시는 거야?"라는 물음을 던졌을까? 우리 가족 구성원 모두는 아버지가 회복할 수 있을 것이라는 굳건한 믿음으로 가득 차 있던 시기, 의사조차 포기하지 않고 항암을 권유했던 그 시기. 그런 중요한 시점에 나는 지사장이라는 사람의 그 말을 듣고 그 어떤 반응도 할 수 없었다. 기가 차서 할 말을 잃었다는 표현이 정확할 것이다. 들어봤던 말이거나 어느 정도 예상 범위 내 상식 선에서의 말이라면 화라도 냈을 텐데 화도 내지 못했다. 시간이 지날수록 당시 아무 말도 하지 못한 내가 너무 바보스러워 스스로를 원망했을 정도로 너무도 생생하게 그 말을 들은 장소와 시간, 그 사람의 표정과 말투까지 기억난다.

그뿐인가 장례식에서도 상을 치르며 회사로부터 전화를 받았다. 유럽 회사라 아버지의 장례로 휴가를 하루밖에 줄 수 없는데, 이미 이틀이 지났으니 4일 째에는 회사에 나올 수 있겠냐면서 말이다. 과연 우리나라의 모든 유럽 회사는 가족 3일장도 제대로 치르지 못하게 한다는 것인가? 기본 5일의 휴가는 주지 않나? 더욱이 연차가 많이 남은 내 상황을 고려하여 차라리 내가 5일장을 다 치르고 복귀하여 이러이러한 사유로 연차를 차감하겠다고 하였다면 당연히 쉽게 받아들였을 것이다. 하필 화장터에서 나와 장지로 이동하고 있는 버스 안에서 유골함을 품고 있는 상태로 그 전화를 받으니, 정말 그때는 피가 거꾸로 솟는 기분이었다.

내가 너무 화를 내니 나중에는 오해라고 지사장의 말을 전달한 직원을 탓했지만, 경험상 나는 그 사람이 어떤 생각과 계획을 하였고, 고심 끝에 내린 결론으로 내게 연락한 것이라는 것을 알 수밖에 없으니 더욱더 화가 멈추질 않았다. 걸핏하면 해고할 것마냥 협박을 일삼는 부분까지 고려하면 나는 더 이상 그 회사에 다닐 수 없었다. 아니 다니고 싶지 않았다. 물론 대안이 없었다는 것은 곧 또 다른 고민이 시작되는 순간이긴 했다. 다른 직장에 갈 것인가? 내가 만들어 놓은 여러 가지 사업아이템 중 하나를 골라 진지하게 사업을 준비해야 할 것인가? 하지만 한 가지는 확실했다. 나는 곧 나간다. 이 회사를 나가 다시는 저 사람과 마주치지 않으리라는 다짐하며 절대로 퇴사 계획에 변동은 없을 것이라 마음을 먹었다.

어디선가 읽은 적이 있다. 부모를 잃은 슬픔보다는 자녀를 잃은 슬픔이 훨씬 더 고통스럽고, 그보다 더 힘든 것이 배우자를 잃는 것이라는 것을. 아들인 나도 며느리인 아내도 슬퍼했지만, 그것은 어머니의 슬픔과는 비교할 수 없다는 것. 또 다른 차원의 슬픔이란 것. 당연히 어머니의 삶에도 많은 변화가 있었다. 더욱이 어머니는 아버지와 함께 생활했던 공간에서 아버지의 물건들을 매일 보며 견뎌야 하니 늘상 걱정되었다. 모셔오려고 해도 원치 않으셨고, 오롯이 혼자 그 시간을 무던하게 보내길 원하셨다.

간간이 찾아뵈어 아버지를 함께 추억하며 가끔은 눈물짓고 또 가끔은 웃으며 그렇게 시간을 지나다 보니 어느새 아버지는 우리 생활에서 점점 지워져 우리는 우리의 삶을 살고 있었다. 문득 "그래,

산 사람들은 이렇게 살아가는 거지."라는 말이 생각났다. 그러던 와중에 문득 어머니가 암 환우 카페에 글을 올리시지 않았을까 궁금해졌다(암 환우 카페에는 망자에게 하지 못한 말을 게재하는 공간이 따로 있었으며 나 역시 아버지께 하지 못했던 말을 글로 올린 적이 있었다).

오랜만에 그곳에 들어가 어머니의 흔적들을 찾기 시작했다. 아버지가 떠나시고 나서 또 어느 정도 시간이 지나고도 추가로 작성하신 몇 개의 글을 발견하였다. 다른 것들은 다 기억나지 않았는데 딱 한 구절이 내 마음을 아프게 했다. "모든 것이 그대로인데 당신만 없군요." 무던하게 잘 견디고 계신 줄 알았지만 사실은 많이, 계속 아파하고 계시다는 것을 알게 된 순간이었다. 그 글을 읽고 아는 체를 할 수도 없었다. 어떻게 보면 어머니의 은밀한 공간이며, 감히 침범할 수 없는 영역이니 말이다. 그래서 지난번과 마찬가지로 아들이 아닌 지나가는 행인인 것처럼 나도 댓글을 달았다. "너무나도 가슴 아픈 글입니다. 그래도 망자는 님의 식사와 건강을 걱정할 것입니다. 꼭 건강하시고 행복한 여생을 보낼 수 있도록 노력하시면 좋겠네요."라며 비교적 단순한 댓글을 달았다. 그런데 신기하게도 댓글을 단 지 얼마 안 되어 답글이 달렸다. "꽤 오랜 시간이 지났는데도 댓글을 달아주셨군요, 감사합니다."라는 답신. 무언가 뿌듯했다. 내 글로 그래도 아주 조금의 위로는 받지 않으셨을까?

사람의 쓰임에도 총량이 있다고 생각한다. 일종의 정해져 있는 한 계량 같은 것인데, 짧은 시간에 너무 많이 몰아서 써버리면 남들보다 빨리 소진되어 일찍 소멸하는 것이라고 생각한다.

내가 사랑하는 아버지는 그 누구보다 열심히 사셨으며, 가족들을 사랑할 줄 아는 분이었고, 그러기에 온갖 힘든 일도 마다치 않고, 그 쓰임의 총량을 일찌감치 스스로 넘으신 분으로 우리보다 조금 더 빨리 하늘에 가셨다고 생각한다. 언젠가 뵐 그날을 위해 또 남은 나의 총량을 향해 더 열심히 살아보고자 다짐해 본다.

유산

어느 가족이나 마찬가지일 것이다. 가족 중 누군가가 떠나면 그 사람이 남긴 재산이나 물건 등을 처리해야 할 시간이 온다. 다른 사람들에겐 모르겠지만, 적어도 내게는 아버지를 보냈다는 것을 온 전히 마주해야 할 더 잔인한 시간의 연속이었다.

우리 아버지도 몇 가지 처분해야 할 것이 있었으니 그에 앞서 상 속에 대한 부분을 결정해야 했다. 그 전에 알지도 못했고, 알 필요 도 없었던 생소한 단어들. 상속에도 꽤 여러 종류가 있었다. 모든 자산과 부채를 상속받는 것 외에 자산 내에서 부채를 처분해야 하 는 한정상속. 우린 아쉽게도 두 가지 모두 진행할 수 있는 상황이 아니어서 모든 상속에 대한 권리를 포기하였다. 행정적인 것들은 비 교적 그렇게 쉽게 정리가 되어갔다.

하지만 남아있던 아버지의 사무실, 또 그 안에 아버지가 오랫동 안 사용해 오셨던 집기들. 어느 하나 필요하진 않지만 또 어느 하나 쉽게 버릴 수 있는 것은 없었다. 우연히 발견한 종이 메모 하나에도 아버지 글씨가 쓰여있으니, 원치 않게 의미가 부여되었다. '나중에 아버지 글씨가 필요한 때가 오진 않을까? 아버지 글씨를 보관해야 하지 않을까?' 그런 생각이 꼬리에 꼬리를 무니 정리는 무척이나 더 디게 진행될 수밖에 없었다.

좋은 점도 있었다. 꼼꼼히 정리해 두신 업무 사진들과 서류들을 보며 지나간 아버지의 시간을 상상할 수 있었다. 한편으론 그러한 시간들을 너무나도 가족들의 공감 없이 외롭게 보내셨을 것을 생각하니 꼭 머지않은 미래의 나의 모습이 보이는 것 같기도 했다.

정말 대부분의 것을 어쩔 수 없이 버려야 했다. 언제 쓸지도 모르는 낡은 집기들과 누구도 다시 찾아보지 않을 서류들은 아버지가 계시지 않는 이 세상에서 더 이상 존재 가치가 없었다. 사실 정리를 하며 나는 무언가를 아버지의 유품으로 간직하고 싶었다. 이를테면 반지나 시계, 고가의 것은 아니더라도 무언가 몸에 지닐 만한 것을 찾고 싶었다. 하지만 그렇게 할 만한 것이 없었다. 그러면서 문득 아버지가 돌아가시기 전에 병원에 온 내게 말씀하셨던 것이 기억났다. "손목시계 하나 사다 줘." 갑작스러운 말씀에 웬 손목시계가, 그것도 병원에 계신 와중에 필요하다고 하셨는지 도통 이해가 되질 않았다. 더욱이 한창 경제적으로 어려웠던 상황이었으니 시계라는 것은 당시 내 입장에서 바로 사 드릴 수 있는 것도 아니어서, 선뜻 대답하지 못하고, 곧 말끝을 흐렸었다. 지금에 와서야 퍼즐이 맞춰지는 것 같다.

아버지는 할아버지가 돌아가시고 난 후, 할아버지 유품을 찾기 위해 한참을 할아버지 방에 계셨다. 물론 일찌감치 방이 치워져 마땅한 것들을 발견하지 못했다고 굉장히 아쉬워하셨는데(너무 빠르게 정리한 할머니를 조금 원망하기도 했다), 아마 그때의 기억 때문에 내게 무언가를 남겨주기 위해 갑자기 시계를 떠올리신 것이 아닐까? 찾아보면 이미 갖고 계셨던 시계 하나쯤은 있을 법한데 자식들에게 남길 만한 것은 아니라고 생각했던 것 같다. 그런 생각이 동반되니 그때 시계를 사 드리지 못한 것이 참으로 후회스럽게 느껴졌다.

비록 시계도 반지도 없었지만, 그래도 꽤 의미 있는 몇 가지를 찾아 집으로 가져왔다. 우선 아버지가 사용하시던 책상 의자를 가져왔다. 무게가 꽤 나가 운반도 쉽지 않고, 이미 이곳저곳 연식이 느껴지는 것이었지만 사용하는 데는 전혀 불편함이 없었다. 무엇보다 이 의자에 아버지가 오랜 시간 앉아있었다는 사실만으로 가끔 아버지를 떠올리기 좋은 유품이라 생각했다.

그리고 몸에 지니고 다닐 만한 것도 찾아왔다. 바로 아버지의 명함이다. 이제는 그 누구도 사용하지 않을 명함이지만, 지갑에 넣고 다니면서 생각 날 때마다 꺼내도 보고, 때론 나를 바른길로 인도해 주지 않을까 하는 일종의 미신에 기대고자 하는 마음도 있었다.

아버지 사무실은 그렇게 가족들과 아버지의 친구분들의 도움으로 정리되었다. 하지만 사무실 정리만 마쳤을 뿐, 정작 집 안의 아버지 물건들은 손도 대지 못했다. 어떤 집들은 장례가 끝나면 고인의 유품들과 영정사진을 태우기도 한다는데, 어머니도 나와 동생도 그렇게 태워 없애는 것이 무슨 소용이 있겠나 싶었다. 그냥 시간이 흘러가면서 천천히 필요 없어질 때 버리고, 몇몇 옷가지들은 내가 가져다 입기도 하고, 우리 가족 나름대로의 방식으로 남은 유품들을 정리하였다.

수년이 지난 지금도 정리는 계속되고 있는데, 가끔 어떤 물건에 얽힌 이야기가 기억나면 함께 울고 또 웃으며 잠시 동안 대화를 나눌 소재가 되기도 하니, 어쩌면 이런 소재가 될 수 있는 아버지의 물건들이 정작 우리에게 가장 중요했던 유산이 아닐까?

13년

생활비를 벌기 위해 마음에 들지 않는 회사임에도 버텨야만 했다. 내 기준에선 그것이 가장으로서 최소한의 책임이었다. 일련의 기억들로 더 이상 대면하고 싶지 않은 지사장 때문인지는 모르겠지만, 점차 더 이상 이 회사에 다닐 수 없을 것 같음을 직감하고 있었다. 그런 마음을 품고 있으니 하는 일은 점점 형식적으로 변하고 머릿속은 다음 직장에 대한 고민으로 가득해져 갔다. 어디를 가야 나를 필요로 할까?

지난번처럼 내 의지와 관계없이 강제로 쉬는 시간을 갖고 싶진 않았다. 그럴 생활적 여유도 사실 없었다. 의외로 해답은 생각지 못한 곳에서 나왔다. "사업을 해봐."라는 처형의 남편, 그러니까 내게는 형님의 말. 여러모로 많은 조언을 구하고 있어 그날도 어김없이 자초지종을 설명하고 나의 고민을 상담하고 있었다. 그날 하루만이 아니라 그 전에도, 또 그 전에도 나의 상황을 인지하고 계셨던 분인데다. 가끔 내가 이런저런 사업적 아이템을 논할 때면 적극적으로 해보길 권했다.

늘 비슷한 맥락의 대화를 이어갔는데 그날은 다른 여느 날들과 조금 달랐다. 형님의 말이나 방향이 달라진 것은 아니었지만, 아마도 내가 처한 상황이 달라져서인지, 머리가 조금 더 빨리 회전하는 느낌이 들면서 사업을 시작해야만 한다는 강력한 추진력이 생겼다.

너무나도 갑작스러운 시작일 수 있었지만, 시작이 반이라 했다. '그래, 해보자'는 결심을 하고 나니, 해야 할 것들을 쉽게 계획해 나갈 수 있었다. 우선 싫더라도 당분간은 직장에 다니며, 사업을 준비하면서도 경제적으로 불안하지 않을 수 있도록 하는 것이 중요했다. 물론 언젠가 그만둘 직장이지만, 최대한 경제적 이점을 활용하겠다는 이기적인 마음을 먹었다. 그리고 내가 하려는 사업 아이템의 특성상 홍보가 가장 중요한 부분이라 생전 경험도 없는 홈페이지를 만들기로 계획했다. 사업을 한다고 갑자기 재정형편이 좋아지진 않는다. 없는 상황에 굳이 남들에게 의지하여 홈페이지를 위한 비용을 들이기보단 내가 직접 홈페이지를 만들 수 있도록 관련된 공부를 시작했다.

계획했다 흐지부지되는 경우가 얼마나 많은가? 절대로 뒤돌아보거나 다시 안일한 마음으로 결정을 번복하지 않을 수 있도록 일단 무언가 시작점을 만드는 것이 중요했는데, 내게는 그 시작점이 관할 세무서에 개인사업자로 등록하는 것이었다. 등록하면서도 한편으론 내가 사업을 한다는 것이 회사에 알려지면 준비도 없이 그만두게 되진 않을까? 아직 벌리지도 않은 사업 수익을 생각하며, 이 수익이 직장 내 연말 정산 신고에 문제가 되진 않을까? 시작도 하기 전에 쓸데없는 고민들이 꼬리에 꼬리를 물었지만, 그 시작점으로 하여금 혹시 모를 돌아가려는 마음의 싹을 자르고 싶었다.

이런 준비를 하는 내 의지가 다른 사람들에게도 비쳤을까? 그 무렵 지사장과 꽤 크게 언성을 높여 다툰 일이 있었다. 상사와의 다툼이라는 표현 자체가 누군가에게는 건방지게 들릴 수도 있겠지만, 당시 내가 다니던 유럽 회사의 특성상 수평적인 체계와 더욱이 말다툼의 근원이 내가 아닌 것을 감안하면 충분히 다툼으로 표현하는 것이 맞을 것 같다. 본래 지사장은 본인 계획을 말하고 다니는 성격이 아니며, 기분이 좋지 않으면 회사 내 어느 누구와도 대화를 하지 않는다. 다툼이 있던 그날도 그렇게 기분이 좋지 않은 상태로 오후에 외근을 나갔다.

보통 외근을 나가면 직원들은 퇴근 시간이 지나도 지사장을 기다려야만 하는 이상한 문화가 자리 잡고 있었다. 과거의 어느 날 지사장이 외근 중인 상황에 연락이 되지 않아 결국 퇴근 시간이 꽤 지나고 나서 직원들이 퇴근했다. 이후 바로 다음 날부터 온갖 것으로 트집을 잡으며 괴롭히고, 괴롭힘에 마지막엔 왜 본인이 퇴근하라고 지시하지 않았는데 퇴근했냐고 묻는 일이 발생하면서 직원들에겐 퇴근의 전제 조건이 곧 지사장의 퇴근 허락이 되었다. 그 날이 딱 그랬다. 퇴근 시간이 지났는데도 불구하고 아무도 퇴근할 수 없는, 업무가 많았기 때문이 아닌 지사장의 연락이 없어 마냥 기다려야만 하는 상황. 결국 다른 직원들을 대신해 내가 대표로 연락을 했다.

처음에는 메신저로 퇴근해도 되겠냐는 연락을 했는데, 읽기만 하고 답변은 하지 않았다. 지금 생각해 봐도 참으로 이 사람은 직원들을 괴롭히는 데는 타고 난 것 같다. 다시 전화를 하여 업무적인 보고를 하고, 퇴근해도 되겠냐 물으니 대뜸 내게 말한다. "직장 상사에게 그렇게밖에 말을 못하나?" 주위의 모든 직원들이 퇴근 허락을 받기 위해 내 전화기만 보고 있었던 터라, 모두가 지사장의 말을 함께 듣고 곧 당황할 수밖에 없었다. 몇 번을 생각해도 내가 무슨 말을 어떻게 기분 나쁘게 했는지 알 수가 없었고, 같이 듣던 사람들도 어안이 벙벙한 채 나를 바라볼 뿐이었다.

순간 주위 동료들에게 당황한 모습을 보인 것이 부끄러워지며 분노가 치밀어 올랐다. 결국 전화기에 대고 소리를 질렀다. "제가 무엇을 잘못했습니까?" 내 분노에 당황한 지사장은 한숨을 쉬며 내일 얘기하자고 한다. 그 말에 다시 버럭 하며, "지금 집에 가시죠? 제가 집으로 찾아가죠. 한번 보시죠."라며 씩씩거렸다. 물론 나와 대면하는 것이 불편했을 테니, 말미에는 본인이 목소리를 낮추고 피하듯이 전화를 끊었다.

아나 다를까 다음 날부터 온갖 것으로 트집을 잡다 못해, 나를 마주할 일도 만들지 않고, 마주해야 할 업무적인 일이 있으면 굳이 다른 직원을 통해 보고를 받으려 했다. 정말 사람 피를 말리는 데는 천부적인 재능이 있는 것 같다. 그렇게 서로 대화 없이 한 이틀 정도 지났을까? 더 이상 피할 수 없다고 생각하여 지사장을 대면했고, 끊임없이 내게 사과를 요구했다. 본인이 무엇을 잘못했는지, 왜 그랬는지에 대한 설명은 일절 없었고, 내가 소리친 부분에 대해서만 사과를 요구했다. 평소 같았으면 사과를 하고 말도 안 되는 사유서를 써야 했겠지만 더 이상 그러고 싶지 않았고, 나는 지사장이 먼저 왜 그렇게 행동했는지에 대한 얘기를 해주지 않는다면 나 역시 먼저 사과할 수 없다고 잘라 말했다.

그 후로 며칠간 지사장은 나에 대한 처분을 아시아 총괄 사장과 의논하는 듯했고, 곧 내게 알려 왔다. "이젠 나가줬으면 좋겠어." 내가 사과를 하지 않았던 시점부터 충분히 예상 가능한 부분이었고, 사업을 계획하고 있었으니 큰 아쉬움조차 없었는데도 불구하고, 난 생처음 한 사람으로 인해 회사에서 내쳐지는 기분을 느껴야 했다. 더욱이 잘못이 많은 저 사람은 아무런 문제가 없이 다닐 것을 생각하니 피가 거꾸로 솟는 느낌이었다. 그래도 어쩌겠는가? 그렇게 나는 불명예스럽게 내 마지막 월급쟁이 생활을 마치게 되었다.

13년이었다. 직장 생활을 한 지 13년. 내 의지와 상관없이 2달 논 것을 제외하고는 정말 단 하루도 빠짐없이 어딘가에 소속되어 맡은 업무에 충실했다. 물론 마무리 역시 이런 방식이 아니었더라면 더할 나위 없이 좋았겠지만 난 여전히 떳떳했고, 사실 어느 정도 오기도 생겼다. 내가 꼭 성공해서 당신을 납작하게 만들어 주리라. 이후 운이 좋게 먼저 요구하지도 않았는데, 회사에서는 2달 치 월급을 제시했다. 이 역시 불명예스러운 해고수당에 가까웠지만, 마다할 이유는 없었다.

그렇게 나는 완벽하게 또 다른 사회에서 걸음마를 시작했다. 이제는 월급이라는 것이 없는, 뉴스에서 늘상 듣던 여러 자영업자 중 한 사람이 되었다. 내가 직접 뛰어서 벌어야 나와 내 가족의 생계를 책임질 수 있는 그런 자영업자 말이다. 사업을 시작했다고 당장 바쁠 리가 만무했다. 불러주는 곳도, 찾아갈 곳도 없었다. 그럼에도 앞서 경험했던 실업 기간과 다른 것이 하나 있다면 내 사업을 위해 무언가 해야 할 일은 끊임이 없었다. 그리고 돈이 되지 않는 그 끊임없는 일들이 언젠가는 내 소중한 자산이 될 것으로 믿어 의심치 않았다. 한마디로 자신은 있었다.

돈 안 들이고 사업 시작하기

잠시 내 사업 아이템에 대해 설명하자면 다년간의 경험을 바탕으로 얻은 지식을 다른 회사에 제공하는 것. 그리고 필요하다면 관련 업무를 대행해 주는 역할이라고 할 수 있으니, 즉 컨설팅업이다.

창업을 시작한 초창기에는 갈 곳 없고, 찾아주는 이는 없어도 나름 꿈에 부풀어 있었다. 어차피 시작부터 바로 영업을 할 것은 아니었기에 당장 혼자 컴퓨터 작업을 할 수 있는 공간만 있으면 어디든 사무실이 될 수 있었다. 당시 나의 하루 일과는 적당한 스터디 카페를 찾아 오전 내내 홈페이지에 들어갈 내용을 구상하고 만드는 작업이었다. 그러다 또 적당히 점심을 때우고 나면 무작정 관련 기업들을 온라인에서 찾아 회사 소개서를 보낸 후 간간이 오는 전화를 받았다.

지금 생각해 보면 참 무모한 행동이었다. 어느 누가 홈페이지도 없고, 실적도 없는 생초보 사장에게 일감을 주겠는가? 물론 그중 이미 전 직장을 통해 알고 있던 기업들도 있었지만, 그들도 내 전 직장에서의 직책과 직무가 중요했을 뿐이지, 당시 상황에서 내게는 전화 연결조차 쉽지 않은 매우 높은 곳에 계시는 '바이어님'일 뿐이었다.

사업을 시작하고 거의 두 달이 지났을 때, 비로소 난생처음 만든 홈페이지를 운영할 수 있게 되었다. 대단한 홈페이지는 아니었지만, 내게는 완성하기까지 정말로 쉽지 않았다. 홈페이지라는 것 자체를 만들어 본 적도, 운영해 본 적도 없던 내가 유튜브와 온라인 자료에 기대어 스스로 만든다는 것 자체로 내게는 도전이었고, 사업 시작부터 그 도전에 직면하여 이겨낸 것이니 그 성취감이 대단했다. 홈페이지는 또한 그 이상의 의미가 있었다. 요즘 같은 온라인 시대에 이제야 제대로 된 영업을 할 수 있는 발판을 마련한 것과 다르지 않았다. 주저리주저리 회사를 소개하는 것이 아닌, 회사 홈페이지 주소나 연결된 QR 코드 하나만 전달해도 무엇을 하는 회사인지 알게 할 수 있었으니 그때는 정말 만나는 사람마다 홈페이지를 들어가 보게 하려고 했었다(물론 대다수는 시큰둥했다). 그 홈페이지 하나로 나는 꽤 큰 동력을 얻은 것만 같았다. 물론 다 만들고 나니 끊임없이 수정해야 했고, 애초에 영문으로 만든 터라 한국 고객사를 위해 다시 한글 버전을 만들어야 했다(이 작업이 쉽지 않아 꽤 고생하다가 결국엔 홈페이지 제작 유료 tool을 활용하여, 매달 13,000원가량의 금액으로 자동 한글 번역판을 얻을 수 있었다).

비록 사무실도 갖춰지지 않은 1인 기업이었지만 홈페이지만 보면 꽤 그럴싸한 기업으로 보일 수 있었고, 적어도 내가 고객사의 돈을 받고 도망가지는 않겠다는 믿음을 줄 수 있을 거라고 생각했다.

이제 영업만 하면, 돈만 벌면 되는데 모든 것이 계획대로 흘러만 가면 얼마나 좋을까? 홈페이지를 만들고, 열심히 홍보해도 연락 오는 곳은 없고 점점 초조해지기만 했다. 정확히 사업을 시작한 지 3개월, 홈페이지를 연 지 한 달이 지난 시점까지도 난 단 1건의 계약조차 성사시킬 수 없었다. 버팀목이었던 퇴직금이 점차 줄어가자 급기야 나중에는 아르바이트 자리라도 구하려 여러 어플을 기웃거리는 것이 일과 중의 하나가 되었을 정도였다.

피가 마르는 것 같았던 그 3개월, 어쩌면 무분별하게 정크메일로 분류되었을 나의 회사 소개서. 그렇게 기계적으로 행했던 일들이 영양가는 많이 없었을지 모르지만, 그래도 나름대로 씨를 뿌리는 것에는 성공했다고 생각한다. 정확하게 3개월이 지나고부터 무언가 진행이 될 법한 연락들이 오기 시작했다. 그리고 곧 첫 매출 150만 원의 계약을 성사시켰다.

자영업자의 숙명

사업을 시작하며 나에게 성공이란 월 300만 원을 버는 것이었다. '300만 원만 벌면 나머지 생활비는 어떻게 해서라도 추가로 조달할 수 있지 않을까?'라는 생각이었다. 한 달 생활비도 안 되는 금액이었지만, 기회가 쉽사리 주어지지 않는 개인사업자에게는 그 정도도 과분했다.

사업을 시작하고 150만 원의 첫 계약을 성사하고 나니, 또다시 한동안 연락이 없었다. 아니 연락은 많아졌지만 실제로 계약이 되는 경우가 없었다. 아무리 원인을 찾고 또 찾아보아도 경험 없는 초짜 사장은 마음만 조급할 뿐 마땅한 해결책도 찾지 못했다.

지금은 명확하게 말할 수 있다. 그때는 그냥 기다려야 했던 시간이었다고. 씨를 뿌리다 보면 싹이 트고 줄기가 올라오기까지 시간이 걸린다. 필수적으로 필요한 시간이 있었는데, 당시에는 매 순간순간이 초조하기만 했다. '당장 다음 달 생활비는 어떻게 충당하지? 와이프에게 뭐라고 말하지?' 생활비를 마련하지 못한 자영업자의 이 비참한 고민은 월급을 받고 있는 사람들은 감히 상상조차 할 수 없는 두려움이다.

첫 수익 창출 이후, 두어 달이 지나니 비로소 줄기가 올라오는 것 같은 느낌. 계약이 체결되기 시작했다. 한 건도 아닌 여러 건이. 금세 월 천만 원 이상의 매출이 만들어졌다. '나도 이젠 벌 수 있구나!' 하는 자신감으로 충만할 수밖에 없었다.

나를 비롯한 많은 자영업자의 목표가 월 천만 원의 수익이다. 나는 당시 매출 천만 원 정도였으니 수익은 당연히 그보다 적었지만, 그래도 꽤 기념비적인 순간으로 느껴질 수밖에 없었다. '이렇게만 유지된다면 내게도 천만 원의 수익이 허상은 아니겠구나.' 사업을 시작하면서 일정 시간이 지나 기존에 받던 월급보다 더 많은 돈을 벌게 되면 어떤 것들을 할지 계획했었다. 집도 이사하고, 차도 바꾸고 싶었고, 와이프와 아이들에게도 더 좋은 것만 해주고 싶었다. 그런데 막상 그런 순간이 오니 무엇 하나 쉽게 선택할 수가 없었다.

주변에 내 기준에서 몇몇 성공한 사업가들이 있는데 나는 그들이 참 인색하다고 생각했었다. 술값 한번을 편히 내지 않고, 그렇게 차를 좋아한다면서도 쉽게 바꾸지 못했다. 늘 궁금했다. '저렇게 돈을 잘 버는데 왜 바꾸지 못할까? 내가 저런 상황이라면 충분히 하고 싶은 것을 마음껏 할 수 있을 텐데.' 결론적으로 말하면 나도 다르지 않았다. 이번 달에 잘 벌었다는 것이 다음 달에도 잘 벌 수 있다는 것을 의미하는 것이 아니었으니, 만약 다음 달 수입이 0원이 되면 아무리 이번 달에 천만 원을 벌어도 500만 원만 가용할 수 있다. 운이 좋지 않아 그다음 달에도 또 0원을 번다면 나는 이번 달에 333만 원만 가용할 수 있게 된다. 그런 식으로 그다음 달에도 0원이면 250만 원, 200만 원 계속 줄어들 것을 염려해야 하는, 일종의 자영업자의 숙명을 깨닫게 되었던 것이다.

우려가 현실로 바뀌는 것도 오래 걸리지 않았다. 한동안 잘 되다가 또 안 좋다가. 그렇게 등락이 있는 것이 초보 사장이 놓인 현실이었고, 앞으로 좋지 않을 수 있는 것을 대비해 늘 긴장을 놓지 않고 생활해야 하는 것이 점차 일상이 되었다. 한 달을 30일로 놓고 봐서 기분 좋은 날은 사실 많지 않다. 계약이 체결되어야 기분이 좋은데, 대부분은 그런 이벤트 없이 지나가고 있으니 말이다. 계약이 체결되어도 돈이 들어온 그 순간, 잠깐의 기쁨만 느낄 수 있을 뿐이다. 이내 들어온 돈은 머리에서 사라지고, 곧 다가올 지출과 불확실한 미래만 더 가깝게 느껴졌다.

그렇게 나는 샐러리맨에서 자영업자로 서서히 변해가고 있었고, 이러한 불안감을 계속 느껴야 하는 숙명은 자영업을 하는 동안에는 절대로 뗄 수 없는 것임을 알게 되었다.

아버지의 어머니

악화되는 코로나 때문인지 무더운 날씨 때문인지 매출도 잘 늘지 않는 지루한 일상이 반복되고 있었다. 그렇다고 또 일이 없는 것은 아니었다. 엄밀히 말하면 돈이 되지 않는 일들만 많아지고 있던 그런 여러 날 중 하루. 지루했던 나를 긴장하게 만드는 전화를 받게 되었다.

오랜만에 어머니의 연락이었다. 늘 그렇듯 어머니가 직접 연락을 하신다는 것은 대부분 좋지 않은 일이 벌어졌거나 아니면 발생 징후가 있을 경우가 많다. 이번에도 나의 긴장은 현실이 되었다. 갑작스러운 할머니의 암 소식. 그런데 어머니조차 전화로만 전달받은 소식이다 보니 정확한 상황을 알기 위해서는 고모에게 다시 연락을 해야 했다.

참고로 우리 고모는 아버지의 막냇동생으로 나와 띠동갑이며, 할아버지 할머니의 늦둥이로 미모가 출중하여 늘 우리 집안의 자랑거리였다. 어쨌든 언젠가부터 고모에게 직접 연락하는 경우가 잦아졌다. 대부분 집안의 일, 특히나 할머니의 일로 연락할 때가 많은데, 본래 아버지께서 할머니를 많이 신경 쓰셨으니 아버지가 계실 때는 고모에게 직접 연락할 일이 많지 않았다. 하지만 더 이상 그럴 수가 없으니 이젠 고모가 아버지 대신 여러 가지를 챙긴다. 아마도 이런 고모의 모습은 어디엔가 선가 지켜보고 있을 우리 아버지에게 여전한 자랑거리가 아닐까?

고모에게 연락하여 무슨 영문인지 확인을 하였다. 분명 소화가 안 된다고 하셔서 병원에 가셨는데, 갑자기 간암인 것 같다는 꽤 뜬금없는, 그것도 이미 4기일 것이라는 충격적인 이야기를 들었다는 것이다. CT를 찍은 것도 아닌데 어떻게 진단이 되었을까? 내심 피검사로 염증 수치가 높아져서 그런 것일까 등 짧은 지식으로 이리저리 머리를 굴렸다. 전화로 이런저런 대화를 하다 다음 날 바로 고모가 할머니를 모시고 큰 병원에 가 다시 검사한 후 연락을 준다고 하니, 일단 기다리기로 했다.

그런데 그다음 날은 그해 처음으로 아이들을 수영장에 데리고 가는 날이었다. 할머니께서 위중하실 수 있는 상황에 수영장을 가는 손자라니. 발걸음이 안 떨어질 것 같았고, 비도 많이 온다고 하니 취소하고 싶었다. 그러나 한 해의 첫 수영장을, 더욱이 수일 전부터 너무도 기대하고 있는 아이들에게 차마 가지 말자는 말을 할 수가 없었다. 결국 그렇게 대충 짐을 꾸리고 수영장에 가게 되었는데, 언제 고모에게 전화가 올까 온 신경이 전화로 가 있었다. 더욱이 고모 입장에서 전화를 받았는데 수영장의 노랫소리와 아이들의 웃음 소리가 새어 들어간다면 얼마나 실망스러울까 하는 걱정도 있었다.

사실 할머니의 병환에 걱정되고 슬프지만, 이미 아버지가 가신 길이라 그럴까? 무언가 초연할 뿐, 크게 동요되진 않았다. 그래서인지 더욱 나의 이런 마음을 들키고 싶지 않은 상황에서 수영장의 소음이 고모에게는 얼마나 불편하고 서운할 수 있을까 하는 생각이 떠나지 않았다.

한참을 기다려도 연락이 오지 않자, 회사 일 때문에 전화를 하기 위해 수영장 밖으로 나왔다가 들어가기 전에 고모에게 연락을 했다. 상황이 여의치 않은지 전화를 끊고 곧 카톡으로 상황을 전달받았는데, 여러 정황상 할머니의 상태가 좋지 않음을 알 수 있었다. 고령의 연세인 할머니가 아서서 좋을 것이 없다는 판단에 가족들은 일단 할머니에게는 비밀로 하고, 나중에 확실한 치료 방향이 결정되면 그때 알리기로 했다.

기수가 높은 암. 전이가 이미 몇 군데 이상 된 상황에서 수술도 의미가 없다. 그렇다면 아버지 때와 마찬가지로 항암을 먼저 해야 하는데, 그마저도 몇 개월의 여명을 늘릴 수 있을 뿐 완치의 희망은 없다는 것이 의사의 소견이었다. 이런 상황에 과연 항암을 하는 것이 맞는가?

아버지를 위암으로 보냈고, 이젠 할머니도 암이 발병된 상황. 후에 내가 이 상황에 놓일 확률도 점점 높아졌다. 나라면 어떻게 할까? 나는 끊임없이 주위에 말하곤 한다. 선 항암은 하지 않을 것이라고. 수술이 불가하여 암 사이즈를 줄이겠다는 희망으로 시작되는 선 항암. 물론 잘 되는 경우도 있으나 항암의 부작용이란 생명을 앗아가진 않아도 삶을 빼앗아 버린다는 것을 이미 너무 잘 알고 있으니까. 그러나 슬픔에 지쳐있는 고모를 보며, 할머니의 연장될 수 있는 삶의 기회조차 포기하자고 할 용기는 없었다.

할머니는 삶의 마지막을 받아들일 준비가 되셨을까? 누군가 이제 치료를 위해 말씀을 드려야 하는데, 과연 덤덤하게 설명을 할 수 있고, 할머니 또한 받아들일 수 있을까? 나는 할머니에게 어떤 말씀을 드려야 할까? 눈물을 흘리지 않고 의젓하게 걱정하지 마시라는 말을 할 수 있을까? 생각의 생각이 꼬리를 문다.

어릴 적 빚쟁이들을 피해 집전화를 받지 않던 것이 기억난다. 누구에게 오는 연락인지 모르는 게 상책이었고 그렇게 교육받았으니까. 가끔은 받고 싶지 않은 연락을 피할 수 있었던 그때가 그립다. 그런데 이젠 그럴 수가 없다. 누가 연락하는지 전화도 받기 전에 알게 되고, 전화가 되지 않아도 전달받을 방법이 너무 많다. 아버지에 이어 다시 또 기적을 바라야 하는 순간이 오다니. 언제 맞닥뜨려도 적응되지 않을 이 상황. 하지만 피할 수도 없고 즐길 수도 없는 이 악랄한 시간. 그런 시간이 또 오고 말았다.

처분

　사업을 시작하고 나서 가장 좋은 점은 '자유'이다. 시간을 혼자 통제하니 효율적으로 배분할 수 있고, 솔직히 놀 시간도 많다. 반대로 가장 힘든 점은 딱 한 가지가 있는데, 이는 앞서 언급한 모든 장점을 다 상쇄할 수 있는 것으로 바로 '불안정성'이다. 수익의 불안정성에서 시작되는 불안함 그리고 두려움. 아무리 자유롭더라도 결코 자유로움을 온전히 즐길 수 없게 하는 일종의 저주와도 같다.

　사업을 시작한 지 1년 6개월 정도 되었을까? 당연히 그 전에도 우여곡절이 많았지만, 복합적인 여러 요인으로 또다시 수익 창출이 잘 되지 않던 시기였다. 하루 살이 내지는 한 달 살이 마냥, 겨우겨우 생활비를 충당하던 한 가정의 가장.
　가끔 돈이 좀 벌리는 달에는 그래도 자산의 분배라는 명목으로 나름의 투자라는 것을 한다. 굉장히 소액이기는 하나 주식도 하고, 펀드도 하고, 코인에도 투자한 적이 있다. 하지만 안타깝게도 그 투자는 오래가지 못한다. 보통 여유자금으로 투자하라고 하는데, 나의 여유자금이란 생활비가 바닥나면 언제든지 빼서 써야 하는 자금이다 보니 오래 할 수가 없었다.
　이 시기에도 그러했다. 대단히 호화스러운 생활을 하는 것도 아니고, 좋은 차에 좋은 집을 갖고 있지도 않은데, 이상하게 다달이 들어가는 생활비는 버겁기만 하다. 그 무렵 가끔 직장 생활이 그리워지기도 했다. '계속 회사에 다녔다면 이렇게 아등바등 살고 있지는 않을 텐데.'라는 푸념을 하며.

그렇다고 다시 돌아갈 계획도 없다. 나름 현실에 만족하며 사는 지금, 가끔 어려움이 닥치기는 하지만 그래도 잘 헤쳐 나갈 수 있다는 자신감이 있다. 근거 없는 자신감으로 보일 수 있지만, 경험을 통해 이미 더 한 것도 학습이 되었다고 생각한다. 이런 내 자신감은 오래전부터 여러 어려움에 직면했던 부모님을 통해 조기교육이 된 것이 아닐까 생각해 본다.

나보다 먼저 결혼한 친한 친구 녀석이 언젠가 내게 조언을 해준 적이 있다. 결혼 초창기, 아이도 있어 갑자기 돈이 많이 들어가던 시기에 푸념만 늘어놓고 있던 내게 친구는 "우선 너의 것 중 팔릴 만한 것을 찾아봐. 그래서 1차로 처분을 하고 그래도 해결이 안 되면 그땐 가족 공동의 것 중 처분할 것을 찾아. 그러다 안 되면 차, 마지막으로 집, 이 순으로 처분하면 어떻게든 해결은 돼."

그 친구는 막둥이로 자라 유독 어린 티가 많이 나던, 속된 말로 철이 안 들어 보였던 녀석이었다. 그런데 결혼하고 난 뒤, 저 말을 해주던 놈의 모습은 기존에 내가 알고 있던 녀석이 아니었다. 이미 경험한 사람만이 할 수 있는 진정성 가득한 말. 가끔 금전적으로 어려움에 닥치면 친구의 그 말을 되짚어 볼 때가 있다. 녀석이 보면 기억을 못 하거나 기겁하며 웃을지도 모르겠다. 하지만 당시 내게는 신선한 충격과 동시에 어찌 되었든 나아가야 할 방향을 제시해 주었던 유일한 주변인이었다.

'그래, 까짓거 안 되면 보험으로 대출이라도 알아보고, 그래도 안 되면 해지하고. 또 그래도 안 되면 아이들 금반지라도 팔까? 그래도 부족하면 집으로 대출을 받든 아니면 집을 팔아서라도 해결하면 되겠지?' 감사하게도 아직까지 이러한 계획을 실행에 옮긴 적은 없었지만, 앞으로도 없으리라는 장담은 할 수 없다.

2년간 준비했던 청약 예금을 해지하고, 2달간 모았던 소액의 주식도 처분했다. 그렇게 나는 이번 달을 버티기 위해 '내 것'을 처분하는 것으로 해결한 듯하다. 물론 다음 달 이맘때가 되면 또 어떻게 될지 모르겠지만, 겨우겨우 이번 달에 나가야 할 생활비를 다 모은 지금. 적어도 다음 달 다시 돈이 빠져나가기 전까지 약 2주 정도는 심리적 여유를 가질 수 있다. 2주 안에 많은 돈이 벌리길 바라며, 오늘도 친구 녀석의 어른스러웠던 그 말은 다시 한번 내게 조금의 심리적 여유를 되찾아준다.

흙 대파와 깐 대파

소호사무실이라는 것을 알아보았다. 1인 기업인 내 경우에 사무실을 둔다는 것은 어떻게 생각해도 사치였고, 그나마 금액적으로 접근이 가능하고 트렌디한 공유 오피스의 소호사무실이 눈에 들어왔다. 창문도 안 달린 독서실 책상이 들어가 있는 공간이 월 30만 원. 같은 공간에 창문이 있는 방은 최소 50만 원이었다. 결국 그 비용조차 내게는 쉬운 비용이 아님을 인지한 순간, 우리 집 컴퓨터 방은 내 사무실이 되었다.

집에서 업무를 보면 의외로 여러 가지 장점이 많다. 일단 동선이 많이 줄고, 가족과 함께할 시간이 많아지며, 점심 식사 비용도 아낄 수 있다. 물론 단점도 많다. 너무 많아 모두 열거하진 않겠다. 그 중 장점과 단점의 경계에 있는 애매한 부분들도 있다. 우리 집은 가사 분담이 꽤 확실한 편인데, 준 결벽증을 갖고 있는 와이프는 청소와 빨래, 설거지를 맡고, 꽤 오랜 자취 생활을 했던 내가 요리와 화장실 청소를 맡는다. 그러다 보니 자연스레 장을 보는 것도 내 가사 업무 중 하나인데, 집에서 회사 업무를 보다 가도 배달시킨 식재료가 오면 갑자기 주부로 변신하게 된다.

어느 날 여느 때와 같이 집에서 업무를 보다 배달로 주문한 것이 도착했다. 아이들 간식거리, 찬거리, 늘 떨어지면 안 되는 우유와 계란 등. 그날도 어김없이 주부로 변해 식재료를 정리하고 있었는데, 늘 나를 시험에 들게 하는 식재료가 있었으니, 바로 흙 대파(까지 않은 파)이다.

회사 생활을 할 때는 요리에 시간을 많이 들이려 하지 않았다. 당연히 그럴 수도 없었으며, 정신없이 차리고 먹고 치우기 바빴다. 지금은 아니지만, 아이들이 매운 것을 먹지 못할 때는 국이나 찌개를 끓여도 2가지 버전으로 끓여야 했다. 그러니 치우고 정리하고 다시 자고, 가끔 운동이라도 하려면 정말이지 빠듯하게 시간을 소모해야만 정해진 시각에 취침을 해 다음 날 지장을 주지 않을 수 있었다. 당연히 식재료를 구매할 때도 무조건 손질된 것 위주로, 깐 것 위주로 구매하는 것이 일반적이었다. 그러다 보면 특히 대파의 경우 가끔 상태가 좋지 않은 것이 배달되어 어쩔 수 없이 몰아서 이곳저곳에 넣어 빨리 소진해야 하기도 했다. 하지만 집에서 근무하면서는 그럴 필요가 없었다. 여유 있게 식재료를 손질하기도 하고, 오래 끓여야 하는 보쌈이나 수육 같은 것도 꽤 자주 해 먹을 수 있다.

그래서 대파도 지금은 더 저렴하지만 손이 많이 가야 하는 흙이 묻어있는 흙 대파를 구매하는 편이다. 흙 대파는 진짜 생각보다 손질하는 데 시간이 많이 걸린다. 중간중간 흙 묻은 것들을 제거해야 하고, 뿌리 상태가 좋으면 가끔은 뿌리만 따로 잘라, 말린 후 국물 재료로 사용하기 위해 얼려놓기도 한다. 그리고 너무 시들거나 상처난 부분은 그날 사용할 수 있게 손질하거나 그렇지 않으면 아예 버리기도 한다. 그러니 가끔은 양이 너무 많이 오면 반갑지 않을 때가 있다. 하나하나 뿌리를 자르고, 흙을 씻어 내고, 파 통에 들어갈 수 있는 사이즈로 잘라 한쪽에 모아 물기를 말려야 했다.

한참 흙을 씻어 내는데, 갑자기 현실을 자각하는 내 모습을 발견한 날이 있었다. '나는 지금 왜 이러고 있을까?', '왜 나는 파를 버리지 않기 위해 이렇게 치밀하게 칼질을 하고 있나', '그냥 깐 파를 샀다면 편했을 텐데.' 등등 수많은 잡생각이 지나간다. 깐 파의 체감상 가격은 흙 대파의 두 배 정도이다. 가격은 사실 1.5배 정도인데, 양이 훨씬 적기 때문에 더더욱 그렇다. 그렇다고 파가 만 원이 넘는 고가의 채소도 아닌데, 결과적으로 나는 1~2천 원 차이에 왜 이렇게 얽매여서 손질을 하고 있는 것일까?

남녀의 일을 구분하고 싶진 않지만, 가끔은 내가 주로 음식을 하게 된 것이 정말 잘한 일일까 싶을 때가 있다. 파의 가격을 아는 남자. 우유를 살 때 동네 마트 중 어디가 조금이라도 저렴한지 아는 남자. 고기의 100g당 가격을 알고 있는 남자. 물론 나의 여러 모습 중 하나일 뿐이지만, 가끔 이러한 주부의 모습과 회사를 운영하는 나의 모습이 충돌할 때가 있다. 밖에서 음식을 먹을 때도 대충 원가 계산이 되어 버리는 나의 Data base. 그러다 보니 정말 밖에서 먹어야 하는 메뉴가 아니라면 집에서 해결하고 싶은 절약 욕구. 그런 부분을 다른 직원이나 사람들에게 강요하고 있는 나의 모습.

이런 쪼잔해 보이는 모습 외에 분명 내게도 멋진 모습이 있다. Client를 만나 멋지게 프레젠테이션을 하기도 하고, 때로는 영어로 유창하게 발표를 하여 박수를 받을 때도 있다. 하지만 절약 욕구를 내세우는 주부와 멋진 대표의 모습은 참으로 조화되지 않으며, 그 둘의 모습을 다 알고 있는 사람들은 거의 없다 보니, 스스로 그러한 이해가 충돌될 때는 가끔 짧은 고민에 잠길 때도 있다. 그나마 다행인 것은 그래도 최대한 티를 내지 않으려고 노력한다.

물론 이 글을 쓰고 난 후라도 바뀔 것은 없다. 난 또 흙 대파를 사고 손질을 하며 일명 현타를 겪고, 남의 돈으로 술을 마시면서도 비싼 영수증을 걱정할 것이다. 하지만 이렇게 글로 정리하고 나니, 조금은 덜 신경 쓰고 살 수 있지 않을까? 아니 돈을 많이 벌어야 괜찮아질까?

앞집 아저씨

집 앞에서 마주치면 늘 반갑게 웃어주시는 앞집 아저씨. 이미 고등학생 딸을 키우고 계셨던 터라 우리 딸아이들을 보실 때면 그렇게 사랑스러운 눈빛을 보이시곤 했다. 가끔 세워져 있는 아저씨의 흰색 트럭을 보면 꽤 힘들어 보이는 공사현장 일을 하고 계심을 직감할 수 있었는데, 그런 아저씨는 유독 술을 좋아하시는 듯했다. 어쩌다 길에서 마주쳐도 늘 "대포 한잔합시다."라며 친근하게 말을 걸어 주시던 아저씨. 몇 가구 살지도 않는 이 빌라에서 내가 유일하게 웃으며 인사를 건넬 수 있는 분이기도 하다. 그런 아저씨가 한동안 보이지 않았다. '장기간 지방으로 일을 가셨을까? 아니면 어디 아프시기라도 한가?'

근 1년이 지나서야 우연히 집 앞에서 다시 마주치게 되었다. "아저씨, 오랜만이에요."라고 인사를 건넨 후 근황을 여쭤보려는 찰나, 아저씨의 변화된 모습이 눈에 들어왔다. 풍채가 있으신 편이었는데 내가 기억하던 풍채는 없었고, 많이 말라 보이셨던 아저씨. 게다가 낯빛이 흐린 모습을 뵙고 나니, 딱 한 사람이 떠올랐다. 우리 아버지. 영락없이 아버지께서 항암 치료를 꽤 오랜 시간 받고 난 후의 그 모습이었다. 말을 하지 않아도, 근황을 묻지 않아도 아저씨의 상태가 좋지 않음을 직감할 수 있었고, 더 이상의 근황은 물어볼 필요도 없었다. 아저씨는 그런 내게 "애들 잘 크죠? 한창 예쁘겠다."라며 말을 돌리셨고, 나 또한 호응하며 대화를 마무리했다.

앞집에 꽤 많은 변화가 있음을 직감했는데, 일단 아저씨의 흰색 트럭은 승용차로 바뀌었고, 늘 대포를 운운하며 인사를 건네셨던 아저씨는 언젠가부터 몇몇 채소와 과일을 주셨다. 주말 농장을 시작하셨는데, 자기 식구들끼리 먹기엔 많아 나누는 것이라며, 우리 집에도 나누어 주셨던 것이다. 물론 받고 있을 수만은 없어 나도 가끔 우리 집 과일을 주문할 때 앞집에 드릴 것까지 같이 주문하여 나눴었다.

그러다 얼마 지나지 않아 아저씨 부부를 집 앞에서 마주친 날이 있었다. 아저씨는 기존에 아파 보였던 모습에서 조금은 활기를 찾은 것 같아 보여 반갑게 인사를 건넸다. "건강은 좀 어떠세요?" 아저씨는 좋아지고 있다며 웃어주셨고, 아주머니는 사실 암 치료 때문에 한동안 고생을 많이 하셨다고 했다. "그러신 것 같았어요. 항암이 힘들죠. 저도 얼마 전 아버지를 보내면서 옆에서 보는 것조차 힘들더라고요." 암이라는 공통분모가 생기니 대화가 더 이어졌다. 아주머니는 우리 아버지가 어떤 암이었고, 언제 돌아가셨는지 등등을 물어보셨고, 나는 아저씨는 이겨내실 수 있을 것이라며 응원을 해드렸었다. 그래도 비교적 초기에 암을 발견하셨나 보다. 점차 나아지는 모습을 뵈니 참 다행이란 생각이 들었다.

그렇게 한동안 시간이 흘러 무엇 하나 다를 것 없는 어느 일요일 새벽. 갑자기 다급하게 앞집 아주머니께서 문을 두드리셨다. 일요일이다 보니 늦게까지 잘 생각으로 새벽까지 인터넷을 보다 잠이 들었던 상황에 부랴부랴 옷을 챙겨 입고 나갔다. 오랜만에 뵌 아주머니는 내가 기억하는 마지막 모습과는 전혀 다른 얼굴을 하고 있었다.

다급해 보였고, 눈가에 눈물도 맺혀 계셨다.

"무슨 일이세요 아주머니?" 아주머니는 "우리 오늘 이사 가요. 그런데 차를 좀 빼주면 이사가 수월할 수 있다고 해서요. 혹시 빼줄 수 있을까요?" 당연히 나는 '그럼요. 잠시만요, 바로 빼드릴게요.'라고 말씀드리던 그 순간 아주머니의 이어지는 이야기. "사실 우리 남편이 하늘나라로 갔어요, 그래서 장례 다 치르고 이제 작은 집으로 이사 가려고요." 잠도 덜 깬 상황에 들은 비보에 순간 당황하여 눈물을 흘리며 말씀하시는 아주머니에게 그 어떤 위로도 제대로 못 전해드렸다.

짧은 탄식만이 흘러나왔다. "아이고, 아주머니. 얼른 차 빼드릴게요." 차를 다른 곳에 주차하고 나서 다시 인사를 하러 들르니, 이미 앞집엔 짐을 나르는 분들을 제외하고 아주머니는 계시지 않았다. 우리 집과 교류가 있었던, 같은 빌라 내 유일한 이웃이었는데, 제대로 된 인사도 못 하고 그렇게 보내드려야 했다.

그 이후로 앞집은 리모델링을 꽤 오랜 시간 진행했고, 곧 새로운 분들이 들어오셨다. 우리 집을 들어서기 전, 가끔 앞집 현관문이 눈에 들어올 때면 여전히 아저씨의 선한 미소가 기억난다. 우리 집에 물난리가 났을 때도 제일 먼저 위로해 주셨던 아저씨, 우리 아이들에게 공주들이라고 불러주셨던 유일한 분. 아프셨지만 애써 미소 지으려 노력하셨던 모습까지. 비록 가족도 지인도 아닌 어쩌면 남일 수밖에 없는 이웃이라 제대로 마지막 인사를 드릴 기회도 가질 수 없었지만, 하늘에 계실 아저씨와 남은 가족들도 모두 평안하길 소원해 본다.

첫차와 막차

업무 특성상 지방 출장이 잦다. 그래도 KTX와 같은 고속철도가 있으니 국내 거의 모든 지역을 당일에 가서 업무를 보고 다시 돌아올 수 있다. 내 경우엔 2가지 시간대를 정해두고 그 안에서 일정을 세운다. 이른 새벽에 출발하여 오전에 업무를 보고 오후에 복귀하거나 아니면 느긋하게 아침에 출발하여 점심 식사 시간 이후 업무를 보고 저녁에 복귀하는 방식. 물론 새벽같이 일어나 후딱 마치고 오후에 돌아오는 것을 선호한다. 그렇게 하면 오후에도 어느 정도 업무를 추가로 볼 수도 있고, 복귀하는 시간이 일반 회사들의 퇴근 시간보다는 빠르기 때문에 도심 내 교통체증도 조금 덜하다.

부산으로 가는 가장 빠른 기차는 001번으로, 서울역에서 5시에 출발한다. 부산이 내 목적지가 아닌 경우가 더 많지만, 정말로 꽤 먼 곳을 가야 할 때는 001번 기차를 이용하기도 하는데, 서울역에 5시 전에 도착해야 한다는 전제를 놓으면 사실 어떻게 가야 할지 막막할 수 있다. 지하철이나 버스가 대부분 4시 반은 지나야 운행을 시작하니, 한동안은 어쩔 수 없이 택시를 타고 다녔다. 그러다 우연히 심야버스의 운행을 알게 되고 나서는 택시 대신 버스를 이용하게 되었다.

대부분 6시나 7시 기차를 타는 일이 더 빈번했으니, 심야버스가 아니라 일반 시내버스의 첫차를 타는 일이 많았다. 첫차는 그 어감만으로 묘한 쾌감이 있다. 누구보다 빠르게 아침을 열고 있는 것만 같은 일종의 부지런함 정도일까? 게으른 편은 아니지만 그래도 새벽을 함께 여는 다른 승객들에 묻혀 무언가 더 열심히 살고 있는 것 같은 기분이 들기도 한다.

그러다 5시 기차를 타기 위해 처음으로 심야버스를 타기로 마음먹은 날이 있다. 정확히는 심야버스의 막차이다. 첫차를 타던 시간보다 대략 1시간이나 빨리 움직여 출근을 시작한 것이나 다름없는데 심야버스, 게다가 막차여서 그럴까? 늘 타던 일반버스의 첫차와는 분위기가 사뭇 달랐다. 술에 잔뜩 취해 자고 있었던 학생. 다 풀어 헤쳐진 정장 차림의 직장인. 늘 나를 자랑스럽게 해주었던, 함께 새벽을 열던 분들이 아니라 하루를 마무리하는 사람들이 더 많은 것 같았다. 자칫 대충 보면 나도 저들 중 하나로 보일까? 늦게까지 일을 했거나 술을 마시고 잔뜩 취해 이제 막 귀가하는 사람 중 하나이고 싶진 않았다.

물론 그날따라 유독 그 버스에 탄 사람들이 하루를 마무리하는 사람들로 붐볐을 수도 있다. 하지만 그 분위기가 전해져서인지, 평소보다 한 시간이나 일찍 시작해서인지 그날 나의 하루는 버스에서부터 지치기 시작했다. 평소 같았으면 절대로 있을 수 없던, 잠을 자다 내려야 할 곳을 지나친 유일한 날이기도 했으니. 그런 사소한 문제마저 모두 막차를 탄 이후로 꼬인 것만 같이 느껴졌다. 어떻게 하루가 갔는지 정말 겨우 하루 일과를 힘겹게 마친 그날, 서울로 돌아오는 길에 막차버스 기사님의 인사가 생각났다.

보통 버스 기사님들의 인사 방법은 천차만별이다. 매 정류장에서 목례하시는 분, 어르신 분들에게만 인사하시는 분 등. 첫차를 타고 다닐 때는 유독 활기차고 우렁찬 목소리의 "안녕히 가세요!"라는 말을 자주 들었었다. 그런데 곰곰이 생각해 보니 그날 아침 막차버스를 탔을 때는 인사가 달랐다. 늘 듣던 "안녕히 가세요."가 아닌 "들어가세요."였다는 것. 물론 내게 인사를 해준 것은 아니었지만, 생생히 누군가에게 말했던 것이 기억이 난다.

어떻게 보면 차이가 없는 표현이지만, 버스 기사님들이 하루를 시작하거나 마무리하는 사람들에게 각각 다른 인사를 건네는 것일 수 있다고 생각하니 정말로 내가 타면 안 될 것만 같은, 내가 타서 잠자는 승객들에게 방해가 되면 안 될 것 같은 생각마저 들었다. 어쩌면 기사님들도 막차버스를 운행하고 나서는 퇴근을 하시기 때문에 그럴 수 있겠지? 본인의 하루가 마무리되는 시점의 인사는 시작하는 시점의 인사와는 다를 수밖에 없지 않겠나? 그 일이 있은 후로 아직 다시 5시 기차를 탈 일은 없었다. 하지만 다시 타게 된다면 다시 한번 관찰자의 시점에서 비교를 해봐야 할 것 같다.

이렇게 오랫동안 혼자 일하러 다니는 것은 위험할 수 있다. 쓸데없는 생각이 꼬리에 꼬리를 물어 별거 아닌 것에도 의미를 부여할 수 있으니.

빈 약병 용기

결혼 전만 해도 놀러 다니는 것을 그다지 좋아하지 않았다. 특히 관광지로 가면 많은 사람으로 인한 북적거림과 피할 수 없는 교통 체증, 게다가 편하지 않은 잠자리까지 고려하면 굳이 놀러 가야 할 이유를 찾기 쉽지 않았다. 하지만 그것은 어디까지나 혼자서 살 때고, 결혼 후에 아이들이 자라면서 의무적으로 놀러 다녀야 하는 빈도가 늘어났다.

아이들이 가끔 주말에 있었던 일을 일기로 쓰거나 그림으로 그리는 숙제를 받아오기 시작하면서 대단한 곳은 아닐지라도 무언가 이야깃거리의 소재를 만들어 줘야 할 가장의 의무감이 생겼다. 그렇게 의무적으로라도 다니다 보니 나름대로 여행의 재미를 찾기도 했다. 물론 그럼에도 여전히 많은 사람이 북적거리는 곳은 피하게 된다.

어느 집이나 마찬가지겠지만, 아이들이 자라면서 숱하게 병원을 들락날락하게 된다. 감기, 예방접종, 발달검사 등 사유도 여러 가지이다. 그중 감기의 경우 아직 알약이나 가루약을 먹지 못하는 아이들을 위해 늘 시럽 형태의 약을 받아오는데, 한번에 먹을 양을 덜어낼 수 있는 조그마한 플라스틱 공병을 함께 넣어 준다. 그렇게 사용한 공병은 무언가 쓰임새가 있을 것만 같은 생각에 쉽게 버리지 못하고 모아두는데, 여행을 갈 때 이 공병들이 빛을 발한다. 소금통이 되기도 하고, 참기름이나 후추, 심지어 식용유를 넣어갈 때도 요긴하게 쓰인다.

그렇게 네 식구가 놀러 다니다 어느 날 장인, 장모님을 모시고 여행을 가게 된 날이 있었다. 1박 2일의 짧은 여정이었지만 함께 가는 일정인 만큼 준비해야 할 음식도 더 많아졌다. 특히 평상시에도 굉장한 요리 솜씨를 뽐내는 장모님은 거의 부엌을 옮기시는 것만 같이 모든 양념을 따로 챙기셨다. 정말로 내가 가져간 것들은 굳이 꺼내지 않아도 될 정도였다. 그렇게 장모님이 챙기신 것들을 보는데 유독 눈에 띄는 것이 있었다. 바로 약병 용기. 하지만 늘 내가 챙겨 다니던 용기와는 차이가 있다. 아이들의 시럽약을 덜어 먹기 위한 용기가 아니라, 한 번에 많은 양의 알약을 받으시기 위한 용기로, 얼핏 보면 작은 영양제 통 같았다.

그 용기를 본 순간 울컥한 마음이 들었다. 아이들은 기침만 해도 병원에 데리고 가는 등 온 신경을 쏟으면서 정작 부모님은 커다란 알약통이 비워질 때까지 무슨 약을 어떻게 드시고 계시는지 알지도 못했다는 죄송함, 죄책감 때문이었다.

이미 아버지를 보낼 때 경험해 봤으면서도 부모님이 우리의 경제적 상황이 더 나아질 때까지 기다려 줄 것이란 허황된 믿음을 버리지 못하고 있었다. 그 믿음을 버려야 조금이나마 효도할 수 있다는 것을 알면서도 아직까지 생각처럼 움직이지 않는 나 스스로를 부모님의 약병 용기로 돌아보게 된 날이었다. 그날 오랜만에 밖에 나오신 장모님의 미소가 유독 기억에 남는다.

거절에 익숙해지는 방법

사업을 시작하고 나서부터 가장 큰 어려움 중의 하나가 거절이다. 남의 부탁을 거절하는 것도 쉽지 않지만, 남에게 받는 거절은 더욱 적응하기 어렵다. 어떠한 회사의 소속으로 특정한 직급과 직책을 갖고 있을 때는 협력회사나 유관부서에 업무적인 무언가를 요청하였을 때 딱히 거절당할 일이 없다. 요청할 수 있을 만한 일을 했을 것이고, 서로 협력해야 할 위치에 있기 때문에.

하지만 지금은 완전히 다르다. 구멍가게만한 회사를 운영하면서 내 어깨에는 더 이상 나를 뒷받침해 줄 수 있는 회사나 동료가 없다. 오롯이 스스로를 PR하고 그 안에서 고객사와의 계약을 이끌어 내야만 한다. 그렇다 보니 당연히 거절은 반복적인 일상이다.

회사에 재직하던 시절에는 업체로부터 견적서를 받아내는 것이 참으로 당연했고 쉬운 일이었다. 말 한마디, 전화 한 통이면 가능했다. 하지만 수많은 견적서를 보내야 하는 현재의 내 위치에서 과거에 왜 그렇게 쉽게 견적서를 요청했고, 그 견적서를 받고 나서 진행 여부에 대해 아무 연락도 주지 않았는지 반성하게 되었다.

견적서를 보내는 나의 마음이 절실할수록 연락조차 없는 고객사들에 대한 상상이 펼쳐진다. '견적 금액이 너무 높았을까?', '다른 업체보다 회사가 작아서 그럴까?', '아니면 단순히 참고용으로 요청한 견적서였을까?' 등등. 마음의 여유를 갖고 있으면 그래도 편안히 기다릴 수 있겠지만, 당장 수익이 필요한 상황에 다다랐을 때는 다시 연락해 보기도 했다.

견적서를 보내고 연락 없는 거절을 받는 것은 그래도 괜찮다. 당연히 견적서를 보내고 나서 계약이 성사되는 경우는 거의 없다. 그 견적서가 정말로 실제 계약이 되려면 일련의 추가 과정이 필요한데, 견적서에 대한 feedback이나 아니면 방문 상담 등과 같은 보다 진취적인 과정을 거치게 된다.

진짜 마음의 상처를 입는 거절은 이러한 과정까지 진행된 이후에 발생하는 case들이다. 열심히 프레젠테이션을 해서 좋은 반응을 이끌어내도 정작 그 회사의 임원이나 대표가 어떠한 이유로 진행을 고사해 수포가 되었던 경우, 견적 금액이 비싸다고 하여 낮춰주었지만 그래도 진행이 되지 않았던 경우, 내 견적 금액을 다른 경쟁업체에 알려주며 해당 업체와의 계약에서 우위를 점하기 위한 목적으로만 쓰이는 경우. 참 여러 가지 상황이 발생한다. 그럼 그때마다 무너지는 멘탈을 잡기 위해 어떻게 해야 할까 많은 고민을 했었다.

그러나 안타깝게도 그 고민의 결과는 이러한 상황에 익숙해지는 방법은 사실 없다는 것이었다. 단, 좀 무디게 할 방법은 찾았다. 계속 부딪혀서 내 스스로의 날카로운 부분, 모난 부분을 무디게 하는 것. 실제 계약이 이루어지지 않더라도 그 밖의 무언가는 얻어가자는 것이 내가 세운, 무디게 하는 계획이었다.

어차피 어떻게 했어도 진행되지 않을 계약이었다고 뒤로 미뤄두면 정신적으로는 승리할지 몰라도 실제로 내가 얻을 수 있는 것은 아무것도 없다. 그래서 나는 정신승리가 아닌 직접 부딪혀 조금이라도 얻어낼 것을 찾기로 했다. 우선 견적서를 보내고 일정 시간이 지나면 무조건 연락을 한다. 그래서 확실한 거절 이유를 찾아 기록한다. '견적 금액이 높음', '다른 업체와 계약', '진행 고사' 등의 내용으로 말이다. 상담 후에 진행되지 않는 건들도 마찬가지로 기록한다. '프레젠테이션 방향 문제', '대표님 고사' 등.

그렇게 연락을 한 번 더 하는 것으로 나는 최소한 절실한 나의 모습을 피력할 수 있다고 생각한다. 사실 처음부터 이렇게 하진 않았다. 우연히 절실함의 중요함을 인지하게 된 순간이 있었는데, 컴퓨터를 수리하기 위해 인터넷 검색으로 연락했던 한 업체. 수많은 업체 중 그래도 후기가 좋아 연락을 했었다. 하지만 내가 방문하기로 한 날에 방문할 수 없게 되면서 '설마 스쳐 가는 내 전화를 기억이나 하겠어?'라는 안이한 생각으로 있을 때쯤, 업체에서 문자로 연락이 왔다. 정말로 불과 30초 정도 전화통화를 했던 사이였지만, 그분은 내가 어떠한 이유로 며칠쯤 방문할 것을 기록해 놓고 날짜가 다가오자 내가 진짜로 방문하는지를 확인하기 위해 연락을 한 것이었다.

당연히 기억 못 할 것이라 생각하던 나는 당황함과 동시에 이분의 절실함을 느껴 반드시 이곳에 가야겠다는 생각이 들었다. 물론 갈 계획이 있기는 했지만, 이제는 정확한 시간을 조율하여 진짜로 그분에게만 수리를 받아야겠다고 마음먹은 것이다. 동병상련이라고, 많은 거절을 받고 있는 나였기에 그분의 절실함을 이해한 것일 수도 있다.

고객사에 진행하지 않는 이유를 물어보는 것이 그들을 불편하게 만드는 일일 수도 있다. 하지만 내가 고객사들에게 그런 연락을 했을 때 누군가 내가 컴퓨터 수리업체를 이해한 것처럼 나를 이해해 줄 수 있는 사람이 있다고 생각하면 한결 마음이 편해진다.

　게다가 고객사에 대한 기록은 사실 굉장한 정보이다. 고객사의 담당자, 요청사항, 회사 내부 분위기 등 실제로 그 회사에 재직하지 않으면 알 수 없는 것들을 알게 되기도 한다. 이러한 정보는 당장의 수익과 연결되지 않을 수 있다. 그러나 나는 밭에 씨를 뿌려 놓은 것이고, 언젠가 그 씨가 새싹이 되어 돋아날 수 있다고 믿는다. 언젠가 필요하면 또 연락하시겠지….

　그런 마음가짐에도 실제 성공률은 저조한 편이지만, 그러는 편이 몸과 마음에는 확실히 도움이 된다.

사랑 총량의 법칙

    이런 개똥철학에 비유할 수 있는 말이 있는지 모르겠다. 그런데 사람의 일생과 쓰임에도 총량이 있다고 믿는 나는 사랑에도 총량이 있는 것만 같다. 꽤 이성적인 내 성격에 사랑 운운하는 것은 사실 어울리는 소재는 아니다. 그런데 그 사랑이란 것도 이성적으로 접근하다 보면 총량이 있어 받은 만큼 돌려주어야 하는 것처럼 느껴진다.

    어렸을 때부터 육류를 좋아했다. 구운 것, 튀긴 것 가리지 않고 잘 먹었는데, 고기 비계는 좋아하지 않았다. 삼겹살을 먹을 때면 비계 부분은 잘라서 떼어놓고 먹곤 했다. 그러면 남은 비계들은 아버지가 모아 따로 드시곤 했는데, 어렸을 때는 이해가 가지 않았다. 굳이 물컹물컹하고 몸에도 좋지 않은 비계를 왜 굳이 드시는 것인지 말이다. 어느덧 내가 어른이 되면서 퍽퍽한 살코기보다는 간간이 비계가 섞인 것을 선호하게 되었고, 결과적으로는 나도 아버지와 마찬가지의 입맛을 갖게 되었다.

    유전자라는 것이 참 재미있는데 초등학생이 된 둘째 딸이 내가 어렸을 때 하던 행동을 똑같이 하고 있다. 그럼 자연스레 딸 아이가 떼어놓은 비계는 내 차지가 된다. 그러다 아버지가 내가 떼어놓은 비계를 먹었을 때가 기억났다. 내가 아버지의 입맛을 갖게 되었다고 해서 비계만 먹는 것이 맛있지는 않은 것처럼, 아버지도 남이 아닌 아들이 남긴 것이라 드셨다는 것을 말이다.

반대의 상황도 있다. 나는 튀긴 고기, 즉 치킨의 경우 유독 껍데기를 좋아했다. 오죽하면 아버지께서 껍데기만 떼어서 주셨을 정도였다. 이 역시 둘째 딸이 꼭 닮았다. 구운 고기의 비계는 거부하면서 치킨의 껍데기는 따로 모아서 먹는 식성. 참으로 놀라운 유전현상이 아닐 수 없다. 건강을 생각해서 너무 많은 양의 기름이 흡수된 부분은 주지 않지만, 마찬가지로 나도 담백하고 맛있어 보이는 치킨의 껍데기는 둘째 딸을 주고 있다(다행히 첫째 딸은 지방이 많은 것을 싫어한다). 이쯤 되면 사랑이 아니라 먹어야 하는 비계의 총량인지도 모르겠다.

어렸을 때 아버지는 술에 취해 집에 들어오시면 꼭 아들들을 깨워 뽀뽀를 시키곤 했다. 잠결에 얼마나 짜증이 났던지, 늘 불만 가득한 표정으로 아버지를 쏘아보곤 했는데, 그럼에도 사랑스럽게 술 냄새를 풍기며 우리를 안아주시던 아버지가 생각난다. 내게도 아버지의 그 사랑스럽게 바라보시던 표정이 구현될 때가 있다. 다행히 술에 취해 집에 들어와 아이들을 깨우는 것은 닮지 않았는데, 아이들이 자는 모습을 볼 때면 그렇게 사랑스러울 수 없다.

유독 잠버릇이 험한 큰아이가 자다가 추운지 혼자 이불을 덮는다. 잠도 깨지 않고 발만 하늘에 띄워 몇 번 움직이더니 이내 바르게 펴진 이불을 덮고 다시 깊은 잠에 빠지는 것을 본 적이 있다. 왜 나는 이 모습이 그렇게 대견한지 모르겠다. 이미 12살이나 되어 그렇게 어리지도 않은 딸이 잠결에 덮은 이불을 보며 꼭 앞으로 이겨내야 할 난관 중 하나를 넘은 것 마냥, 그냥 별것도 아닐 수 있는 일인데도 감사했던 순간이 있다.

비록 술에 취해 들어오셨지만 아버지도 나와 동생을 보며 이런 기분이지 않았을까? 그래서 그렇게 우리가 화를 내고 짜증을 부려도 웃으면서 토닥거리시지 않았을까? 부모님께 받은 사랑을 그대로 자식들에게 주고 있는 것 같아 여러 감정이 교차한다. 부모님께 돌려드리지 못한 부족함에서 오는 죄송스러움과 나에게 받은 사랑을 누군가에게 전달해야만 할 딸 아이들의 앞으로의 삶에 있을 고단함.

아깝지 않은 돈

스스로는 꽤 짠돌이로 살고 있는 내가 유일하게 아끼지 않는 돈이 있다. 다른 곳과 가격 비교조차 하지 않고 가끔은 웃돈을 얹어주기도 하는, 그 누구도 상상할 수 없을 공간에서의 서비스. 바로 때밀이 비용이다.

영국에 가기 전만 해도 주기적으로 때를 밀었다. 어렸을 때부터 어머니의 강요이기도 했고, 실제로 밀고 나면 그렇게 개운할 수가 없다. 하지만 20대에 영국에 갔던 무렵부터 더 이상 때를 밀지 않았다. 아니 할 수가 없었다. 다른 사람들과 함께 사용하는 욕실에 몸을 담가놓고 한참을 밀 수도 없는 노릇이고, 욕실에도 카펫이 깔려있으니 아예 상상조차 하지 않았다.

그렇게 자연스레 때를 밀지 않고 꽤 오랜 시간을 살았다. 사실 오래되어 불편함도 느끼지 못했다. 그러다 결혼을 하고 주기적으로 목욕탕에 가는 와이프를 보며 갑자기 어느 날 순간적으로 예전 때밀이의 기억이 되살아나면서 온몸에 각질이 근질거리는 것처럼 느껴졌다. 결국 근처 목욕탕을 수소문하여 급하게 방문했고, 스스로 할 수도 있지만 어차피 등은 밀 수 없으니 온몸을 전문가에게 맡기는 것으로 선택했다. 가격도 때 미는 비용만 13,000원. 조금 비싼 식사 한 끼 값에 지나지 않았으니 큰 부담이 되진 않았다.

꽤 오랜만의 목욕탕이었지만 생각보다 어색하진 않았다. 샤워를 마치고 탕에 들어가 있으니, 곧 세신사분이 나를 호출한다. "132번!" '내 차례가 되었구나. 드디어 오랜만에 개운함을 느낄 수 있겠구나!'

세신 기술은 크게 변하는 것이 없는 것 같았다. 다부진 체격에 나이가 꽤 지긋하신 어르신이 본인보다 더 큰 덩치인 나를 밀어주시는데, 곧 아이가 된 것마냥 말씀하시는 대로 움직일 수밖에 없었다. 손바닥을 집어 팔꿈치를 올리고, 옆으로 누워 팔을 붙이기도 하고, 그러다 앞쪽이 다 되면 돌아서 엎어져 누웠다. 사실 어릴 때나 나이를 조금 먹은 지금이나 홀딱 벗은 맨몸을 드러내 놓고 누군가에게 맡긴다는 것이 굉장히 부끄럽고 난처하긴 하지만 그래도 때를 밀고 난 후 시원함을 상상하면 견딜만 했다.

때를 구석구석 다 밀어갈 무렵 이내 마사지까지 해주신다. '아니 이런 서비스를?' 심지어 마사지 마지막엔 비누와 멘소래담을 섞어 수건으로 온몸을 문질러 주시는데, 그 짜릿함은 말로 형용할 수 없다. 비누와 멘소래담을 씻어내니 차마 이런 서비스를 받고 13,000원을 지불하는 것은 예의가 아닌 것 같았다. 결국 음료수 한 병과 15,000원을 드리며(고작 2천 원이지만) 감사 인사를 전했다.

세상에 목욕탕 입장료를 합쳐도 2만 원이 되지 않는 돈인데, 그 돈으로 이런 개운함과 서비스를 누릴 수 있다면 나뿐만 아니라 내 주위 사람들에게 추천하고 싶었다(차마 알몸을 공유하고 싶진 않아 적극 권장하고 있진 못하지만). 또한 순간 이런 서비스를 상업화할 수도 있을 것이라 생각을 했다.

이런 서비스를 외국인들에게 제공한다면 그래서 또 하나의 한국

문화로 자리 잡는다면 어떨까 하면서 말이다. 어떤 플랫폼이 있어 세신사를 지정하고 약속 시간에 방문하면 이런 서비스를 받는 것이다. 세신 이후 마지막엔 바나나 우유로 마무리할 수 있다면 이건 외국인이 아니라 한국인을 대상으로 해도 충분히 경쟁력을 찾을 수 있을 것이라 생각했다.

근 1시간의 목욕탕에서 보낸 시간은 이처럼 심적으로 안정을 주었으며, 머리로는 잠시나마 사업을 구상하게 하는 매우 유익한 시간이었다. 결국 그때부터 나는 또 주기적으로 목욕탕에 가야만 하는 사람이 되었고, 지금은 비용이 올라 세신 비용이 18,000원이지만 여전히 멘소래담 마사지를 즐기고 있다.

사업의 맛

사업 시작 초기에는 무엇이든 팔고 싶었다. 연락 오는 고객사는 없고, 시간은 많으니 부업 삼아 내가 갖고 있는 사소한 능력이라도 누군가가 원하기만 한다면 팔고 싶었다. 혼자서 홈페이지를 만들며 적은 비용으로 다른 사람의 홈페이지를 만들어 주는 상상을 했으며, 프레젠테이션 자료를 대신 만들어 줄까 생각해 보기도 했다. 결국 번역은 할 수 있지 않을까 하는 생각에 프리랜서 platform에 계정을 만들었던 적도 있는데, 결과적으로 그 어떤 것이든 100원짜리 하나 벌어본 idea는 없었다.

지금에 와서 생각해 보면 당연한 결과였다. 준비되지도 않은 내게 어쩌다 눈먼 사람이 접근하여 일거리를 줄 수는 있겠지만, 그렇지 않고서 누가 일을 맡기겠는가? 설사 일거리를 받았다고 치자. 과연 그 결과물은 만족스러울 수 있을까? 만족스럽지 않다면 그 눈먼 고객은 나에게 더 이상 어떠한 일도 맡기지 않을 것이 분명하다.

사업을 하면서 가장 중요한 것은 나를 파는 방법을 배우는 것이다. 물론 내 사업이 번역을 하거나 홈페이지를 만들어 주는 것은 아니지만, 갖고 있는 경험과 지식을 기반으로 서비스를 제공하는 것이니 내가 가진 역량 중 일부를 파는 것임엔 비슷하다. 그런 맥락에서 가장 중요한 것은 '최초에 어떻게 고객이 내게 접근하게 하고, 어떻게 내가 필요한 서비스를 제공할 수 있다는 신뢰를 줄 수 있는가이다. 너무 가벼워 보여 사기꾼 느낌이 나도 안 되겠지만, 너무 무거워 접근이 어려운 느낌을 주어도 안 되는 그 미묘한 중간의 positioning. 또한 알아도 모르는 척 받아주고, 몰라도 아는 척 설명할 수 있어야 한다.

이제는 경험이 조금 쌓여 전화번호만 보아도, 첫 대화만 이어가도 대충 진행할 곳인지 아닌지 판별될 때도 있다. 그럼에도 성심성의껏 설명할 수밖에 없는 이유는 언젠가 다시 나를 찾게 하기 위해서지만, 대체로 자기만족에 가까운 것 같다.

사업이 재미있는 이유는 내 고객사 pool이 늘어나는 모습을 즐길 수 있기 때문이다. 월급쟁이일 때는 회사의 이익이 늘어도 사실 그 감흥을 온전히 느끼기 쉽지 않다. 어차피 내게 허용되는 이익이 있지 않으니, 오롯이 회사만 좋은 일을 해주고 있는 느낌이 들 때가 있었다. 하지만 지금은 내 회사니, 단순히 연락 오는 고객사들이 늘어가는 것만으로도 많은 기대감을 갖게 된다.

특히 다양한 마케팅 활동을 통해 홍보할 수 있는 방법이 있지만, 기존 고객사에서 소개해 주는 고객이 생기면 정말로 내가 사업을 잘하고 있다는 시그널로 인식된다. 기존 고객사에서 추천했다는 것은 우리 회사가 앞서 제공한 서비스에 만족했다는 방증이고, 새 고객사의 입장에서도 특별히 경계할 필요 없이 서로의 needs만 맞으면 쉽게 계약까지 도달할 수 있기 때문이다. 이런 홍보가 가능하기 위해서는 잔인한 시간을 견뎌야 하긴 하지만, 이런 맛에 사업을 하지 않나 싶은 생각도 든다.

그런 의미에서 새로운 사업을 끊임없이 구상하고 있다. 계획에 옮긴 것도, 아직 머리에서 구상만 하고 있는 것도 있다. 이렇게 계속 새로운 사업을 구상하고 진행하다 보면 그중 하나는 크게 성공할 수 있지 않을까?

싫어하지만 내게 필요한 것을
대신해주는 사람은 없다

누구나 드라마의 주인공과 같은 삶을 꿈꾼다. 어렸을 때는 불현듯 감춰져 있던 재산이 발견되어 일순간에 부자가 된 내 모습을 그렸던 적이 있었고, 일을 하면서는 나조차 알지 못하는 나의 능력을 누군가 알아봐 주어 비싼 값을 치러주지 않을까 환상을 가졌다.

사실 나이를 먹으면 이런 허황된 생각을 하는 것이 조금 달라질까 했는데, 생각보다 그렇지 않다. 물론 시간이 지날수록 주인공 역할인 줄 알았다가 서서히 주인공은 아닐 수도 있겠다는 생각이 들긴 한다.

돌이켜보면 40여 년을 살아오며, 아니 살아내며 가장 크게 아쉬웠던 것은 부족한 '행동'이었다. 막연한 생각도 행동을 하느냐 안 하느냐에 따라 꿈 또는 계획으로 포장될 수 있다. 대개 꿈을 계획으로 혼동하기도 하는데, 그건 본인 자신만이 알 수 있다. 실제로 얼마나 많은 노력을 하고 있는지, 본인 스스로에게 떳떳한지 생각해보면 쉽게 판별할 수 있다.

적어도 나는 꿈과 같은 삶을 살아오지도, 추구하지도 않았다고 생각했지만, 지나고 보면 부족했던 행동만 기억이 난다. 돈을 벌고 싶다면서 직장 생활만 줄곧 했었고, 살을 빼고 싶으면서 가끔 하는 운동으로 드라마틱한 효과를 기대했었다. 속된 말로 도둑놈 심보였다.

하지만 이제는 더 이상 그러지 않을 계획이다. 아니 그렇게 낭비할 시간이 없다. 이미 인생의 전반기를 지나고 있는 시점에 남은 후반기는 나에게 떳떳한 삶을 계획하려 한다. 설사 그 계획이 변변치 않아 실패한들, 다시 도전하기만 한다면 실패한 원인을 반복하진 않을 것이고, 그렇게 차츰 원하는 바에 접근할 수 있을 테니. 이 책을 읽어 주시는 모든 분들도 싫지만 필요한 행동을 할 수 있기를 바란다.